有一种力量，叫文学；
有一种美好，叫回忆；
有一种感动，叫青春；
有一种生命，在鲁院！

鲁迅文学院·百草园文集

借你的耳朵用一用

赵剑云 ◎ 著

JIE NIDE ERDUO
YONG YI YONG

知识出版社

构建一个有着毛茸茸质感的情感世界，用文字捕捉人性与情感，体味生活的难解况味，感知平常人物情感与灵魂的不可见底，及幽深曲折处。

图书在版编目（CIP）数据

借你的耳朵用一用／赵剑云著 . -- 北京：知识出
版社，2017.8
（鲁迅文学院百草园文集）
ISBN 978-7-5015-9586-0

Ⅰ．①借… Ⅱ．①赵… Ⅲ．①中篇小说—小说集—中
国—当代②短篇小说—小说集—中国—当代 Ⅳ.
①I247.7

中国版本图书馆 CIP 数据核字（2017）第 211974 号

借你的耳朵用一用　　赵剑云　著

出 版 人　姜钦云
责任编辑　万　卉　朱金叶
装帧设计　君阅书装
出版发行　知识出版社
地　　址　北京市西城区阜成门北大街 17 号
邮　　编　100037
电　　话　010-88390659
印　　刷　北京一鑫印务有限责任公司
开　　本　787mm×1092mm　1/16
印　　张　15.5
字　　数　280 千字
版　　次　2017 年 8 月第 1 版
印　　次　2020 年 2 月第 2 次印刷
书　　号　ISBN 978-7-5015-9586-0

定　　价　42.00 元

Contents

目 录

花都开好了 ……………………………… 1

借你的耳朵用一用 ……………………… 15

小烦恼 …………………………………… 29

晚来天欲雪 ……………………………… 44

小傻的糖 ………………………………… 59

两个人的敦煌 …………………………… 74

外婆的故事 ……………………………… 90

银　镯 …………………………………… 98

北京之夜 ………………………………… 113

小红军幺妹子 …………………………… 129

你有时间吗 ……………………………… 143

世界一片芳菲 …………………………… 159

如果你曾不存在 ………………………… 195

进　城 …………………………………… 228

花都开好了

1

一个人吃饭，是很没意思的事，不过凌晓薇习惯了。她走进餐厅，坐在靠窗的位子上，点了一个菠萝包、一份牛肉饭、一碗汤。菠萝包的香味弥漫在空气里。那香味没有引出她的口水，她在拿起筷子前，先端详了一阵食物。她拿起小刀，机械地切开菠萝包，再切成碎块，然后用牙签插上，一点点放到嘴里，任何人都看得出，她没有胃口。

这家西餐厅是她过去经常和男闺蜜张新洋一起光顾的地方。两年前，他去了国外，她每次到这里都有睹物思人的感觉。凌晓薇的朋友非常少，她的手机通讯录里，只有同事和同学。她感觉自己似乎没有精力去结交新的朋友，哪怕在某处有一位她的知音，她也无力去寻找，是的，她太累了。

餐厅的喇叭里播放着轻柔舒缓的钢琴曲，好像是《蓝色的爱》，是凌晓薇喜欢的曲子。窗外，夜幕刚刚降临，街上的灯火闪耀着梦幻般的光。让人充满了回家的欲望。凌晓薇却宁愿待在这个地方。她喜欢待在人多的地方，尽管在人群里，依然找不到可以说话的人。

服务生是个小女孩，她轻轻走过来，小声问她："还需要点什么吗？"

凌晓薇摇摇头，低头发现杯子空了，这家餐厅的柠檬水很好喝，于是她又指了指杯子，服务生会意，给杯子里填满了水。服务生离开的时候，用怪怪的眼神看了她一眼。一个人在这么高档的餐厅吃饭的确很少见。凌晓薇虽然饥肠辘辘，可丝毫没有胃口。她拿出手机打开微信，扫了一眼朋友圈，朋友们有的晒美食，有的晒书，有的秀宝宝，有的发美颜自拍，个个都很幸福的样子，只有她形单影只。她很久没发微信了，她没有什么可晒的。周围桌上的客人们个个高谈阔论，频频举杯，他们在尽情享受着快乐。她望向窗外，目光游离而缥缈……

是谁说"即便一无所有，也不能没有胃口"？凌晓薇感觉自己比一无所有的人更可怜。一年前她的身体像只刚出生的小牛犊，她的心肝脾肾胰肺全都运转正常。她也完全具备人的七情六欲。

一切，自打母亲去世后都变了。

母亲走了之后，她突然之间变得苍老，所有的衣服都宽大起来，一米六的个子如今不到 90 斤，用弱不禁风形容最恰当不过。她的体重迅速下降，皮肤干燥脱皮，头发大把大把地掉，整天闷闷不乐，一直处于抑郁之中，她甚至连水也不怎么喝。当她连续一个月闻见饭菜就想吐的时候，她意识到自己的身体出了状况。她上周去看大夫，大夫说她得了轻度神经性厌食症，是由长期不好好吃饭，或者不按时吃饭造成的。

凌晓薇对大夫说，她最近总是怀疑活着的意义，是不是得了抑郁症。大夫说："你回去按时吃药，按时吃饭，逐渐恢复你的胃功能。孔子都说'食、色，性也'。吃了饭人才有劲儿，有欲望，然后就会高兴了。"

从医院回来，凌晓薇开始每天强迫自己一日吃三餐，医生说得很有道理，她必须好好吃饭。房子在郊区，是一室一厅的小房子，凌晓薇每次回家要开车横穿大半个兰州。她远离市区，离群索居，生活很自由，只是自由得有些疲惫不堪。在凌晓薇看来，即使知己或者至亲，也不能长久陪伴，更不能同生共死，也许能陪伴自己的只有自己的影子。凌晓薇吃饭从来都是应付，除了公司的工作餐就是外面餐厅的套餐，或者外卖快餐，或者方便面。

凌晓薇停好车，走过地下车库，远远地就闻见土豆丝的味道飘过来。南姨又在做饭呢，这味道凌晓薇非常熟悉。她小时候，妈妈经常做这样的土豆丝。如今再也吃不到妈妈做的菜。

看地下车库的是一对老两口，男的姓张，大伙儿喊张叔，张叔工作认真，人也很热情。张叔的老伴，大家都叫她南姨，南姨慈眉善目，胖胖的，整天在地下车库旁边的一个小厨房里，忙来忙去，不是在扫地就是在做饭，有时候，她还捡纸片和塑料瓶。凌晓薇经常会悄悄地把一些塑料瓶、纸盒子之类的放到他们门口。一来二去，他们熟悉了许多。

凌晓薇停好车，南姨恰好从地下厨房出来，她冲她灿烂地笑了一下，走过来，拉住凌晓薇的手说："姑娘，才下班啊，谢谢你昨天给我们的菜籽油，我和你张叔都不知道该怎么感谢呢。"

凌晓薇笑了笑。昨天单位发了两桶菜籽油，她下车的时候，顺手给了南姨一桶。银行的福利好，每个月都发东西，购书卡、购物卡、米面油、洗衣粉、护手霜……不过米面油这些东西，对于单身的凌晓薇的确是多余，她很少开火做饭。以前单位发了东西，她会送到母亲那里，如今母亲不在了，她就顺手送人了。南姨常常是她顺手送的那个人。第一次和南姨说话的时候，凌晓薇提着一大箱方便面在车库门口和南姨撞了个满怀。南姨说："姑娘你要少吃点这个东西，听说吃一顿方便面，胃要消化一个月……"凌晓薇觉得，南姨真是个热心人。

凌晓薇原先没买车的时候和他们没打过什么交道。去年，母亲退休了，她买了车，她想开着车带着母亲去周边自驾游。没想到，母亲唯一一次坐她的车，就是她送母亲去医院住院。母亲生病去世，父亲不到半年就续弦了。她已经半年没有回家了，她并不恨父亲，只是觉得母亲不在了，家就没有了。她按揭买了一套小房子，也不急着找男朋友。

凌晓薇回到家，房子里很安静。除了睡觉，她平时白天都在外面游荡，因为她一个人待着总是会掉眼泪。她顺手打开音响，播放的还是那首《月亮河》，这首歌她重复听了几百遍了，却没有抬手换歌的冲动，歌声对于她是一种安慰。自从得了厌食症后，她开始抑郁，甚至有点自虐的倾向。她疲惫地躺在沙发上，客厅的鱼缸里水声潺潺，凌晓薇喜欢水声，那水声会让她想象自己住在溪水边的木屋里，外面下着细雨……听着水声，她睡着了。

2

　　凌晓薇又感冒了，自从胃口变小，身体的抵抗力也下降了，天气稍微有些变化，她都感冒。半夜发起了烧，她起身喝水，没有开灯，因为她对家里的摆设熟悉得犹如猫熟悉黑夜一样。饮水机的水空了，没有热水喝，她就在黑暗中找到矿泉水，一口气喝了一瓶。喝完水，她听见了雨声，窗外大雨如注，闪电频频，她感觉自己很热，额头发烫，她吃了感冒药，想着明天又不能上班了，半夜三点，她给经理发短信请假，她怕自己睡过头。她可以遗忘整个世界，但是她不能失去赖以生存的工作。

　　在家蒙头睡了两天，第三天昏昏沉沉地打算去上班，没想到刚走到车库，两眼一黑，竟晕倒了。还好被出门提水的南姨撞见了。南姨喊来张叔，把她扶到他们的住处。凌晓薇休息片刻就清醒了，张叔劝她去医院。她摇摇头说："可能是这几天感冒没怎么吃东西，休息一下就好了。"

　　南姨忙去厨房端来了刚刚做好的早餐，一盘青菜、一碗小米粥。

　　南姨说："孩子，你看你脸色苍白的样子，别再这么拼命地工作了。"

　　凌晓薇点点头，她喝了一口粥，却差点吐出来，南姨忙给她拍后背。她说风寒感冒就是没有胃口。南姨让她躺在他们简陋的居所里，拿小勺子一口一口地喂凌晓薇。凌晓薇的眼泪突然涌上来，那碗粥凌晓薇不知不觉竟喝完了。张叔去门房了，南姨扶着她回家。那天她才得知，南姨和母亲居然是同乡，怪不得她的烹饪口味和母亲差不多。南姨进门后，给她冲了一杯红糖水。中午的时候，南姨又给她做了烩面，逼着她吃了一小碗。很快，凌晓薇再次昏昏睡去，连南姨什么时候走的，她都不知道。

第二天，凌晓薇提着两个礼盒去了停车场。南姨正在做早餐。凌晓薇把礼盒递给她，南姨坚决不要。

凌晓薇说："南姨，别和我见外，这只是我的心意。"

南姨只好收下礼盒，说："那你喝一碗我熬的南瓜粥再走。"

凌晓薇点点头。南姨的早餐很简单，一碟小油菜，一碗南瓜粥，刚刚出锅的葱油饼。吃了一口葱油饼，凌晓薇激动地叫了起来。天呐，这世上会有一样的烹饪味道吗？那葱油饼的味道，和母亲做的如出一辙。只是凌晓薇长期没有好好吃饭，她的胃口变得很小，吃了巴掌大的一点，就吃不下了。

"南姨，你做的饭和我妈做的一个味道。"凌晓薇说。

"你妈还好吧？"

"妈妈去年生病去世了。"凌晓薇尽量淡淡地说。

南姨拍了拍她的手背说："孩子，以后想吃南姨做的饭，就过来。"

凌晓薇突然有了一个想法，每天至少来这里吃一顿饭，哪怕交高额费用都行，她忽然觉得南姨就是恢复她胃口的曙光。她犹豫了一下说："南姨，我想在你这里吃一段时间饭，如果你觉得可以的话，我现在就交给你生活费。"

南姨愣了一下，她肯定不相信，凌晓薇竟会喜欢吃她做的饭。南姨笑着说："你来吃就行了，别钱不钱的，回头我给你做浆水拌汤。"

浆水拌汤，那是凌晓薇的最爱，也是开胃汤，尤其现在初夏的天气喝最好。凌晓薇身上只带了 600 块的现金，她全部都交给了南姨。她说："南姨，这是我的生活费，我今天就带了这么多。我晚上来喝浆水拌汤。"南姨死活不收钱，说："孩子，你吃不了多少，我就添一把面、一把米的事，你们城里人怎么总是提钱，这就显得生分了。"

凌晓薇只好把钱收起来了。

3

傍晚下班前，办公室的张姐给她端来一杯果汁，神秘兮兮地说："张新洋要回来了，你知道吗？"凌晓薇不知道怎么回答，张姐就是张新洋的密探，她所有的事，都是张姐告诉张新洋的。张姐原来很热心，经常给她介绍男朋友，奇怪的是，自打张新洋出国后，张姐就再也没给她介绍过。凌晓薇不置可否，连忙低头工作。张姐还没有走的意思，她说："晚上一起吃饭吧！"

凌晓薇摇摇头，她打算逗一下张姐，神秘地说："晚上有约会。"

张姐更不想走了，一连串问了许多问题，什么男的还是女的，到哪吃，认识多久了……凌晓薇不置可否，她收拾好东西，说了声再见，就离开了单位。她得去和南姨一起吃晚餐。

南姨的厨房很简陋，处处都是水泥的灰，连墙壁也是灰色的。若是平时看到这样的厨房，她肯定转身就走了。厨具旁的墙上贴着旧报纸，煤气灶是简易的那种，调料盒开着，一个旧碗柜里放着几个大小不同的碗和盘子，菜都放在地上的一个篮子里。两个凳子支起半张旧门板，便是饭桌了。小屋的玻璃窗一半在地上，一半在地下。平时，南姨也不开灯，淡淡的阳光照进来，在屋里穿梭着。南姨的灶台是用捡来的瓷砖贴的，虽是几种颜色，但非常洁净。这里洁净通透，充满了烟火气。

南姨说今天她出去买菜了，让张叔洗锅，结果张叔忘记了。凌晓薇帮她择菜，南姨洗锅，收拾厨房。很快一切收拾妥当。

凌晓薇说："南姨，你做的菜怎么这么好吃，我每次下车老远就闻见了。"

南姨说："都是些粗茶淡饭，我放的调料，就油、盐、生姜和花椒粉，我这儿连鸡精都没有。"

凌晓薇看见有一个土豆。她说："南姨，您给我炒个土豆丝吧。

有一次我看见你炒土豆丝，都流口水了。"

南姨说："没问题。"

三个菜都是素菜，小油菜、土豆丝、青椒豆腐，不到 20 分钟就炒完了，南姨做浆水拌汤的时候，凌晓薇目不转睛地看着。南姨准备了一个小瓷缸，她说："你妈是天水人，就该听过一句俗话，天水人走到哪里，浆水缸就背到哪里，不过这口缸是我到这后，一个楼上的老太太送我的。之前她用来腌泡菜，后来，她搬到女儿家了，就把这个缸还有一些锅碗瓢盆一起送给了我。"

南姨和面，她把面疙瘩一点点地搓碎。用葱、蒜、辣椒在热油里把浆水"炝"一下，然后把面疙瘩倒入烧开的水中，再把浆水菜和汤倒进锅里。锅开后，一碗热腾腾的浆水拌汤就出锅了，南姨又放了红色的辣椒，配上嫩绿的韭菜，凌晓薇看着已经流口水了。吃了一口菜，又喝了一口酸酸的黏稠醇厚的浆水汤，凌晓薇的眼泪居然又一次涌上来，她这是怎么了？这世上会有手艺一样的厨师吗？怎么南姨做的菜和母亲做的几乎是一个味道？

人的味觉记忆是可怕的。母亲病了半年，她一直以为是小病，还去外地培训了三个月，等她回来的时候，母亲已经住院了，而且再没有回过家。算起来，她最后一次吃母亲的菜，已经是一年前的事了。

南姨说："以后就来南姨这里吃饭，其实你张叔很少和我一起吃晚饭，晚上下班高峰期，车库门房不能没有人。有时候，我会端着饭，到你张叔的门房去吃。"

不知不觉，凌晓薇竟然把一小碗全都吃完了，这是半年来她吃得最多的一次。不是强迫着自己吃，而是和过去一样，说着话，不知不觉就吃下去了。

张叔微胖，眼睛很有神，说话也幽默，偶尔也来小屋吃饭。有时候，张叔看凌晓薇吃得那么少，就慢吞吞地说："姑娘，你比我们家两岁的孙子还吃得少。小孩子吃不饱就跑不动，大人也一样，饭菜其实就是你们汽车里的汽油，你吃得少肯定就跑得慢。"

凌晓薇笑了。

这天晚上，凌晓薇躺在床上，她想起了母亲。母亲去世快一年了，最后一次和母亲说话，是母亲昏迷了三日再次醒来的时候，她虚弱地握住凌晓薇的手："晓薇，你27岁了，不是小孩子了，妈妈以后不能陪着你了，你要好好照顾自己，要学会独立，找一个爱你的人……"母亲每一个字都说得十分艰难，凌晓薇一直在点头，她尽量挤出一点微笑，眼泪却在眼眶里打转，等她扭头擦干泪水时，母亲已经永远闭上了眼睛。

凌晓薇捧着母亲的照片，说："妈，今天我吃浆水拌汤了，妈，我真的很想你，给我托个梦吧……"

父亲和母亲的感情很不好，他们是典型的先结婚后恋爱，他们并不爱对方，从结婚开始吵架，一直吵到母亲死。母亲死后，父亲很快再婚。凌晓薇的姨妈说："那个女人一直是你父亲的相好。他们就盼着这一天呢。"凌晓薇一打听，果然，在那个女人的家属区，人人都知道，那个寡妇嫁给了和她好了十几年的男人。

母亲走的时候，她说："孩子，把妈妈的骨灰撒到黄河吧，不要买墓地。"凌晓薇知道，母亲是不想以后和父亲埋在一起，凌晓薇把母亲的骨灰撒到了黄河里，她永远也忘不了那一天的寒冷。

去年春节，凌晓薇第一次没有回家过年。母亲去世了，她就没有家了。除夕夜父亲打电话，想和她解释什么。她打断了他的话，只问了一句："为什么你们不离婚，你们生活那么痛苦……"电话那头是父亲长久的沉默。父亲虽就她这一个孩子，可父亲经常出差，她和父亲一直隔着一条很深的沟壑，谁也不能跨越，经常是父亲主动给她打电话。凌晓薇每次和他通话的时间都不会超过一分钟，不知道说什么。或许他们之间应该好好谈一次，或者大吵一架，这样才能冰释前嫌吧。凌晓薇觉得自己不该恨父亲，可是，心里到底是想给母亲出口气。

从那以后，凌晓薇如果不加班，几乎每天晚上都会去南姨家吃晚饭。她每次去不是带着菜，就是给南姨带点小礼物。南姨做饭，她打下手，偶尔递个碗，切个菜，她们之间更多的是一种陪伴。南姨有时候也到凌晓薇的家里做饭聊天，她们相处十分融洽。凌晓薇其实厨艺也不错。小时候，母亲加班的日子，父亲出差的日子，她放学后会自己做饭，做好后，给母亲留一半，自己吃一半，然后哼着歌儿写作业，那是多么无忧无虑的日子……

4

重阳节前后，她收到一封邮件，是张新洋发来的，邮件内容很简单："晓薇，我就要回兰州了，我的心意未变……"

凌晓薇在办公桌前，望着落日，回忆起了她和张新洋的过往。过去，他们经常一起去黄河边，去书店，去咖啡厅，去餐馆，他们整天嘻嘻哈哈、打打闹闹，似乎无话不谈。他去美国后，凌晓薇从未和他主动联系过，大概是心里有点怨恨他吧。当初，在一个下着小雨的夜晚，他拿着一束玫瑰花来到凌晓薇家楼下，向她示爱。她当场拒绝了。她一直把他当男闺蜜，从来不知道张新洋是因为爱她，才接近她、关爱她。张新洋负气似的很快出国了，之前公司一直派他去，他都没去。等凌晓薇缓过神来，张新洋已经走了。他走了，凌晓薇的心变得空空荡荡，她才意识到自己是爱他的。

凌晓薇想了想，给他回信："我的电话没变，回来聚……"

写完邮件，凌晓薇给南姨打电话，说下班后做饭给她吃。凌晓薇在门口的超市买了米和油。在南姨这里吃了几个月的饭，她气色渐渐红润起来。这些日子，她不再吃医院开的钙铁锌锡维生素了，她感受到了食物的能量。她的饭量依然没有增加，但她每天坚持吃三餐。她甚至强迫自己每天吃三种不同的水果。南姨心疼她，每顿都劝她尽量多吃一点。和南姨熟了，南姨开始催促她去相亲了。有一次，南姨买菜的时候，遇见了一个大妈，聊了一会儿，就给凌晓薇张罗了一个相亲对象，南姨劝她见见。在路上，凌晓薇想着如何把张新洋的事告诉南姨。

深秋时节，西北风肆意横行，树叶纷纷落下。傍晚的小区十分宁静，凌晓薇今天没有加班，快到车库的时候，凌晓薇在门房没看到张叔。她心里嘀咕了一下：张叔怎么今天不在？她刚停好车，就见南姨哭着跑过来："你张叔心脏病发作了。晓薇，麻烦你送他去医院。"

凌晓薇急忙掉转车头。几个好心人把张叔抬到车上，凌晓薇把张叔送到了医院。张叔被推进了急救室，凌晓薇一直陪着南姨，直到南姨的女儿赶来，她才回家。第二天中午，凌晓薇一下班就买了八宝粥匆匆赶到医院，没想到，南姨和张叔已经离开了。医生说，张叔是心肌梗塞，没有抢救过来，昨晚凌晨时分去世了。凌晓薇急忙给南姨打电话，电话关机，她又开车去了车库门房，听保安说，南姨已经辞工了。

那天晚上，凌晓薇怎么也吃不下饭，张叔怎么会有心脏病呢？人的生命为何如此脆弱？她站在昔日带给她温暖的小厨房门口，哭了很长时间……

车库很快有了新的守卫人，是个中年男人，精瘦精瘦的，凌晓薇从没和他说过话，她没有说话的欲望。

人去楼空，南姨的地下厨房一直锁着。

5

冬天很快就来了。现在，凌晓薇每天都做饭吃。早餐，她每天吃个鸡蛋，喝杯牛奶，她买了最好吃的面包。晚餐通常吃几片牛肉，喝碗粥，炒个素菜。她感觉身体好了许多，走路也有力气了。整个冬天，凌晓薇都没有感冒。她的饭量也增加了一些，单位的工作餐，她也能吃完。南姨说得没错，五谷不亏人。

一天，张新洋把电话打到了办公室。凌晓薇以为是客户，她很客套地说了一声："你好！"

张新洋说："晓薇，是我。"

凌晓薇的心动了一下，这么久了，她居然一下子就听出了他的声音。

她说："你怎么不打手机？"

"这不给你个惊喜吗？我在单位楼下！"

"那你上来吧，正好看看你的老同事。"凌晓薇笑着说。

"不了，我在楼下咖啡厅等你。"

凌晓薇看了看手表，已经快六点了，她可以下班了。

凌晓薇站在夕阳里，看着张新洋朝自己奔跑过来，突然有种恍若隔世的感觉。张新洋穿着简单的羽绒服和牛仔裤，还是那么干练，身上有淡淡的咖啡香味。他还是那么爱喝咖啡，这个地方是他过去常常带她来喝咖啡的地方。每次来，他都给她点焦糖咖啡，他自己喝卡布奇诺。张新洋看着凌晓薇，凌晓薇望着他微微一笑，他们俩两年没见了，有些不好意思。

张新洋先说话了："小薇，你怎么瘦得可怜巴巴的？是不是没有我陪你吃饭，你就没有胃口？"

凌晓薇眼里泪花闪烁，她走了两步，停下来说："不如先去吃饭吧。"

张新洋点点头，他们俩一直往前走，都没有说话。他们路过了熟悉的商店、超市、商场、车站，凌晓薇觉得脑子有点乱。张新洋变了，走在人群里，给人不一样的感觉。可是究竟哪里不一样了，她也说不上。

他们在外滩餐厅坐下后，张新洋把他的大手覆盖在了凌晓薇的手上。他的手热乎乎的，而凌晓薇的手，一年四季都是凉的。凌晓薇没有抽出手，但她有点不知所措。凌晓薇感觉到了张新洋的温度，既陌生又熟悉。

张新洋望着凌晓薇说："这两年，我想忘掉你，可我每次打算约女孩子，眼前都会出现你的影子，所以，为了以后不留遗憾，我就回来了。"

张新洋还是那么贫。凌晓薇不是冷血动物，不可能无动于衷，只是她没有流露出她的激动。她不再是十八岁的小女孩，过早尝到了生离死别的滋味，如今很多本该激动的事，她都很淡定。凌晓薇望着张新洋，突然就笑起来，笑着笑着，又开始哭……

张新洋一直安静地注视着她，她孤零零的样子，令人怜惜。她该拥有年轻女孩拥有的一切，她得朝气蓬勃起来。张新洋摸摸她的脸，替她擦眼泪，她一下子扑到他怀里，有个怀抱真是温暖啊。

凌晓薇很快又破涕为笑："不好意思，母亲去世后，我变得特别脆弱。"

张新洋歪着脑袋，捏了一下她的脸蛋，怜爱地说："以后，我不会让你再流泪了。"

凌晓薇笑了一下，眼泪顺着眼角流下来。

流水般的轻音乐在餐厅回荡，夕阳的余晖照进餐厅的角落，将他们包围起来。他们边吃边聊。张新洋一直在说美国的事，凌晓薇认真听着，她没什么可说的，这两年是她人生的低谷，母亲去世，父亲再婚，自己孤身一人，身体弱不禁风……

那晚，凌晓薇答应和张新洋交往。在张新洋出国期间，也有男孩追求过她，她都没有答应，大概是忘不了他吧。

母亲去世一周年的那天，大雪纷飞。凌晓薇独自去了黄河边，冬日的黄河水舒缓而平和，水上的船只也比往日少了许多。她沿着黄河边，默默地走到中山桥。母亲生前喜欢百合花，她买了一大束的白色百合花。她站在桥上，把花瓣一片一片撒到水里。她在心里对母亲说："妈，我有男朋友了，我会照顾好自己……"

凌晓薇闭上眼睛，屏气凝神："妈，你听到我的话了吗？如果听到了，到我梦里来一次吧……"

真希望母亲在梦里能对自己说点什么，她只梦见过母亲一次，那个梦超级短，梦里母亲站在楼下冲她挥手，什么话也没说，母亲的脸却真真的……

6

时间一晃，春天就来了。兰州这个小城的春天很短，春日总要沾染些夏的习性，减衣服的速度很快。凌晓薇起身，推开窗户，清新的空气扑面而来，春天的阳光令她感到温暖。她看着窗外柳树上发出的新绿，不由自主地哼唱起《春暖花开》那首歌。她给张新洋打电话，说："新洋，花都开好了，周末，我们去什川看梨花吧。"

张新洋正在开车，他听了很兴奋："晓薇，你春心萌动了，这是好事。我一定陪你去，我愿意陪你到天涯海角……"

凌晓薇笑着说："这真是个伟大的誓言……"

凌晓薇想起早上起来，还没喝水呢，张新洋说过，白开水是开胃水，必须要早起空腹喝。凌晓薇喝了白开水，然后煮了鲜牛奶、煎了蛋、切了面包，穿着睡衣吃起了早餐。出门的时候，凌晓薇破天荒穿了件枣红色的条绒连衣裙，过去的一年，她只穿黑白两个颜色。出门时，她照了照镜子，镜子里神采飞扬的那个女子，是她吗？

周五是很忙碌的一天，要处理很多事，她楼下楼上地跑了好几趟，又找领导签字，又和客户见面。中午的时候，张姐端了果汁给她，想打探她和张新洋的交往情况。

凌晓薇说："恋爱正在进行中！"

张姐说："春天是最适合恋爱的季节，好好享受吧。"

凌晓薇投给她一个春日暖阳般的微笑。

下班后，张新洋来接她，如今，几乎每天晚上他们都会一起吃饭。他们先去超市买菜，张新洋经常亲自下厨，给她做两三个清淡的小菜，逼着她喝一碗粥，说粥最养人。每次张新洋穿着围裙端着菜从厨房走出来，凌晓薇就开玩笑说："我有种上你家做客的感觉。"张新洋特别喜欢抱她，他总是抱着她摇啊摇，晃得凌晓薇睁不开眼了，然后轻轻吻她。

他们像往常一样，停好车子，凌晓薇一扭头就看见了南姨。她穿着一件灰色的外套，坐在小厨房门口的板凳上。南姨的头发剪短了，一下子好像瘦小了许多。凌晓薇丢下手里的菜，大喊着南姨跑了过去。

"南姨，你的手机打不通，也不知道上哪里去看你……"

南姨一把抓住凌晓薇的手，眼圈红红的："闺女啊，我就在等你呢。你张叔走的那天，手机就丢了，我没有你的电话了。今天我来拿东西，刚刚还寻思着，能不能遇见你，看来我们真是有缘。"

张新洋提上了南姨的东西，他们一起去了凌晓薇的住处。张新洋做饭，凌晓薇陪着南姨说话。

南姨说："你张叔走得急，我没顾上和你说。他在医院去世后，我们就把他安葬到了乡下的祖坟里，后事都安排好后，才来这里拿东西。"

凌晓薇也掉下了眼泪。

南姨说："这人啊，说没就没了，所以，每一天都要好好过。晓薇，你要好好吃饭，别亏了自己。你张叔原来有心脏病，我们都没太在意。退休后，你张叔非要来这里看车库，说不想给儿女们添麻烦。我没有退休工资，他想给我存点钱养老，没想到，他走得这么急，这么早……"

凌晓薇不知如何安慰南姨。留南姨住下了，她想让南姨一直住着，把身体调养好再回去。凌晓薇给她买了一件蓝色的羊毛衫，又买了很多的营养品，南姨教会了凌晓薇做土豆丝和浆水拌汤。看着凌晓薇呼噜呼噜地喝完一碗汤，南姨和张新洋一起嘿嘿地笑，南姨还说："这丫头终于肯好好吃饭了。"他们是真的高兴。南姨住了一周，气色好了很多。一天晚上，南姨说她得回去了，她说乡下的宅子不能没有人。凌晓薇再三挽留，可南姨执意要回去。第二天，凌晓薇和张新洋送南姨去汽车站。上车前，凌晓薇从包里掏出 2000 块钱，塞到了南姨手里，南姨死活也不要。

凌晓薇说："多少是我的心意啊。"说着她的泪突然涌上来。

南姨收下了。

凌晓薇拉着南姨的手说："南姨，以后你就当我是你的小闺女，要常来看我，一定要保重……"

送走南姨，凌晓薇眯着眼睛看了看春天的太阳，万物正在复苏，花朵次第开放，一切是那么迷人。凌晓薇握住了张新洋的手，他们牵着的手像秋千一样轻轻地荡来荡去，路边的柳枝在风中轻轻摇摆，像在跳曼妙的华尔兹。他们一直往前走，谁都没有说话，路过纷繁的十字路口的时候，凌晓薇把头凑过去，轻声说："张新洋，我们结婚吧！"张新洋愣了一下，随即把她拉入怀里，世界突然变得很安静，凌晓薇忘记了身在何处……

借你的耳朵用一用

鲁新奇从超市一出来，就撞见了一场西北风。此时正是这个城市西北风猖狂的季节，深秋时分，太阳没有了暖意，寒冷冰凉的风，使得四处飘零的落叶有点像孤魂野鬼，不知归途。华联超市的广播里不断重复着一些优惠商品的价格，鲁新奇提着满满的两个大包走出超市，广播的声音越来越远。

街上的人很少。这是条商业街，有高档服装店、品味咖啡馆、婚纱影楼、精品屋，一家连着一家，若是盛夏时节，这里的夜晚繁华如昼。而此刻，只有一片阑珊的灯火。

鲁新奇走出商业街，看到一家烟酒店，才想起自己忘记买烟了。烟酒店的老板叼着个小烟斗正在打游戏，鲁新奇走进去说了声："老板，给我拿条红塔山。"

老板半天才从电脑前挪过来，他极不情愿从游戏中回到现实。鲁新奇拿上烟，正要推门出去。

一个衣衫褴褛的乞丐老妇人推门进来。

"老板，可怜可怜我吧……"

老板立刻冲到前台，连推带搡地把老妇人挡到门外，嘴里骂骂咧咧地嚷着："我可怜你，谁可怜我啊？说不定你比我还有钱……"

鲁新奇跟着出来了。他手上有几块零钱，就顺手给了老妇人。

老妇人不停地道谢。

鲁新奇没有再理会。他不觉得给几块零钱有多大的快乐和宽慰，他只是觉得那老妇人不容易，这么大年纪了，还出来乞讨。

天色越发暗淡，玻璃橱窗亮起了各色的灯饰。鲁新奇缩了缩脖子，如果不是手里提着大包小包，他真想抽一支烟，他没有烟瘾，但长时间不说话，他会觉得嘴巴有些寂寞。

新婚的时候，他嘴巴总是闲不住，总想亲吻颖的小嘴唇，慢慢地，他的嘴巴就闲下了，结婚八年了，哪有天天如胶似漆的，那样甜蜜的光景只是几个月。不管男女，都喜新厌旧，会厌倦。就像你再喜欢吃红烧狮子头，如果天天吃，不到一个月就会腻了。如今颖去了法国，要在那里待一年，他过着单身汉的生活。他和颖常打越洋电话，偶尔会视频一下。

一年365天，掐着指头数数也不长。

朋友们都认为鲁新奇应该趁着老婆不在潇洒一下，鲁新奇有点自嘲地说，颖在的时候，他有贼心没贼胆，颖出国后，贼心却忽然没了。鲁新奇才35岁，当他说"贼心没了"的瞬间，他想，"贼心"代表着年轻吧，也许他开始老了，他开始怕麻烦了。

颖对他好像格外放心，从不突然打电话查岗，鲁新奇也一样。他们的婚姻进入了相安无事的阶段。

鲁新奇走到住处的时候，天完全黑了。

小区保安很热心地招呼他："鲁老师回来了……"

鲁新奇提高嗓门应了一声。

如果没记错的话，他今天只说了三句话。在超市交钱的时候，收银员问他有没有八毛的零钱，他翻开钱包找了半天，说了句没有。还有买烟的时候说了一句，现在是第三句话。

进了楼道，鲁新奇跺了跺脚上的灰尘，进了电梯，鲁新奇放下包，轻轻地按了下10楼。电梯里就他一个人，一直到家门口，也没遇见其他人，邻居们都在吃饭看电视了。鲁新奇摸了半天才找到钥匙，好不容易打开门，这个锁心和钥匙总是有些拧着，每次开门都不是很顺，换锁太麻烦，还是凑合着用吧。他基本上每天只开一次门，通常早上七点半出门，晚上七点回来。他现在喜欢待在有人的地方，比如办公室，比如商场。

鲁新奇打开灯，放下两个重重的包，如释重负地出了口气。他穿好拖鞋，一抬头就看到了妻子颖的照片。

那相片是颖走的时候放的，鲁新奇很少看，但也没有拿开。相片上的颖看起来很幸福的样子，那还是她婚前的相片，她抱着一只棕色的小熊，坐在草坪上傻笑。那时候她刚研究生毕业，正在和鲁新奇热恋。他们常常骑着单车在校园里转啊转，有时候靠着硕大的梧桐树说笑、打闹、亲吻，颖的小拳头砸过来，他总是嘿嘿地笑着说打一拳吻一下，颖总会嘟着嘴巴说讨厌，他总是忍不住凑过去咬她的嘴。

如果这个世上有爱情，那么他和颖算是爱情吧。

今天是周末，颖也没有打电话来。她在实验室？还是在上课？鲁新奇一算，她才走了三个月，却像是走了好几年的样子。

鲁新奇想喝口水，拿了杯子，里面空空如也，他放下水杯，去厨房烧水。一个人生活，厨房也格外清净。鲁新奇一直站在火边，等着水开，他常常忘关煤气、关门、关电视。颖每次电话里都会提醒他，记得关好门窗，记得关煤气，记得刷碗，对他倒不是特别上心。

偶尔颖会说："新奇，很寂寞吧，如果很孤独就去找朋友吧！"

有时候颖会调皮地说："新奇，回去我们就怀宝宝吧！"颖这么一说，鲁新奇就会很想念颖，夜里就想搂着她睡觉。

颖在的时候，他们经常吵架，头几年是为了你爱不爱我，我爱不爱你吵，接着又因为吃饭口味不同，总之鸡毛蒜皮的小事都可以吵起来，那时候鲁新奇常常恨不得用书堵住颖的嘴，现在他却很想念她的唠叨。

水开了，鲁新奇泡了杯铁观音，又热了一下中午吃剩的米饭和菜，开了一瓶啤酒，这就算晚餐了。

家里很安静，也很整洁。

这个三室两厅的 130 多平方米的房子，鲁新奇真正活动的空间很小。两个卧室他几乎不去，除非拿换洗的衣物，他才进去。他现在住书房的小床，书房里也没有传说中那样乱七八糟，只是有些杂，但很有秩序。

鲁新奇喝完啤酒，收拾好餐桌，点了一支烟，烟盒里只剩下三支烟了，还好刚才又买了，不然半夜醒来真不知干什么。鲁新奇站在厨房抽烟，他开着窗户，过去因为烟味的事，颖没少唠叨，后来颖说："以后你要抽烟就去厨房，开着窗户关上门，那样我就闻不到。"他同意了，每次就去厨房抽烟，烟味散不尽时，还可以用抽油烟机抽抽。

外面风大，烟味散得快。窗外霓虹灯闪烁不停，鲁新奇看着各色灯光，大家都在吃晚饭吧，他想着，忽然觉得心里有点空，也不是难过，现在没有什么可难过的。

出了厨房，他这才听见手机响了。

周末全天，这是唯一的一个电话，往日周末，一些朋友同事都会打进一些电话，有时候母亲也会打电话。母亲的电话总是有些唠叨，她每次都会把话题引到孩子的问题上。

"不生孩子出什么国？"母亲一直不赞同颖出国做什么访问学者，在她看来，没有什么比生孩子更重要的事，她常挂在嘴边的一句话是："趁我腿脚还方便，老骨头还有些力气，你们赶紧生，生下来，你们爱怎么忙就怎么忙，我来带孩子。"

每次一聊到这个话题，鲁新奇就会默不作声。他理解母亲，也理解颖，他们有不同的立场，而他不能偏向任何一个立场。母亲的话有道理，而颖去进修对她的事业有帮助。鲁新奇每次都会安慰母亲："妈，面包会有的，孩子也会有的。"

老太太每次都很无奈地挂了电话。

母亲在郊区，鲁新奇基本上一个月去一次，每次去住上两三天再回来。每次去，母亲都恨不得把所有的好吃的都填进他的胃里，在母亲看来只有120斤的儿子太瘦了。为了哄老人开心，鲁新奇总是大口地吃，有时候都吃撑了。

鲁新奇很喜欢自己的工作，给大学生上课相对是比较轻松的，就是科研压力比较大。

电话还在响，鲁新奇在大衣口袋里找到了手机。

是个陌生的号码。

他有些犹豫要不要接。他现在怕麻烦，这可能是逐渐老去的症状，他甚至有些想被世间遗忘，也许一个人生活久了，就会生出这样的想法，不想社交，不想找朋友倾诉，不想和不相干的人有些细微的牵连。他不知道自己在抗拒什么。在三尺讲台上，他面对着一张张年轻的面孔，常常会陷入沉思，他不知道他到底能为他们做点什么，但是，听他课的学生从来没有减少过，大家都希望听真话。他从来不对学生说些不切实际的话，这大概就是学生喜欢他的原因。

电话还在响。铃声有些顽强。

鲁新奇轻轻地按下接听键。

"喂，是……鲁先生吗？"

显然是个女的，她声音婉转，略带醉态。

"是的，你是？"

"我想……你可能不记得我……了，不过不要……紧，我刚在手机里……发现一个陌生的名字，就打……过来了。"女子说话结结巴巴的，估计她喝了不少酒。

"是，有什么事吗？"鲁新奇的声音略显紧张和不友好。

"等一下……我……去喝……口水！"女子忽然放下电话，过了半天才回来。

"喂，你还在吗？我刚刚喝了一杯解酒茶，又去了卫生间，不好意思……"女子的口齿清晰了许多。

"嗯，还在，请问你找我有事吗？"鲁新奇警惕地问。

"你别紧张，也别一副拒人于千里之外的感觉，第一我不问你借钱，知道吗，有一次我爸突然晕倒，医院要紧急做手术，可是我卡上的钱不够，我就挨着个的给我的朋友一个一个地打电话凑钱，当时还差8000块，我借了整整一上午，总算凑够了。但那8000块钱不是很多人借给我的，而是一个人，有人说，当你在借钱的时候，你才会发现你的朋友是那样的少。唉，别说朋友不借钱了，就算是亲兄弟也不见得会把钱借给你，后来我常常对我周围的人说，如果你想考验友情是否真实，那就去向他借钱吧。对了，我都不知道自己说到哪里了，嗯，想起来了。你的声音很像我当初要借钱的那些朋友的声音，他们一听说我要借钱，都变得吞吞吐吐，就像嘴巴里含了两颗话梅糖，他们天天和我混在一起，一听说我爸爸紧急动手术，都变得有事了，一个个借口满天飞，我当时那叫一个绝望，后来总算有一个人将我解救于水火之中，那个人后来成了我的男朋友。说实话，要不是他在危难之中借我钱，我爸可能早就不在人世了……"

鲁新奇被这些不着边际的话打动了。

这女的是谁？他什么时候和她认识的？什么时候留的电话？不过，他知道，他不需要问这些。她此刻就是想借助他的耳朵倾诉一下，没有别的。

"你喝酒了吗？"鲁新奇问。

"嗯！"电话那头忽然沉默了一下，轻轻咳了一声。

"我喝酒了，我一个人刚刚喝了一瓶半斤的二锅头，才发现我还有点酒量。本来我是想喝完酒倒头就睡的，可没想到喝完后，一点都不想睡，说真的我现在只想睡觉，然后等醒来的时候，一切都是美好的，没有我想的那么糟……"

"你遇到什么事了？"鲁新奇问，他本来想打开电脑看一下颖有没有留言，有时候颖不打电话，她会发邮件或者在 MSN 上留言。现在接了这个电话，他估计一时半会挂不了。

"我很想去人多的地方喝酒，比如酒吧里，可说真的，我怕我醉酒后很邋遢，听说女人醉酒后会哭闹、谩骂，甚至在地上打滚什么的，我觉得那样不好。有一天晚上，我打车回家，出租车师傅和我闲侃，他说：'你们女的千万别在外面喝醉。'他说他曾经拉过几个喝醉的女人，她们喝醉了真是惨不忍睹，哭闹呕吐都是小事，有的衣衫不整，有的小便失禁，如果身边没个人，那很危险。我当时听了就想，无论发生什么，我都不在外面喝醉。人喝醉了怎么都那德行呢？现在才觉得，也许是心里苦吧。喂，鲁先生你在听吗？"

"嗯，我在听，放心，今晚我的耳朵借给你用！"鲁新奇说着在裤兜里摸出烟盒，他的眼睛在找打火机。

电话那边的女子笑了两声，又哭了："你真是好人，知道吗，我已经很久都没有笑了。我再不说说心里话，我可能就疯了。没有人理解我，他们都觉得我是庸人自扰。"

女子忽然不说话了，鲁新奇听到她深吸了口气，她又伤心了。

客厅里只开着一盏灯，其他地方都是昏暗的。鲁新奇和女子同时陷入了沉默。鲁新奇在大衣兜里摸到打火机，把手里的烟点着，轻轻吸了一口，他感觉到了女子的悲伤，他的心情也有些低落。这个世界变化很快，人人都比过去更加喜新厌旧，那些喜欢怀旧和追寻永恒的人注定会败下阵来。毫无疑问，电话那头的女人，肯定是有很多的梦想被现实击碎了。

"你……吃饭了吗？"女人慢慢吐出一句话，鲁新奇听见她清了清嗓子，她的声音变得清晰起来。

"我吃过了，还喝了一小罐啤酒。"鲁新奇说着又吸了一口烟，周围都是淡淡的烟味。鲁新奇索性靠在沙发上，很舒服地抱起一个靠垫。这个靠垫是很多碎花布拼凑而成的，很田园的风格，颖在家时最喜欢抱着它看电视。

"今晚我就想变成一个酒鬼，我不光喝了二锅头，还喝了杯红酒，对了，还有一瓶梅子酒，那味道酸甜酸甜的，就像初恋的心情。我头有些晕，我坐在地上，看着头顶的吊灯，觉得好孤单，好像被世界抛弃了一样，于是就开始翻手机。你可能不知道，我的朋友很少，平常我不善于交际，见了陌生人都会脸红，不管男的女的，都会脸红，所以我手机里的号码基本上都是亲朋好友的，同事的电话也有几个，一般公司有事才联系，其他时间基本都是老死不相往来。就像我们家的邻居老奶奶，上次我家里的水管坏了，我去她家想要一盆水，结果，我好不容易鼓足勇气敲开门，你知道她说了什么？她说她家的水管也坏了，从此以后，我们就再也没说过话。现在的人都怎么了，一个个的像防贼似的。你可别说我小心眼，是老奶奶自己不愿意和我说话的。接着我刚才的话题说，我翻了一遍手机号码，只发现你是我想不起来的人，但是我怎么会有你的电话呢？我真的不记得了。所以我想给你打电话，我想你肯定也不记得我是谁，所以我们两个通电话，肯定是有趣的事情。"电话那头的女子傻傻地笑了。

"的确很有趣，我也不轻易给人留电话的。"鲁新奇将烟从嘴边拿开，他也笑了。

生活中常会有意想不到的事情发生，很有意思。

"你知道吗，我好久都没笑了。你说谁不喜欢笑？可是当你觉得未来一片迷茫的时候，笑肯定是很困难的。过去每个月我就烦那么两三天，就是大姨妈来的那几天，现在我好像被大姨妈包围了。我的大姨妈不走了。"女子的笑声在持续，很无奈的笑声。

鲁新奇知道她说的"大姨妈"，他心想，男人其实每个月也有郁闷的几天。人的心情和月亮一样，也会阴晴圆缺。

鲁新奇把烟拿到嘴边，吞云吐雾了几口，他考研的时候，找工作的时候，几乎都是靠香烟支撑着过来的。这支烟抽完了，他轻轻弹掉了寂灭的烟灰，把烟头也熄灭了。

鲁新奇咳嗽了一声，听电话那头的女子继续说。

"我每天都很忙，可到晚上仔细一想，好像也没忙啥。我男朋友问我一天到底忙啥呢，整天不着家，我懒得理他，我现在很烦他。我们本来计划五月结婚的，都被我找借口推后了。我们同居两年了，他妈早就把我当儿媳妇了，一来就对我指手画脚的，什么厨房没打扫干净了，屋里太乱了，穿的衣服领子太低了。说实话我烦她，但不讨厌她，她是个好人，就是太挑剔。有时候，去她家吃饭，她会给我夹菜，劝我多吃点，我害怕结婚也不是担心未来的婆婆，但我说不上我担心什么，只是觉得自己一事无成。别的女孩结婚的时候不知是什么感觉，反正我没幸福感。我现在有点后悔和男朋友同居，如果不同居，就看不到他那么多缺点，也许会有步入婚姻殿堂的幸福感吧。说真的，我很害怕、很彷徨，每天夜里睡不好，我记得我以前挺没心没肺的，基本倒头就睡，累了还能打个小呼噜，现在我整晚整晚都睡不着。"

"你因为怕结婚而睡不着？"鲁新奇问。

"也许吧，我越是睡不着，心里越是觉得烦。想和他结婚有什么好，现在双方父母都在准备婚礼，他说要带我去买钻戒，我说我很忙，你随便买一个，他居然为此三天不和我说话，他说我根本不把结婚当回事。结婚对于女人来说，是天大的事吧，你说我能不当回事吗？我马上28了，明年就29，我们这里不说29，直接说30岁，那我明年都30了，从大学毕业到现在，这些年我都干了些什么呢？好像就是上班回家，吃饭睡觉。和男朋友刚谈恋爱的日子，我还觉得挺幸福的，现在谈婚论嫁了，我忽然觉得自己有些亏，知道吗，我就谈了他一个，有一次他喝了点酒，我就问他和几个女孩发生过那种事，他居然掰着指头数了半天，说有三个，我是他的第四个。我真有点不敢相信，他看起来人模人样，挺实在的一个人。可是我总不能跟他的过去怄气吧？我只能忍了。我们的新房装修好了，他说要给我买辆车，其实这些我都不在乎，我就希望他对我好一点，对家庭负点责任，他满口答应。可我知道，他其实不能保证什么，谁知道未来会是什么样？"

"没有人知道明天会发生什么，但承诺和誓言我们还是要相信的。"鲁新奇说着。

海誓山盟是爱情里最美好的部分，鲁新奇是相信的。他对颖，对曾经的初恋都曾掏心掏肺地爱过。鲁新奇又摸出一支烟，烟盒彻底空了，他把烟衔在嘴边，站起身来，看了看窗外，窗外的灯火零零星星的，很多人都该睡了吧。

电话那边的女子听起来倾诉欲还很强。她在纠结什么呢？

"我现在不是小女孩了，我知道自己想要什么样的生活，可是我的工作生活都很不如意，尤其工作。我不会溜须拍马，这年头小人得志，在公司，我始终处在最底层的位置，听起来是个助理，其实就是个打杂的，工资也没多少，倒是天天受气，领导说我工作态度有问题，我只能低声下气。我每天按时上下班，让我做什么就做什么，他凭什么说我的工作态度不好啊！"

"我想你得调整一下心态。大家工作都是一样的，只是心态不同，所以感受就不同！"鲁新奇若有所思地说。

"也许我有点理想主义，我一直觉得今年没有去年好，越长大烦恼越多，现在好歹还有自由，一想到结婚后生活变成老公、孩子和厨房，还有做不完的家务，天天为些鸡毛蒜皮的小事吵架，我的头就大了。"女子苦笑着说。

"你爱他吗？"鲁新奇问。他忽然觉得自己已经好久没有提到过

"爱"字了，他也好久没有对颖说过爱了。颖出国的前天晚上，轻轻地吻着他，摸着他的脸说："老公，你爱我吗？"鲁新奇有点疲倦，闭着眼睛点点头，那晚颖和他一直缠绵，说要让他饱一年。再相爱的人结婚后也会有彼此厌倦的时刻吧。

鲁新奇端起杯子，喝了一口水。他离开沙发，关了客厅的灯，走到书房，看了看表，都十一点了，平时这会儿，他该准备睡了。

他躺在单人床上。

女人的声音也有些倦意，语速明显慢下来。

"你也觉得我不爱他？可是我想对你说，我爱他，我从没有这么爱过一个人，可是他现在觉得我不爱他，他说相爱的人就像梁山伯与祝英台，死了也要化蝶在一起，他说他怀疑我对他的爱，他觉得我不愿意嫁给他。我说我害怕，他居然说：'你又不是少女，你怕啥？'他说完这个我抽了他一耳光，我开始哭。我说你不知道我怎么变成女人的吗？他一下子就慌了。我所有的第一次都给了他，他居然还觉得我不爱他。他妈每次一见我就问：'啥时候去领证？'他们就光知道领证领证，我都快被逼得喘不过气来了。我妈也说赶紧在新年前把婚事办了，我妈说：'女孩子条件再好，也耗不起。'我说：'大不了一个人过一辈子。'我刚一说完，就被她从头到脚批了一顿。"

鲁新奇忍不住问："你为什么怕结婚？"

"你听出了我的害怕？"

"嗯，我感觉你在逃避什么？"鲁新奇认真地想了想说。他感觉有些累，虽然躺着，但一只手要拿着手机，保持姿势不动，时间久了自然会酸，鲁新奇把脚垂到床边，来回动了动，手机也换了个耳朵听。不过他还是想听女子说话，哪怕她的话很无聊，漫漫长夜有个声音在耳边总是好的，何况她说的都是心事。

"被你说着了，有一件事，我只和我奶奶说过！"女子严肃起来。

鲁新奇也坐了起来。

"如果你觉得我是个可信的人，那说说吧。"

女子喘了口气，她似乎哭了。

"我很小的时候就发现我爸有一个相好的。我父母是包办婚姻，他们的感情看起来很好，只是我妈的工作比我爸的要忙些，她常常出差，我妈几乎半个月就出差一次，每次她一出差，我爸就把我送到奶奶家。有一次，我到奶奶家了，才发现作业本忘了拿，就匆匆回家拿，我打开门，看见爸爸在，家里还来了个阿姨，我就说忘记拿作业本了，他急忙把作业本给我，又送我到奶奶家。我记得那个阿姨也有些不自然，她给了我一个棒棒糖。后来有一次我妈出差，因为下雨，我没去奶奶家。夜里我上卫生间，听见卧室里有说话的声音，而且是那个阿姨的声音，他们说话的声音很低。我当时想她可能是来串门的吧。第二天，我去了奶奶家，把事情和奶奶说了，当时我奶奶正在织毛衣，她急忙放下手里的活，把我揽到怀里。她说：'孩子，千万不要把这事情告诉你妈，不然你就闯大祸了，你可能连家都没有了。'当时我大概明白了爸爸和那女人的关系，所以这件事到现在我都没有对任何人说起。我奶奶去世的时候，我站在她身边，她紧紧地握着我的手，那目光还是生怕我说出去。我哭着说：'放心吧，奶奶。'奶奶去世以后，我就上大学了，也回家少了。我不知道我父母的真实情况，我记得我妈每次出差回来，我爸都在厨房做饭，晚上睡前给我妈端洗脚水，他们看起来很恩爱，或许那都是表面的。直到前两年我爸突发脑溢血，生命重危，我守在医院里照顾他，一天下午，一个阿姨来看他，她喊了我爸一声，我一眼就看出她就是那个阿姨，原来这么多年他们一直都没有断过。我就找了个借口出来了，说实话，我受不了他们的眼神，快20年了，他们居然还有那样的眼神。我爸说：'差一点就见不着了。'那阿姨的眼泪就流了出来。我爸是个老实的男人，他不光心眼好，还特别热心，周围的邻居有什么苦衷，都喜欢找他倾诉。可就这么一个好男人，居然一直心里爱着另外一个女人。这么多年他们的爱都没断，所以我害怕婚姻，不太相信我男朋友。"

鲁新奇听了有点震撼，他说："你爸是个好男人，无论对你，对你母亲还是对他的爱情。"

电话里的女子沉默了。

"可是我自打知道他的秘密后，我就知道了婚姻中的谎言，我最受不了男朋友撒谎，他明明去酒吧喝酒，却骗我说在加班，这样的事我发现了好几次，每次我都会大发雷霆，我会崩溃，为什么不能说实话呢？朋友对我撒谎我也受不了，只要我发现她们对我撒谎了，我马上会当场指出，然后老死不相往来。"

鲁新奇换了个躺着的姿势，夜已深了，小床边的落地台灯发出幽暗的亮光。这种光给人一种温暖的感觉。

鲁新奇心想，若不是她从小发现父亲的秘密，她也不会害怕结婚的。他决定开导开导她："这个世上没有一个人敢说，'我这辈子没有说过一句谎话'，如果有人对你说这句话，你信吗？你自己难道真的没有说过谎吗？"

女子说："我想我肯定说过谎，从小到大，不管是对家人、对老师，还是对好朋友。"

鲁新奇说："你现在也许理解不了你的父亲，但慢慢地，你会理解他。我们一生中有太多的秘密和难言之隐，但生活还要继续，所以，有时候谎言并不是欺骗，而是为了让对方幸福。比如你爸的谎言，比如此刻我的妻子突然打来电话，她会问你在和谁通话，通话那么久，我肯定会说，和一个多年不见的同学，我不可能说，我和一个陌生的女子。如果我实话实说，她远在国外，肯定会胡思乱想的。我觉得你父亲的秘密让你不再信任任何一个人了。你马上要结婚了，你也该知道爱情在人的一生中的美好，所以，你该打开这个心结了，其实你可以和你父亲谈谈，我想他肯定会告诉你关于他的爱情故事的。你该原谅你的父亲，他其实是保全了家庭，他是个负责任的人。"

电话那边是长久的沉默，鲁新奇知道，打开心结也是需要时间的。

女子幽幽地说："这个秘密在我心里20年了，现在说出来，忽然觉得没什么，我该为父亲的爱情感动吧。过两天我要和男朋友去领结婚证了。我想至少我们是相爱的，比我父母幸福多了。他们是包办婚姻，婚前才见过几次。"

鲁新奇清了清嗓子说："你说了这么多，归根结底，你是对未来不可预知的生活有些迷茫。你现在的所有担心、设想都是不存在的，没有人能预知未来，未来其实在你的心里，你想要它变成什么样，它就会变成什么样。你明白吗?"

"我想我懂了,我这次下定决心结婚,其实是个意外,说来也是个笑话。"女子的口气轻松了不少。

"笑话?"鲁新奇有点不相信自己的耳朵。

"是,我以为我怀孕了,我以为我的肚子里有了小生命。当时,我大姨妈推迟,吃饭恶心、嗜睡,连我男朋友都觉得是真的,他忽然对我关怀备至。为了对孩子负责,我就对他说,'我们结婚吧!'当时他的表情相当的兴奋,他紧紧地握着我的手说:'你终于要成为我的老婆了!'过去他老求婚,我老拒绝,所以这次我主动说出来,他非常激动。他把我们要结婚的消息,第一时间通知了他的家人。幸亏他没说我怀孕了。现在酒店订了,婚纱照也拍了,前天我的肚子忽然开始疼起来,我熟悉那种疼,是要来例假了,果然,我来例假了。我只能对我男朋友说:'我来例假了。'没想到他居然说:'放心吧,结婚后你会很快怀孕的。'他挂了电话,我独自一人去了公园,在人工湖边,我忽然觉得自己心静如水。那天的云朵很美,天空湛蓝,我不知道我的生活会怎样,但我无法回头,因为我真的要结婚了,这次是真的,我不能再反悔了,那天我在一个无人的角落哭了一场,回来的路上,我就想把自己灌醉,我怕我又胡思乱想。"

女子说完长长地出了口气。

鲁新奇觉得她的生活还是很美好的。

他笑着说:"我想我不必再开导你什么了,谢谢对我的信任,今天是个美好的夜晚,我祝福你,希望你的未来和你梦想的一样美丽!"

"谢谢,我现在轻松了很多,尽管我对你一无所知,但是,我想能听完我这么多废话的人,一定是个极善极好的人,我想我会幸福的,谢谢你啦,呵呵……"女孩郑重地说完,又轻轻地笑了,她的笑声很动听,好像一个天真烂漫的少女得到一个小礼物后的满足。

鲁新奇也笑了。

挂了电话,鲁新奇才感觉到手机的灼热,还没有这么长时间地打过电话呢。

时间指向深夜两点，周围很安静。夜空深沉，淡淡的月光透过窗棂照进书房，鲁新奇脱了衣服，他听到衣服脱离身体的窸窣声，鲁新奇忽然想，如果此刻颖轻轻地在他耳边说一句："新奇，我很想你！"那一定很美吧。

　　鲁新奇闭上眼睛，他想，明天一早他要给颖打个电话。

小烦恼

　　晚上9点半，超市里顾客很少，韩小茹有气无力地趴在柜台上，抠着指甲里的一点小污垢。她手边的手机一直在持续不断地响着，电话是丈夫王德子打来的，韩小茹冷漠地注视着闪亮的手机屏幕，是的，她不想接丈夫的电话。因为她刚才已经按掉了无数次的电话，她此刻连按电话的劲头都没有了。

　　打电话的是屡败屡打，接电话的却是越按越火。谁都知道，这对夫妻肯定是吵架了。

　　韩小茹再次迅速按掉电话的时候，她的眉头是紧锁的，确切地说，她嘴里还嘟囔了一句只有她能听见的话："废物！"然而，电话挂断后不到一秒钟，又响起来了。韩小茹这次没有按掉电话，而是很果断地关掉了手机。她不想再听见王德子的声音，是的，一点都不想，她要为她白天白挨的那一巴掌讨个说法，她觉得王德子今天肯定是吃错药了！

　　韩小茹正如她的普通名字一样，是个长相普通、身材普通、生活也普通的女人。在小说中，那些什么都普通的"丑小鸭"往往也能阴差阳错地嫁个好夫婿，摇身一变成凤凰，就像韩小茹的姐姐韩小萍，她长得比韩小茹还普通一点，可是她嫁了个大款老公，现在穿金戴银的。同是一娘所生，韩小茹就没有姐姐的命好，她大专毕业，找不到合适的工作，最后只能在一家超市当收银员，虽是自由恋爱结婚，可是老公王德子的条件的确很寒酸。王德子在一家电子玩具厂当车间主任，工资虽然不高，可是天天加班，难得有空闲。

韩小茹和王德子结婚两年了，他们一直住在王德子父亲分下的两居室里，一间王德子父亲住，一间他们夫妻住。王德子的母亲很多年前就去世了，公公还有一份退休工资贴补生活，刚开始韩小茹婚后的日子应该用平淡或者用朴素的温馨来形容。

可是韩小茹现在的生活变得一塌糊涂，这事还得从上个月的第二个周末说起。

那天韩小茹像往常一样，下班后去菜市场买菜，然后回家洗碗、做饭，如果说和平时有什么不同之处，那便是韩小茹的生活节奏慢了那么半拍。她在菜市场精心地挑了一斤西兰花、一斤小白菜，又买了半斤鸡小腿。韩小茹哼着歌回到家，这几天公公去了王德子的妹妹那儿，家里不免有点冷清。韩小茹做了红烧辣子鸡，还炒了一盘醋熘小白菜。

刚做好，王德子下班回来了。

他们有说有笑地吃了饭，韩小茹去洗碗，王德子收拾桌子。一切停当后，便到了他们每天晚上最休闲的时刻，那就是看电视，看电视的时候，韩小茹的手也没闲着，还给王德子织着深灰色毛衣。王德子的手也没闲着，他的手很有节奏地拍着老婆的肩膀。如果有第三只眼睛看他们的生活，一定会得出一个结论：这是一对很恩爱的小夫妻。

"行了，别拍了，刚吃过饭，肯定有什么好事吧！"

"你太聪明了，老婆，我明天发工资！"王德子说。王德子说的时候还故意把尾音拉长，看来他心情不错。

韩小茹一听发工资，她停下手里的活，往王德子身边凑了凑，眼神很暧昧地看了一眼丈夫，王德子用手捏了一下她的小鼻子。

"不得了，财迷的绿眼睛又露出来了！"

"讨厌！"韩小茹撒着娇，往王德子的怀里钻着。王德子的胳膊完全伸长，将韩小茹包围了起来。

"老公，你知道这个月的工资有多少吗？"

"谁知道，应该和上个月差不多吧！"

"老公，你答应过人家，要给我买珍珠项链的！"

"好好好，到时候你自己挑，我的好老婆！"

王德子答应着，他毛扎扎的胡子茬在韩小茹的脸蛋上，使劲扎了一下。

"哎哟，你弄疼我了！"

就这在充满温馨的美好时刻，韩小茹突然大叫了起来。

"老鼠，老鼠……"

电视柜下，钻出一只灰色的小老鼠，它扭头看了一眼这对恩爱的夫妻，像是在示威似的，甩着它细长的尾巴，风一样的就不见了。

韩小茹怪叫着，像受惊的小鹿一样钻进了王德子的怀里，紧紧地搂着他的脖子。王德子也看见了，他挣脱韩小茹，跳起来，让韩小茹把住客厅的门，他跑去拿拖把。可是韩小茹的怪叫还在持续，她怎么敢一个人待着呢！她眼泪汪汪地非要跟着王德子一起去拿拖把。

王德子吼了一声："怕什么，不就是只老鼠吗，又不是狼，还能把你吃了？"

韩小茹愣了一下，就心惊胆战地守在客厅门口。

王德子不到五秒钟的功夫就拿来了拖把，他把客厅的犄角旮旯捣翻了天，几乎满头大汗了，就是没见那只老鼠的影子。

夫妻俩再也没有心思看电视，他们把客厅中的家具包括拖鞋都翻找了一遍，老鼠还是没有出现。直到夜里十二点，他们才小心翼翼地关好卫生间、厨房以及王德子父亲的房门，筋疲力尽地躺到床上。

刚躺下，王德子的长胳膊已经把韩小茹搂在了怀里，韩小茹闪电般地坐起来，她央求王德子陪她出去一下，王德子以为她要去上卫生间，就笑韩小茹是胆小鬼。韩小茹并不是去上卫生间，她是去给客厅里的茶几下面放瓜子，王德子本来想问，被韩小茹悄声制止了。

到了卧室，韩小茹才喘口气说："听说，老鼠最喜欢吃瓜子，如果明天那些瓜子少了，或者没了，说明老鼠还在我们家！"

王德子说："好了，睡觉吧，老鼠不会再来了！"

第二天，王德子一下班进门就兴冲冲喊："小茹，小茹……"

没想到，韩小茹却站在过道里发呆。原来韩小茹不敢进任何一间屋子。王德子看着老婆的可怜样，他拉着老婆的手，进了客厅。然后

31

小
烦
恼

把工资重重地往韩小茹手里一放，可是韩小茹现在哪有心情数钱，她早已趴到地上数茶几下面的瓜子了。

"瓜子好像少了很多。"韩小茹认真地核对后，得出了令她失望的结论。

王德子知道，如果不把那只该死的老鼠找到，韩小茹的心是放不下来的。

王德子让韩小茹简单弄点饭，他去找老鼠。

王德子这次把阳台上的一些旧物全都翻找了一遍，那些旧物都是他妈生前用过的，父亲王老汉舍不得丢，王德子翻着翻着，翻出了一件枣红色的呢子大衣。

这件大衣是母亲生前最爱穿的，母亲一生节俭惯了，能穿出去的衣服也少得可怜。王德子忘记了找老鼠的大事，他抚摩着大衣，突然心里一酸，许多母亲的往事一件件在脑子里闪出来，王德子就在傍晚的余晖中，发起了呆，直到韩小茹喊吃饭的时候，他才回过神来。

吃饭的时候，王德子一声都不吭，韩小茹也不知道他在想什么心事。这顿晚饭是他们夫妻结婚以来吃得最漫长的一次，王德子的脑袋里挂着母亲的那件旧衣服，韩小茹的心里想的是去市场买个老鼠夹子。

快吃完的时候，王德子扒着碗里不多的几粒大米，才发现韩小茹正在盯着他，他咳嗽了几声，这一咳嗽，韩小茹说："吃完了吗？吃完了，我们接着找，我就不信，这老鼠还能长了翅膀？"

王德子却不想动。

他慢吞吞地说："累了一天，歇会儿再找吧！"

韩小茹瞪了一眼王德子，嘴巴里半天吐出一句话："你就这么凑合吧……"

王德子嘴巴动了动，没有发出声音，他慢慢起身，去了洗手间拿了拖把，拖着拖鞋，吧嗒吧嗒地去了阳台上，继续翻找老鼠。

韩小茹迅速地洗了碗，也加入了翻箱倒柜的战斗中。

他们又找了一个晚上，还是一无所获。

第二天，两口子下班后，在附近的小餐馆里，各吃了一碗蛋炒饭，吃饭的时候，他们在讨论着老鼠会不会去其他屋子的事。他们还打算把所有的地方都找一遍，说实话，这世上，几乎没有老鼠去不了的地方。

没想到，他们一回家，就见家里的门敞开着，里面有电视的声音传出来。

韩小茹嘴里嘟囔着："老鼠肯定是在门开着的时候，跑进家里的。"

王德子知道，是他父亲，王老汉回来了。

韩小茹第一个冲进门，她看见屋子里的所有房间都大开着。

王老汉一边看着电视，一边吃着冰块。

"爸，你怎么把门都打开了？"韩小茹极力地克制着自己。

"我觉得闷得慌，想透透气！"

韩小茹急忙把每个门都关上，她关上后才发现自己笨死了，因为现在关也是白关，一切已经来不及了。

王德子却不管这些："爸，你还没吃饭吧，你怎么吃起冰来了？"

"牙疼！"

"牙疼得吃药，你吃药了吗？"

"吃药没用。"王老汉含糊地说着。

韩小茹急忙给公公做了一碗西红柿鸡蛋面，王德子随便和父亲聊了几句后，就去翻找卧室里的角角落落了。

一晚上找下来，又是一无所获。

夜里，夫妻俩再次分析老鼠可能藏身的种种地方，一直分析到半夜，每分析一个地方，他们会像发现新大陆一样地从床上爬起来，直奔过去。可是老鼠像穿了隐身衣一样，全无踪迹。

第二天是周末，早上一起床，王德子看见父亲在屋子里转悠。原来王老汉牙疼得一夜没睡。王德子让韩小茹在家收拾残局，他带父亲去医院检查检查。看着一片狼藉的屋子，韩小茹突然很想哭，她极力地忍着眼泪，一个人收拾满地的狼藉。

中午王德子和他父亲回来了，韩小茹炒了三个菜，一个青椒炒肉丝，一个是辣子鸡丁，还有一个家常豆腐。没想到，王德子看见桌子上的菜后，大发雷霆。

"你知道我爸牙疼，为什么每个菜里都放辣子，你是成心的是不是!"

韩小茹也气炸了："我就是成心的，怎么了!"

"啪!"一个巴掌落到了韩小茹的脸上。

那一巴掌把三个人都打愣了，半晌工夫，没有人说话。

"混账东西，你怎么打小茹!"王老汉的巴掌落到了王德子的脸上。

韩小茹这时候才反应过来，怒仇视着王德子，迅速地站起来，拿起手提包就冲出了门外。

看着媳妇跑出去，王老汉重重地叹了口气。他原本以为自己扇了王德子一巴掌后，媳妇儿就解气了，这个事情就不了了之了。没想到韩小茹还是走了。

"混账东西，快去追啊!"

王德子没有动。虽然他已经后悔了，可是他不想此刻去追韩小茹。他知道这次事情闹大了，结婚以来，他这是第一次动手，韩小茹一定恨死他了。

王德子想，这都怪那只可恶的老鼠，几天工夫，把大家的心都弄糟了。

韩小茹冲出家门，她满肚子的委屈，满脸的泪水，她背对着行人，面对着一堵红墙，痛痛快快地大哭了一场，哭完心里舒服了，这个时候天已经黑了。

韩小茹一个人站在大街上发起了呆，她不知道自己该去哪里。她一抬头，才发现，自己不知不觉间走到了姐姐韩小萍家附近。

韩小茹决定去看看姐姐，走到门口，她就听见里面的争吵声和小孩子的哭声。韩小茹本来想敲门，可是半天手也伸不起来。

韩小茹走下楼，在花园里坐了一会。姐姐他们的争吵声，还隐约间能听见。韩小茹隐约间听到了姐姐的哭声。她犹豫再三还是决定上去劝劝他们。

门是姐夫开的，看见韩小茹，姐夫脸上愤怒的肌肉立刻堆在了嘴角，咧开嘴笑了。韩小茹急忙四顾寻找姐姐，终于在卧室门边看到了姐姐瘦弱的身影，姐姐靠在那里，低声地抽泣着。

韩小茹喊了声："姐……"

韩小萍这才转过头来，匆匆擦掉泪水，看到姐姐的泪水，想起刚刚自己掉的眼泪，韩小茹的心像针扎一样疼。为什么，哭泣的总是女人呢？

韩小萍止住了哭，哽咽地问："你今天怎么这么早下班？"

韩小茹还没有回答，就见四岁的小外甥女容容可怜兮兮地扑了过来。

"小姨，妈妈哭了，妈妈哭了……"

姐夫很识趣地去楼下买吃的。

韩小茹这才知道，今天没有吃饭的不光是她，还有这一家子。

到底为什么吵架呢？

用韩小萍的一句话可以说明白，姐夫在外面有了别的女人。

韩小茹抱起容容，说："告诉小姨，你想吃什么呢？"

容容一听吃的，她立刻忘记了哭泣，眼睛睁得大大的："小姨，你会做什么好吃的？"

韩小茹说："小姨什么都会做。容容想吃什么呢？"

"真的吗？那我想吃炸鸡腿！"

韩小茹说："好吧，你去那边玩，小姨这就去给你做。"

容容兴奋地拍着手，去沙发那里玩芭比娃娃了。

韩小茹让姐姐躺着休息一下，她拿了把笤帚，打扫着满地被摔碎的东西。打扫完，韩小茹穿上围裙，打开冰箱，立刻傻了眼，冰箱里空空如也，韩小茹由此判断，姐姐和姐夫已经闹了有一阵子了，不然冰箱里也不会只有容容的奶粉了。

韩小茹给姐夫打电话，让他去超市买些肉和米，再给容容买些吃的。

放下电话，韩小萍说："他要跟我离婚，他外面有了个女人，他说那个女的是个大学生，他还说，他们才是真的爱情，以前和我结婚是凑合着的，那你说我和容容怎么办！"

韩小萍说着又抹起了眼泪。

真是家家有本难念的经，韩小茹给姐姐拿了湿毛巾，她让姐姐先平静一下。她说总会有办法的，而她的心却像五味瓶一样。

韩小萍说她也想好了，如果实在没办法了，她就以死相逼。

俩人正在聊着，姐夫提着大包小包进来了。

韩小萍看见丈夫，转身就进了卧室，倒是小容容看到那么多好吃的，高兴地拍起小手迎了过去。

韩小茹在微波炉里热了一下姐夫买来的几个菜。菜香立刻弥漫开来。

吃饭的时候，姐夫在看电视，他说他在外面吃过了。韩小茹和容容都吃了不少，可韩小萍只吃了几口。

正在吃饭的时候，韩小茹的电话响了。

韩小茹一看电话是王德子打的，她没接，急忙起身说："我得走了，今天我是晚班，不然就迟到了。"

下了姐姐家的楼，韩小茹任泪水肆意流淌。街上起了风，韩小茹站在风中，任自己随风抖动，她尽情地哭了一场。

韩小茹哭完后，心情平和了许多，她去上班了，在路上，她给她妈打了个电话，说王德子出差了，家里就她一个人，她想回家住几天。

韩小茹走到超市门口，远远地就看见了垂头丧气的王德子正蹲在那里。韩小茹径直走进去，王德子这才站起来。

"小茹，对不起。"

韩小茹背过身，很无力地说："现在没什么好说的了，我要回我父母那住一段时间。"

韩小茹哀怨的样子让王德子肝肠寸断。

"小茹，当时我太冲动，你也知道，这段日子为了找老鼠，再加上我爸的牙疼，家里没消停过，所以我……"

"所以你就打我了，是吗?"

韩小茹说完，很不耐烦地说："你回去吧，我想安静段时间。"

王德子知道韩小茹的倔脾气，他说："那我过几天去你家接你。"

说完，他耷拉着脑袋，沮丧着脸，一步一回头地离开了。

韩小茹回到家，她一进门，她妈就进了厨房，见闺女下了夜班坐半个多小时的公交车专门来陪他们，他们高兴得合不上嘴。

韩小茹强装出一副久别重逢的表情，可是，笑容还是很僵硬。

吃完饭，韩小茹妈就感觉出了女儿的忧郁和心事。

她试探着说："孩子，你是不是和女婿吵架了，你脸色不太好。"

"没有，我就是累了一天，想早点休息。"韩小茹说完还打了个哈欠，掩饰自己。

"那赶紧去睡吧，你妈一听你要来，给你换了新的床单和被套。"韩小茹爸爸笑着说。

"还是家里好，早知道我就不结婚，永远陪着你们。"韩小茹说着，她的眼睛潮潮的，哪里都没有在父母身边舒坦。

韩小茹一觉睡到日上三竿，她起来的时候，父母都出去锻炼了，她爸去打太极拳，她妈去跳舞。早餐在餐桌上放着，是韩小茹最爱喝的黑米八宝粥，韩小茹在微波炉里热了一分钟，香气便已扑鼻了。

韩小茹吃完早饭，刷了碗，她便出了门，她想去市场买点菜，给父母做顿丰盛的午餐。

韩小茹匆匆穿过两条街巷，便到了蔬菜市场。一进去就见到卖水产品的，她知道父亲喜欢吃鲤鱼，她买了条大大的鲤鱼，还买了些蘑菇和青菜。

刚走到楼下，便听见父亲正在和一个人争吵。韩小茹急忙奔过去。

原来父亲在和一个棋友争一步棋，争得面红耳赤。父亲有高血压，韩小茹多次劝他不要生气，要心平气和，可是父亲还是改不了。

韩小茹给那个也同样气得发抖的老人说了抱歉的话，拉着父亲回家。

一进家，她便给父亲量血压，果然，父亲的血压又升高了。

韩小茹让父亲吃了降压药，让父亲躺在沙发上休息，她则把刚买来的各种菜提出来，一边择菜，一边和父亲聊天。父亲的血压以前一直很正常，应该说55岁之前他从没有得过高血压之类的病，自从退休后，他的工作闲了，脾气却忽然涨了，就得了高血压。

后来韩小茹才知道，男性其实也有更年期。

"爸，以后，你可别这么生气，下棋是为了娱乐，不是生气的。"

父亲说："可那老家伙耍赖，还不承认！"说着父亲坐了起来。

他的火肯定又要点着了。

韩小茹急忙说："那咱就不和他玩，那么大年纪了还要赖，你说羞不羞。"

听女儿这么一说，父亲又躺下了。说了没几句，便呼呼地睡着了。

父亲比母亲大4岁，快60的人了，可还像个孩子。

韩小茹炒好菜，正要做汤的功夫，门铃响了。可能是母亲没有带钥匙。可是一开门，居然是韩小萍和容容。

"小姨，你怎么也在外婆家？"

"是啊，小姨会七十二变啊，小姨知道容容要来，所以就变了来。"

韩小茹抱起容容很响地亲了一下她的小脸。容容也高兴地咯咯笑起来。

韩小萍脸色沉沉地进门，刚要对妹妹说什么，看见沙发上躺着的父亲，便没有开口。

待韩小茹进了厨房，她才小声问："你没和爸妈说吧？"

"说什么？"

"说我和你姐夫吵架离婚的事情？"

"没有，我能说吗？你出去喊爸起来，妈可能马上就回来了，我做个金针鲤鱼汤，就开饭。"

韩小萍点点头，拉着容容去客厅喊姥爷。

韩小茹妈妈回来的时候，看到两个闺女，看到外孙女容容，看到一桌的饭菜，她的脸上乐开了花。

是的，只有过年过节的时候，他们家才能这么聚在一起吃顿团圆饭。吃饭的时候父亲又说到了和棋友吵架的事，他话音刚落，就遭到了老伴和大女儿的批判，韩小茹在一旁只有同情的份了。

这天因为是周末，晚上，韩小萍和容容没有回家，晚上姐妹俩睡在那张她们从小一直睡到出嫁的那张大床上，说起了各自的心事。

韩小茹说到了家里公公牙疼的事情，老鼠的事，但没有说王德子打她耳光的事情。

韩小萍则说："我打算离婚了，过去不离婚，是想拖死他，两败俱伤，他在外面有别的女人，我想着都恶心，别说以后让他碰我，看见他我都想吐，就是容容可怜了！"

说着韩小萍哽咽起来。

韩小茹不知道怎么劝姐姐，她叹了口气，说："姐姐，你可想好了，什么都得想好了，容容的事，财产的事，房子的事情，你未来生活的事……"

韩小萍说："我都想好了，我已经受够了，我不想再过天天争吵以泪洗面的日子。我得重新为自己活一回。"

这个晚上，姐妹俩几乎说了通宵的话，等韩小茹醒来的时候，韩小萍已经去上班了，但是把容容留下了。

这天韩小茹上的是早班，她出门的时候，容容已经起来和姥爷去锻炼了。韩小茹的妈妈则一早去市场给宝贝外孙女买好吃的去了。

两个闺女的突然到来，让老两口一下子忙碌了起来。

不过这天下午四点半左右，韩小茹正要下班的时候，却接到了姐姐韩小萍打来的电话，韩小萍在电话里哭了，说妈摔了一跤。

韩小茹没顾上给领班打招呼，便急忙出门。半道上，姐夫给韩小茹打来电话说，已经送到医院了，让韩小茹直接到医院。

韩小茹一听医院，她的腿都软了，哪有力气跑？她想了各种最坏的可能，直到在医院看到母亲，她才松了口气。

好在只是脚扭了。原来，韩小茹妈一早没有去市场，而是去了大女婿的公司。她不知道从哪听说了韩小萍正在闹离婚的事，一个人去了韩小萍丈夫的公司大闹了一场，直到女婿发誓回心转意才放心回来。没想到下楼的时候一个脚蹬空摔倒在楼梯上。

"妈，以后你别再闹了！"韩小茹说着便哭了起来。

姐夫开车把她们送回家，便走了。当天晚上，韩小茹看着容容睡着后，给姐姐打了个电话。

韩小萍在电话里哭了很久，她说容容爸爸今天找她了，求她不要离婚，可是她还是决定离婚，她决定明天去办手续。她说，容容爸爸把存折房子都留给了她，还说会好好表现，争取将来能够复婚。

韩小茹说："看来，咱妈的脚没有白扭，姐夫可能真的回心转意了。"

韩小萍说她现在什么也不想，只想好好带着容容，好好生活。

说了半天，韩小萍说："忘了告诉你了，我今天见你们家王德子了，他脸色不好，我说你出差回来了，他半天才反应过来。"

韩小茹听见王德子变成这样，她心里酸酸的。可是，她现在怎么回去呢，她这次要治治王德子打人的病，结婚以来，这是王德子第一次动手，她不能让他有第二次。第二天，韩小萍去办理离婚，韩小茹请了一天假，带容容去公园玩，看着容容无忧无虑的样子，韩小茹很难受，这孩子还不知道，她从此没有完整的家庭了，还笑得那么灿烂。滑了溜溜梯，容容要吃冰激凌，韩小茹拉她去买。没想到，遇见了公公。

公公哀哀地看着韩小茹说："孩子，我已经教训王德子了，你赶紧搬回来吧。"公公还说："王德子把家的里里外外都重新修整了，现在连只蚂蚁也难进来。"

公公最后说："王德子单位加班工作忙，吃不好，睡不好，人瘦了一大圈。"

韩小茹说："现在家里有事，我妈的脚扭了，等好点就回去。"

公公叹着气，走了。

韩小萍办完手续，直接来公园找她们，看到容容，她一把抱住她，痛快地哭了一场，怀里的容容也吓哭了。

韩小茹哀怜地看着泪水横流的姐姐，看着小小的容容，也忍不住掉下眼泪。

哭过后痛快了，韩小萍说容容爸爸把房子和存款都留给了她，还说会一直抚养容容长大。韩小萍还说她要把容容送去全托的托儿所，本来想着让妈带，现在妈的脚扭了，只能把容容全托了，然后她再找一份工作。

韩小茹不知道是为姐姐高兴还是为她难过，总之心情复杂。

韩小萍带着容容回了她们的家，韩小茹继续回娘家住，白天上班，晚上回家照顾母亲，给父亲做饭。

这天她刚下班进门，父亲就说："你怎么不早点来，王德子刚走，还给我们留了 1000 块钱。他还陪我下了盘棋，孩子，你们吵架的事情他都说了。"

韩小茹一直听着没有说话。

韩小茹妈说："王德子来带了很多东西，他说来接你回去。"见韩小茹无动于衷，韩小茹妈急了，在大女儿离婚后，她决定誓死保卫二女儿的婚姻。

她劝韩小茹："事情过去这么久了，有什么不能原谅的？小两口哪有不吵架的。我和你爸当年一天一小架三天一大架，不也过来了。"

韩小茹皱了皱眉头："妈，我的事你就别管了。总之我们不会离婚，这一点你放心，我只是想教训教训王德子。"

老两口这才放心了。

吃饭的时候，韩小茹喝了一口冬瓜海米粥，突然呕吐不止。

韩小茹妈笑着说："老二，你怕是有了……"

韩小茹这才一想，自己的好事已经过了 20 天了，这 20 天的事太多，她都忘记关心自己的身体了。

她吃过饭，去超市买了试纸一测，很深的两条红杠，果然怀孕了。第二天，韩小茹决定趁王德子上班的空当回家一趟，她想去拿几双平底鞋。何况，天气也转凉了。刚走到楼下。对门的大妈就说："小茹，你可来了，我正要给你打电话呢，你公公刚刚被摩托车撞了。"

韩小茹急忙赶到医院。

公公说："你总算来了，王德子见我把猫丢了，差点疯了。你快搬回来吧。"

原来王德子从外面买回来的一只猫，公公给弄丢了。公公决定把猫找回来，没想到，一出门就被车撞了。本来，王德子想家里有了猫，肯定就没有老鼠了，他就有了接老婆的借口，韩小茹也肯定会回来，没想到，父亲把猫弄丢了。王德子和父亲吵了一架，就跑出门。公公也急了，这只猫关系着儿子的幸福，他决定去找，结果出了车祸。好在公公只是破了点皮，公公不敢给儿子打电话说车祸的事情，就给隔壁打了电话，让隔壁的大妈给韩小茹打电话来医院接他。

韩小茹于是就搬回来了。

她把公公接回家安顿好，去了娘家拿回东西。韩小茹妈的脚也基本好了，完全能出门买菜了。韩小茹给姐姐打了电话，让她先搬来陪这边的老人。韩小萍让她放心。

韩小萍说："刚刚王德子还找我了，他看起来精神不好。他让我劝劝你！"

韩小茹说："知道了，我已经回家了。"

回到家，韩小茹把家里里外外收拾干净，两边卧室换上新的床单被套，又把地板擦了一遍，之后做了一桌的饭菜。

公公说："还是媳妇好，媳妇来了，这里才像个家。"

韩小茹听了心里暖暖的。他们在等王德子下班，一起吃饭，可是左等王德子不来，右等不来。

于是她和公公先吃了。

晚上九点多，韩小茹正在收拾碗筷的时候，王德子回来了。他正要拿钥匙，门却开了，是韩小茹开的门。

王德子愣住了，他不敢相信面前的真是韩小茹。

"真的是你吗，小茹，你什么时候回来的？"

韩小茹眼泪汪汪地点点头。

王德子看到老婆点头，他才知道不是梦，他一下子扑过来，抓住韩小茹的手，把一个毛茸茸的东西放到她的手上，韩小茹吓得怪叫了一声。

王德子嘿嘿地笑起来。

"你怕啥，这是只可爱的小猫，我今天转了一天才找到，人家说，这种猫逮老鼠特别厉害，以后有它在，家里有多少老鼠都

42
借你的耳朵用一用

不怕。"

借着微弱的灯光,韩小茹看到了一只小花猫正在眯着眼睛小心翼翼地望着她。

韩小茹说:"王德子,你要当爸爸了。"

王德子听了,小眼睛瞪得溜圆溜圆的,他又以为自己在做梦呢……

晚来天欲雪

1

一下飞机,刘欣婷脖子里就灌满了戈壁吹来的寒风。兰州的冬天已经来了。刘欣婷给母亲打电话,她一个半月没见母亲了,电话里传来母亲爽朗的笑声,估计今天母亲手气好,赢了牌。刘欣婷掏出丝巾围在了脖子上。窗外漫天盖地的风肆意横行着,机场两边的树,早已脱光了叶子,光秃秃地站立着。初到这里的人,会以为要去某处荒原。

在路上小憩了一会儿,就到家了。作为医生,她有些轻微洁癖,出差带的所有衣物,回来她都要清洗一遍,一路上不知道有多少细菌跟随她。她一进门就洗澡洗衣服。这次单位派她到深圳培训,时间比较长。她有些牵挂母亲,还专门抽空去香港给自己和母亲买了好几件衣服。母女相依为命多年,刘欣婷吃什么,穿什么,看到什么,总会不由自主地想到母亲。刘欣婷去年离了婚,如今独居,目前没有再婚的打算。母亲在她离婚这件事上,倒是格外支持她,不像有些父母寻死觅活地不让孩子离婚。

打扫完卫生,刘欣婷稍事休息,准备出门。出门前,她在穿衣镜中看了自己一眼。她清秀的脸,高挑的身材,脸颊一侧小小的酒窝看起来有些顽皮，她31岁了，看起来还能冒充二十多岁，可心境大不一样了。她住在盘旋路，母亲住在黄河北，虽然路途不远，却是最容易堵车的路段。兰州这鬼地方，除了半夜不堵车，白天任何时间都是堵车的，一年四季路上到处都在施工。刘欣婷提着大包小包，找到车，车上落满了灰尘，她犹豫了一下要不要开车去。如今打车难，出租车司机个个都跟爷似的，还是开车吧。

躲在黄河谷地里的兰州城，被南北两条山脉包围着，终年有种淡淡的压抑感。只有走在黄河边，看着奔腾不息的黄河水，才会心情舒畅。小时候，黄河边是她的乐园。

在车上，刘欣婷一直想着母亲。母亲是第一届恢复高考的大学生，一直在铁路设计单位工作。母亲的性格偏执，年轻时是要强的女人，当初一意孤行地嫁给了身为工人的父亲，可父亲却背叛了她。父母是在刘欣婷九岁那年离婚的。离婚后，母亲独自带着她生活。母亲一直住在单位分的房子里，他们原来住平房，后来住一室一厅的房子，四年前，旧楼拆迁，母亲才分了这套新房子。母亲一出门，就能见到老同事，和谁都能聊上半天。大家还喜欢串门，做了好吃的饭菜，会端给邻里品尝，母亲说这里很有人情味。

开门的时候，家里传来狗叫声。家里怎么会有狗呢？刘欣婷打开门，一个巴掌大的小白狗，横在她眼前，拼命地冲着她叫。看样子，这狗最多一个多月大，小小的脑袋，短而有力的腿，一双又黑又大的眼睛瞪得圆溜溜的。母亲不在家。这会儿，她肯定去楼下打牛奶了。刘欣婷提着大包小包，站在门口死死地盯着小狗。她每往前一步，小狗就往前一步，它已经歇斯底里了。

刘欣婷不喜欢狗，甚至牵涉到了一切和狗有关的人和事。刘欣婷瞪着眼睛，对小白狗说："吵什么吵，这是我家。你是从哪冒出来的？快让开……"

小白狗寸步不让，刘欣婷拿小狗没办法。万一被这小东西咬一口，真是得不偿失。她可不想打狂犬疫苗。

她只能愤怒地望着小狗，小狗面目狰狞，时刻准备扑过来。不过它实在太小了，小得对刘欣婷构不成威胁，刘欣婷顺手拿起门口的扫把，挥了几下，就把小狗逼到了墙角。刘欣婷终于坐在了沙发上，她长长地喘了口气。

2

母亲来了。

母亲笑眯眯地对小狗说："嘟嘟别叫了，这是姐姐啊。"

那小狗果真不叫了，绕过刘欣婷，风一样地扑到母亲脚下，尾巴摇得跟风扇似的。母亲笑了。她把牛奶放到餐桌上，抱起嘟嘟，在它身上摸了摸。嘟嘟立刻伸出舌头，反复舔母亲的手。

刘欣婷沉下脸："妈，这狗是怎么回事？谁往咱们家寄养的，你快让人带走。"

母亲却诡异地笑起来，她放下狗。

嘟嘟又冲过来，冲着刘欣婷"汪汪"大叫。

"妈，快点打电话，让人把狗带走。"刘欣婷的声音颤抖着。

母亲还是笑。刘欣婷瞪着眼睛看母亲。难道是母亲养的狗？看着母亲的表情她好像什么都明白了。

"妈，你先把它关起来。我的头要被吵破了。"刘欣婷皱着眉头。

母亲笑呵呵地说："桌上有毛栗子，你给它喂两个，它就不叫了。这小家伙可聪明了。其实它认识你，我每天指着你的相片给它看，它就是不熟悉你的气味……"

刘欣婷突然吼起来："快关起来！"

母亲欲语还休，没办法，只好摇着头抱着嘟嘟去了阳台。

在阳台上，母亲说："嘟嘟，你先在这自己玩儿，我一会儿来陪你。"

刘欣婷哭笑不得。母亲一出来，刘欣婷追问："妈，这狗是谁家的？"

母亲一愣："是你夏叔叔给我买的。你别看它小，可灵敏了，啥动静都能听见……"

夏叔叔是母亲的男朋友，他们好了十几年了。夏叔叔对刘欣婷也很好，小时候她问母亲："妈妈，夏叔叔为什么不做我的爸爸呢？"母亲当时什么都没说。上了大学才听说，夏叔叔的爱人是遗传性的精神分裂，生下儿子后发病，一直住在精神病院，这样的病，是不允许离婚的。

"妈，你为什么要养狗？赶紧让夏叔叔带走。"

小狗一出现，啥心情都没了。刘欣婷本来想给母亲看新衣服的。

"嘟嘟特别可爱，我保证你明天就喜欢它了。"母亲倒是十分有耐心。

刘欣婷突然像烧了屁股一样跳起来，吼道："妈，你不知道我为什么不喜欢狗吗？难道你忘了豆包了吗？"

豆包是刘欣婷小时候养过的唯一一只狗。说到豆包，母亲一愣，刘欣婷也愣住了。"豆包"这两个字就像是母亲和她的死穴，十多年了，她从来不提豆包，母亲也从不提，刘欣婷感到自己有点发抖。她深深地吸了一口气。

房间里忽然很安静。

那只叫豆包的狗站在她们面前，让她们呼吸困难。刘欣婷的父亲是铁路工人，常年在外，每年春节才回来住一个月，母亲独自带着刘欣婷。母亲怕女儿孤单，就从亲戚家里要了刚出生不久的豆包。豆包能看家护院，也能陪刘欣婷玩。豆包身上长着洁白的毛，吃东西的时候，尾巴总是翘起来，它的眼睛特别亮，好像两颗水晶葡萄。豆包喜欢跟着刘欣婷，刘欣婷去上学，它总蹦蹦跳跳地要把刘欣婷送到院子门口，然后依依不舍地目送她离开。刘欣婷放学回家，它总是欢喜雀跃地迎接。刘欣婷三年级之前的快乐童年里，豆包一直陪伴着她。豆包的名字也是她起的，它圆圆的呆萌感觉，很像豆包。

可是豆包却死了，它是被刘欣婷在不知情的情况下被毒死的。

刘欣婷九岁那年的冬天，有一天她放学回家，豆包像往常一样热烈地迎接她。母亲不在家，她有点饿，去厨房找吃的，看到灶台上有个肉夹馍。刘欣婷想都没想，就把那个肉夹馍给了正冲她摇尾巴的豆包。刘欣婷喜欢吃肉，可她更喜欢豆包。她拿了锅里的一个花卷，她边吃边看着豆包吃。豆包几口就吃完了，吃完跑了两圈，就不对劲了，开始嗷嗷地叫，跑到花园的角落里，扑通就躺下了……

母亲跑进来的时候，刘欣婷坐地上哇哇大哭，豆包微微睁着眼睛，躺在地上抽搐着。母亲说那肉夹馍是她药老鼠的，家里那段时间总有老鼠。豆包死后，刘欣婷好多天都不理母亲，看到街上的小狗，她经常会哭，她恨自己害死豆包，也怨恨母亲。如果母亲不买那个肉夹馍，那豆包就不会死。豆包成了她童年的快乐，也成了她最大的痛苦。那天晚上，父亲意外地从外地回来了。刘欣婷被送到姥姥家过寒假。开学的时候，刘欣婷才听母亲说，她和父亲离婚了。父亲和一个寡妇好了，寡妇为父亲生了儿子。那个春节，父亲是来离婚的。

母亲扔掉了所有和父亲有关的东西，连父亲盖过的被子都扔了，家里吃饭的桌子，是父亲有一年放假回来亲自做的，母亲也送了人。和父亲有关的相片，都被母亲烧的烧，剪的剪，就连全家福上的父亲，也被母亲剪掉烧了。父亲的样子在刘欣婷的脑海里越来越淡，越来越淡。不熟悉的人，问起母亲父亲的事，母亲总是淡淡地说："他出事故，死了！"母亲说的时候，嘴角边会浮出冷冷的笑意。对女儿，母亲却完全像换了一个人，她不再严厉，不再苛责……

3

电话响起来。母亲去接，刘欣婷去了卫生间洗手，温柔的香皂泡沫抚慰着她的双手。刘欣婷看到镜子里自己的怒火，那怒火随着流水，渐渐熄灭。她怎么会对母亲发这么大的火？

母亲在厨房炒菜。刘欣婷站在厨房门口，轻声说："妈，我来帮你洗菜吧……"

母亲讨好似的看了一眼女儿，笑了："你休息吧，都弄好了。"

刘欣婷点点头，她怎么会这么激动，这么多年过去了，原本以为那个伤疤已经愈合结痂脱落了，没想到，一碰触，伤口还那么痛，还在流血……

晚饭比较丰盛，四菜一汤，都是刘欣婷喜欢吃的菜：西红柿炒鸡蛋、青椒牛肉、土豆丝、香辣虾。刘欣婷回家前，母亲已经切好了，等她一来，母亲就开炒了。母亲是个不善于表达的人，即使小时候，母亲过生日，刘欣婷用自己的零花钱给她买了一双漂亮的袜子，母亲也不会表现出特别的兴奋。孤儿寡母的生活，非常简单。但母亲从小就培养女儿的独立意识，这种独立思想，也是导致刘欣婷离婚的一个诱因。从离婚到现在，她从没有掉过一滴眼泪。她不觉得婚姻是女人的一切，她证明了自己的内心的强大。她恋爱的时候，并没有全心投入，她为自己保留了部分的空间。如果一个男人填满一个女人的心，那如果失去，绝对会肝肠寸断的。

吃完饭，刘欣婷在洗碗，母亲在打电话，应该是给夏叔叔打的。母亲在笑，她说的都是鸡毛蒜皮的事，母亲在说刘欣婷怎么不喜欢嘟嘟，炒了什么菜，吃了什么菜……

夏叔叔是她 11 岁那年出现在她们生活里的。夏叔叔每次来都带一堆吃的。有一次，母亲住院，夏叔叔还给她去开家长会，老师以为夏叔叔是她父亲，刘欣婷没有否认，她觉得有夏叔叔这样一个父亲挺好的。几年前，夏叔叔的精神病妻子去世了。刘欣婷劝母亲和夏叔叔搬到一起住。母亲淡淡地说："习惯了，就这样挺好。"他们好了十几年了，如果这世间有爱情，那夏叔叔和母亲应该算是爱情吧。

母亲说夏叔叔约她去黄河边散步。母亲打算出门。刘欣婷急忙冲出厨房，说："妈，我给夏叔叔买了件羊毛衫，你给他带上。"

母亲笑眯眯地说："我提着不方便，明天让他自己来取。"还嘱咐刘欣婷给嘟嘟喂点吃的，狗粮在电视柜上。洗完碗，刘欣婷的手机响了，单位通知明天早上有会。领导真是心黑，回来也不让休息一天，就催着上班。

"妈，我要回去了，明天要上班，周末回来帮你搞卫生。"刘欣婷说。

"怎么，不住吗？我都把被子晒了。"母亲略带失望的口气。

"从你这走，早上出去太堵了。"刘欣婷解释着。

刘欣婷和母亲一起出门。关于嘟嘟引起的不愉快，母女两个谁都没再提。

刘欣婷结婚的时候，母亲给她买了车。母亲是工程师，退休工资还可以，有些积蓄。母亲只想培养女儿独立的人格，刘欣婷十岁就会自己煮饭，十二岁就会炒菜。刘欣婷离婚的时候，母亲陪她住了半年。她是过来人，哪怕再失败的婚姻，解脱也会伤心的。刘欣婷以前觉得母亲有点冷漠，现在觉得母亲是对的，她让她如此坚强独立。

刘欣婷是三甲医院的大夫，在 B 超室工作。一天从早忙到晚，连水都顾不上喝一口。每天，她就像陀螺一样不停地转啊转。工作的时候她会忘记母亲养狗的事。在路上，她总想着，怎样劝母亲把嘟嘟送走。那只狗如今就像卡在她喉咙里的一根刺，必须尽快拔除。

4

又过了两周，天越来越冷，丝毫没有降雪的迹象，依然是晴冷的天气，空气干燥，医院里到处是感冒的老人和孩子。早晨八点不到，刘欣婷就到医院了。换上衣服坐在 B 超机前，病人一个接一个，丝毫马虎不得。快下班的时候，护士喊："刘大夫，有人找。"刘欣婷正给一个胆结石病人做 B 超。她想着说不定又是哪个亲戚带来的病人。刘欣婷的几个姨妈经常会带一些亲戚或者朋友来做 B 超。她们不是为了省 B 超钱，只是为了满足心理上的某种踏实感。刘欣婷做完 B 超，嘱咐了病人两句，站起来，腰都直不起来了，她捶着腰，走到门口。如果是亲戚带来做 B 超的，她想检查了再下班。

楼道里，一个老年男人，有点局促地站在那里，他身子瘦高，穿着灰色的棉衣，手里提着一个棕色的皮包，活脱脱一个乡镇干部。刘欣婷一看背影，心颤抖起来，眼前顿时迷雾一般，她转头把眼泪逼回去。他是她久未谋面的父亲，他怎么会来？刘欣婷摘下口罩，淡淡地看着他。父亲目光露出惊喜，他张了张口，喊了声："婷婷……"

婷婷，是刘欣婷的小名，他还记得。

刘欣婷克制着自己，面无表情地说："你怎么找到这里来的？"

父亲小心翼翼地说："我来看病，听你姑姑说你也在这家医院，就顺道过来看看你，上次来的时候，他们说你进修去了……"

也许是父亲说来看病，刘欣婷的语调缓和了许多。过道里灯光很暗，她还是一眼看出了父亲的病态。不过，她每天看着病人，有点习以为常的麻木。这么多年，她已经习惯了没有父亲的生活。她考上大学那一年，父亲让姑姑带了3000块钱过来，3000块钱恰好是她的学费。后来大学四年，父亲每年给3000块。刘欣婷也没觉得有什么温暖，那只是父亲一个月的工资。再说，母亲压根不想收那个钱，母亲坚决要退那笔钱，后来姑姑说："我哥就是再不好，打断骨头还连着筋呢，你就收下吧。"母亲才收下。

刘欣婷说："你等一下，我去换衣服。"

中午时间有限，刘欣婷决定带父亲去吃套餐。走出医院，父亲步子明显跟不上。刘欣婷扭头看了一眼父亲，父亲的脸黑沉沉的，肯定是胃出了问题。寒风中，父亲缩着脖子，鼻子也冻得红红的。到了快餐店，刘欣婷要了两份饭。两人坐定后，父亲朝她微微笑了一下。父亲的头发全白了，脸上没有血色，眼神也是暗淡的。刘欣婷不知道怎么和他说话。父亲坐在对面，一动不动，他的目光停留在他的手上，即便抬头看刘欣婷，也是借着眼睛的余光轻轻扫过。过去高大的父亲如今枯瘦如柴。不是和那个寡妇爱得死去活来，还生了儿子吗？怎么是这副惨相！

"检查有结果了吗？"刘欣婷问。

父亲顿了顿说："还没有确切的结果，医生让我在这里等消息，估计十有八九是……癌症，天水医院也怀疑是胃癌。"

刘欣婷真没想到父亲会得这样的病。她的心忽然沉下去了，心里小小的幸灾乐祸不见了。

她淡淡地说："还没有确凿的定论，不要乱猜，快吃饭吧。"

刘欣婷只扒了几口牛腩饭，就吃不下了。她把碗里的肉全夹给了父亲。父亲也压根没吃多少，如果是胃癌的话，那他现在吃东西是很艰难的。

"下午，你去哪？"刘欣婷问。

"我赶三点的火车，过两天再来。"父亲说。

刘欣婷说："我看你别回去了，在我这住下。明天我找消化科的主任再给你重新彻底检查一下。"

父亲受宠若惊的样子，让刘欣婷的心骤然酸楚。她没想到父亲会来找她，更没想到父亲生了这么重的病。刘欣婷吃完饭，给科里打电话，说晚一点过去。她开车送父亲到她的房子。在车上才听父亲说，寡妇前几年去世了，他的儿子，也就是刘欣婷同父异母的弟弟如今在读大学，父亲现在也是一个人生活。父亲犹犹豫豫地问母亲的情况。刘欣婷没有细说，只说挺好的。

电梯里父亲突然问："我听说，你离婚了？"

刘欣婷一愣，看来父亲一直知道她的情况。她点点头，说："离了有一年了。"

刘欣婷的前夫去了美国，在那里拿到绿卡定居了。前夫让她去，她不想去，他们婚后一直聚少离多。她如果跟着出国，所学的一切都还给了时间，一切都得重新开始。再说她还有母亲，母亲把她抚养大，很不容易，母亲老了，她不能离开她。她考虑再三，还是拒绝了。她和前夫之间没有争吵，也没有第三者。后来，刘欣婷想，他们之间也许不够爱吧，或者他们都是自私的人。前夫带走了所有存款，给她留下了房子。前夫才华横溢，是她研究生时的师兄，他们分手后半年多，听说他就和一个华裔女孩结婚了，而刘欣婷却不着急再婚。

把父亲送到住处，刘欣婷又匆匆赶到医院。周一，病人最多。刘欣婷再次坐在B超机前，连水都没顾上喝。病人走马灯似的从B超床上下来又上去，到了下班的时候，刘欣婷才伸了个懒腰。她不知道该回自己家，还是回母亲那。后来一想，还是回自己家吧，明天还要带父亲检查身体，她打电话和消化科的主任说了一下父亲的情况，约好明天早上过去。在路上，她买了两份盒饭，平时特别忙的时候，她都是这么打发自己的。

刘欣婷推开家门，就见父亲穿着围裙，手里端着一盘菜站在厨房门口。刘欣婷瞬间不知道如何是好，她不知道如何称呼父亲，更不知道，如何和父亲打招呼，为了避免尴尬，她说："吃饭吧，我买了快餐。"

父亲把菜放到桌子上，走到刘欣婷跟前接过盒饭。他笑了一下，讨好地问："累了吧，快吃饭。我到楼下超市随便买了几个菜，也不知道合不合你的胃口。"

刘欣婷的表情冷冰冰的。她答应了一声，直接去了卧室换衣服，等她冲完澡出来，父亲的桌子上已经摆好了四菜一汤。一个青笋山药，一个青椒茄子，一个干煸豆角，一盘香辣虾，还有一个西红柿鸡蛋汤，算是十分丰盛的晚餐了。

刘欣婷坐到了父亲对面。她和父亲，两两相对，竟无话可说。也许维系他们的只有血脉关系。父亲给她递筷子，她看了一眼父亲，什么也没说，低头吃起饭来。菜的味道，刘欣婷吃了一口，就哽咽了。这是父亲做的菜。小时候，父亲常年不在，每次回来，都给她们娘俩做很多好吃的。父亲厨艺精湛，做的菜十分可口。父亲吃得很慢。刘欣婷一看时间，正好晚上七点，她打开电视，看新闻联播。她想着父亲也许每天这个点都在看电视，这是很多中国家庭的习惯，吃晚饭的时候看新闻，满屋子充满了国家大事。父亲没吃什么东西，只喝了半碗西红柿鸡蛋汤。

吃完饭，刘欣婷刷完碗，对父亲说："你看看电视，我先睡觉了。今天忙了一天，累散架了都。"

父亲点点头。

刘欣婷走了两步，又说："明天我带你去重新检查，我和那边的主任联系好了。"

父亲又点点头。

刘欣婷疲惫不已，她倒头就睡着了。

5

父亲在刘欣婷的房子住了一周，也是刘欣婷最忙乱的一周。她带父亲重新去消化科做胃镜检查，又做了病变活检，又拿着父亲的病理去找到最权威的专家看。父亲整个过程就像一个听话的孩子，刘欣婷就像一个严厉的家长。父亲的事来来回回折腾了三天，总算有了定论，专家很肯定地排除了癌症。谢天谢地，父亲不是癌症，只是严重的胃溃疡。刘欣婷给父亲开了药，她松了口气，在心里想着，早点打发父亲回去，不然母亲知道了肯定会不高兴的。

这天晚上，父亲又做了一桌的饭菜。刘欣婷一进门就闻见了一股大盘鸡的香味，父亲在努力讨好她。

父亲给她盛好饭，往她碗里夹了块鸡肉，他低头吃起来。吃着吃着，表情变得有些悲伤。

刘欣婷说："我给你开了药，你回去按时吃，一个月后再来检查。"

父亲点点头，又有点犹豫地说："婷婷，这些年，不是我不想来看你，只是你妈她不让我看，你妈她恨我……"

刘欣婷正在吃鸡肉，她看了一眼父亲，父亲还想挽回什么呢？

"现在说这些有什么用？"刘欣婷说。

父亲的眼睛眨巴眨巴地看着她，许是病着，看起来十分值得人同情。可是刘欣婷的心如平静的湖面，连一丝风都没有，缺失了十几年的父爱，不是一句"对不起"就能挽回的。

父亲犹犹豫豫地又给她夹了一块肉："还记得你小时候养过的那只狗吗？"

刘欣婷点点头。

父亲说："那只狗是因为我死的。"

刘欣婷的嘴里正啃着一块骨头，她瞪大了眼睛望着父亲。

父亲嗫嚅着："那一年春节前，我给你妈单位打了个电话，告诉她，春节期间，我们去办手续。你妈已经知道寡妇生下你弟弟的事。她恨死了我，我回来的那天，你妈一天都没上班，她到街上买了一个肉夹馍，在里面放了毒鼠强，那个肉夹馍是给我预备的，她知道我喜欢吃肉夹馍。我原来每次回家，你妈都给我买好放在家里。那天没想到，你放学早了，而我的火车晚点了，所以，那个肉夹馍阴差阳错被你喂了狗，那只狗死了，你妈妈好像突然变了，原来死活不离婚，那天，她和我把狗埋了，在路上就答应我马上离婚。直到第二年夏天，我来看你，你妈妈把我挡在了门外，她一字一字地告诉我这一切。她说，如果那个肉夹馍那天女儿吃了，那她已经死了。如果我吃了，那她也进了监狱，剩下你孤零零一个人。她说你是她的一切，她不希望我再打扰你们母女的生活……我知道你母亲的个性，所以，这么多年，我都没有去看过你，只是给你寄点生活费，你妈的性格你是知道的……"

说真的，刘欣婷吓了一跳。时光久远，当年的情景已经模糊了。她只记得，母亲当时冲进院子，扑过来，紧紧地抱着她，摸她的脸，追问她吃那个肉夹馍了没有。她当时只是哭，除了哭还是哭，她是在哭小狗。母亲也在哭，她在哭什么呢？她想母亲的脸，当时一定充满了绝望，像被暴雨突然袭击过的树木，摇摇欲坠，只剩下残枝败叶……

刘欣婷沉默了片刻，她淡淡地笑了。她很想指着父亲的脸问："难道你忘记了当初抛弃妻子，和寡妇生下孩子才来离婚的事实了吗？你说这些是在为自己的过错辩解吗？为自己十几年不闻不问这个女儿辩解吗？"父亲的话让她瞬间伤痕累累。这么多年，刘欣婷从未怀疑过那个肉夹馍是药老鼠的，她一直恨自己害死了豆包，恨那个肉夹馍……

刘欣婷没了胃口，放下筷子，淡淡地对父亲说："明天你回去吧，我顾不上送你。"说完，她去了书房。

刘欣婷有种抑制不住的悲伤，她关上门，眼泪不断涌出来，她很想给母亲打个电话。电话响了很久，母亲才接上。母亲不知道她和父亲在一起，更不知道父亲来看病的事。

母亲说："婷婷，吃饭了吗？"

刘欣婷听到母亲的声音，又哽咽起来。她喊了一声"妈"，眼泪在眼圈里打转，她说不下去了，她很想抱着母亲大哭一场。

"嘟嘟过去玩，我和姐姐打电话呢。"母亲笑呵呵地在电话里逗小狗。

刘欣婷吸了吸鼻子，她如果在电话里哭，母亲会受不了的。母亲现在血压不稳定，不能受刺激。刘欣婷平静了一下说："妈，你是不是刚刚和嘟嘟去散步了？"

母亲笑着："是啊，刚刚进门，嘟嘟一出门就不喜欢回来，幸亏我牵着它，对了，你张阿姨今天给我说了个小伙子，人很不错。他结婚一个月就离婚了，说是性格不合，你周末有空吗？你们见见……"

刘欣婷笑了，母亲如今又开始给她张罗着介绍对象了……

"妈，你别操心了，我最近没空。"

"你总说没空，再这么下去，耽误我抱外孙子了。人家老太太聚在一起都说孙子，就我说嘟嘟……"母亲又开始唠叨。

刘欣婷说："妈，面包会有的，外孙子也会有的，别着急。"

6

父亲回去的那天，夜里下了一场小雨，天气阴冷，刘欣婷还是开车去送他了。他们一路无言。刘欣婷的心情像是蒙着厚厚的霜，父亲进站的时候，刘欣婷才开口说："这个病其实不是大病，但要好好养，要吃好消化的饭菜……"父亲眼圈红红的，他点点头，转身进了站。

离开火车站的路上，天晴了，太阳即将出来，刘欣婷看着街上来来往往的人，想起小时候，那是个冬天，她放学后去一个同学家里玩，回家时迷了路，天色已暗，大雪纷飞，她又冷又饿，惊恐之际，父亲突然出现在她面前，她一直记得父亲当时焦急的眼神。父亲紧紧地拉着她的手，把她带回家，雪越下越大……想着想着，她落下泪来。

周五，刘欣婷下班后直接去了母亲那。在路上，刘欣婷把车停在路边。冬天的黄河水平静舒缓，傍晚看起来很像鹅黄色的绸缎，轻轻被风吹拂。望着滔滔不绝的黄河水，她想，她还是怨恨父亲的，父亲的突然出现，又是病着来找她，让她暂时忘记了那些恨。

到了母亲家，看到夏叔叔也在，刘欣婷夸张地给了夏叔叔一个拥抱。夏叔叔有点受宠若惊。那个小嘟嘟不知从什么地方突然冒出来，

借你的耳朵用一用

又开始冲着她叫。母亲拿了鸡肝，让刘欣婷给嘟嘟喂着吃，嘟嘟吃了几块后就不叫了，摇着尾巴跟着刘欣婷。刘欣婷走到哪，嘟嘟就像个跟屁虫似的跟到哪。

母亲在包饺子，夏叔叔也在帮忙。两个人在厨房，说说笑笑，一个擀皮，一个包馅儿。屋里的君子兰开得正艳。在黄河边，刘欣婷还在犹豫要不要告诉母亲，父亲来兰州看病的事，看到母亲的一瞬间，她打消了这个念头。让一切往事都尘封吧。饺子是刘欣婷爱吃的芹菜牛肉馅儿的，刘欣婷吃了一大盘，还想吃，可是肚子装不下了。

吃过饭，母亲洗碗，刘欣婷和夏叔叔坐在沙发上。

刘欣婷说："夏叔叔，你难道不想和我妈每天在一起过吗？如果是你儿子介意这个，那我和他说……"

夏叔叔摇摇头，小声说："我和你妈提过，可你妈不同意。我觉得你先做你妈的工作。我那儿子，在上海不可能回来的，他巴不得我和你妈一起过呢。"

夏叔叔的儿子从小得不到母爱，有时候，夏叔叔也带儿子来她家吃饭。刘欣婷经常和他一起玩。那孩子也很尊敬刘欣婷的母亲。

晚饭后，母亲和夏叔叔去黄河边散步，尽管是冬天，母亲还是习惯去黄河边散步。刘欣婷决定带嘟嘟去院子里走走。几块鸡肝已经贿赂了嘟嘟的胃，嘟嘟已经认可刘欣婷这个主人了，小动物们的喜怒哀乐就是那样简单。嘟嘟一出门就撒着欢地跑，母亲说嘟嘟从来不在家里大小便，嘟嘟喜欢在楼下草坪里打滚、小便，嘟嘟还喜欢仰起头看天空，它看起来无忧无虑。它见了别的狗，就屁颠屁颠地追过去，如果不唤它一声，它就跟着人家走了，嘟嘟是那样的像豆包，刘欣婷一想到豆包，眼泪又冒了出来……

天黑了。刘欣婷牵着嘟嘟回家的时候，母亲已经回来了，嘟嘟进门前，母亲给嘟嘟擦了脚，她嚷嚷着，让刘欣婷帮忙给嘟嘟洗澡。解开项圈的嘟嘟，像得到了解放。它兴奋地在屋子里跑了一圈，活力四射。母亲轻轻走到沙发旁，嘟嘟立马跟过来。在母亲的手上舔来舔去。母亲摸了摸她柔软的毛，她把一个皮球丢远，嘟嘟马上用嘴叼过来。母亲抚摸了一下它，把皮球又丢远，嘟嘟叼着皮球又跑过来，刘欣婷咳嗽了一声，母亲这才回过神来。

临睡前，刘欣婷犹豫着问不问母亲豆包的事，话到嘴边，她又转移了话题。夜里，呼呼的西北风呼啸而来，让人有点猝不及防，可不，已是腊月天了。刘欣婷起身去客厅喝了半杯水。快过春节了，这一年也没有什么不寻常的事，天气也和往年一样，有风和日丽，也有狂风暴雨，只是时间过得太快。有些事还没有来得及整理，就已经变成往事了。刘欣婷看着窗外，点了一支烟，她没有烟瘾，只是偶尔苦闷的时候，会抽几根。她吸了一口，轻轻吐出，想起这些年和母亲相依为命的点点滴滴，想起父亲的病，这一晚，她失眠了……

一个月后，父亲打来电话，说在医院复查了一下，胃溃疡的面积缩小了许多。父亲又问了几句闲话，后来，他小心翼翼地说："你的弟弟，他明天来兰州办事，他想见见你。"

刘欣婷一下子愣住了，这太突然了。

天气预报说，明天会有中到大雪。刘欣婷冒着寒冷，迎着凛冽的西北风，去超市采购，她提着大包小包到了母亲那。母亲做了火锅，又温了一壶黄酒，母女俩吃得很高兴。刘欣婷把从没见过面的弟弟要来的事，还有父亲前段来看病的事告诉了母亲。母亲好像什么都知道一样，她神态自若，没有一丝惊讶，将手里夹着的菜放到了刘欣婷的碗里，头也没抬地说："那就见见呗，有个弟弟总比没有的好，我听说，那孩子很懂事，他妈得病的时候，天天守在病床边，大学考得也不错，是一本……"刘欣婷的嘴张成了 O 型。她没问母亲是怎么知道的，母亲也没说，她们俩倒是举起了杯子，轻轻碰了一下，母亲突然提醒她："别耽误了我的天伦之乐……"刘欣婷扑哧笑出了声。

第二天，绒絮般的雪花纷纷扬扬、漫天起舞。这缺水的塞外小城，变得湿润而洁净，每一个人脸上洋溢着欢喜的笑容，世界充满了爱。刘欣婷在孩子们打雪仗的欢笑声中，见到了那个传说中的弟弟，弟弟灿烂地笑着，他站在雪中，他和刘欣婷有着酷似的脸型，他们的左脸颊上都有一个深深的酒窝，他们的眼角都微微扬起。雪花落在他的身上，弟弟比她想象的还要像她，刘欣婷吸了吸鼻子，看着他，不知如何是好，好在弟弟笑着先开口，喊了声："姐……"

小傻的糖

刘小武带着弟弟小傻走出家门的时候，正是太阳刚升起的时候，尽管冬天三九的太阳依旧寒气逼人，但看着东方那个圆圆的火球，刘小武心里说不出的高兴。他想有太阳就成，只要太阳在那里挂着，他今天就能办成一件大事。

刘小武拉着小傻肉乎乎的手，几乎是有点逃离似的从家里飞奔了出来，其实每天这个时候小傻还在被窝里呢，早上刘小武为了哄小傻起床，不惜花了自己辛辛苦苦攒了一个月的零花钱，给小傻买了一斤水果糖。

小傻很久没有吃过糖了，原因是他太胖，老刘也就是这弟兄俩的爸爸，坚决不让小傻吃糖了。当然还有个主要的原因，小傻曾经多次因为吃得太猛被糖噎过。

刘小武今天带小傻出走的目的只有一个，他是要把这个傻得不一般的弟弟带到一个偏僻的地方扔掉，刘小武实在是无法忍受这个傻瓜了。

"小武，我们要去哪儿？"小傻抹了一把嘴边的口水，一边扬头问刘小武。

"我们去看戏。"刘小武说。

借着有点耀眼的光线，刘小武非常认真地看了一眼小傻，他看见的依然是小傻正要流下来的鼻涕和永远流不完的口水，还有那痴呆的眼神。

刘小武看到这样邋遢的弟弟，他觉得非常耻辱，更是下定了决心要把他扔掉。

"小武我们去哪里？"

"我不是刚才告诉你了吗！我们去看戏。"刘小武有点不耐烦地说。

刘小武这会儿不恨小傻了，因为他知道，从今往后，他再也不会恨小傻了，他从小恨小傻，他恨小傻的原因很简单，小傻出生的同时刘小武没了妈，他妈死于产后大出血，所以刘小武小时候经常想尽各种办法捉弄弟弟，可往往是他被小傻捉弄。小傻今年十四岁，刘小武十六岁，十六岁的刘小武的智力或许已经超出了十六岁，可是小傻的智力永远只有三四岁。

按说这么多年刘小武都忍受过来了，刘小武无论从心理上还是生活中都已经接受了自己的弟弟小傻，而且刘小武心里明白他爸老刘把小傻看成了心头肉，只要有什么好吃的好玩的，小傻基本上都占三分之二，而刘小武的那一份永远是小傻挑剩的。也许是习惯了，刘小武对这种分配方式已经能够坦然接受。他时常这样安慰自己，谁让小傻是个傻子呢？

穿过街道，刘小武这才放慢了脚步。到了这一带，认识他们的人就很少了。"小武，你看这是我捡的红旗！"小傻有点得意地举起了左手，刘小武一听小傻捡东西，头皮就麻了，他有点粗暴地抓起小傻的左手，一看，才松了口气，小傻手腕上缠着一跟红色的布条，看样子是在裁缝店门口捡的。

小傻虽然是个傻子，这些年却一直把家里搞得鸡飞狗跳。小傻爱捡东西，当然在很多人看来，小傻是偷，可小傻不理解什么是偷什么是捡，他去谁家玩，就会顺手在谁家拿个东西，有时候是簸箕，有时候是篮子，有时候是锅台上的铲子，有一次他还拿过李家的手表。小傻不管拿了什么，他都会在刘小武和他爸面前炫耀，炫耀之后，老刘就会让刘小武把人家的东西还回去。东西好"捡"可不好"还"，刘小武还东西的时候经常通红着脸，吞吞吐吐，反倒是丢东西的人家安慰他。刘小武觉得自己很倒霉，用老刘的话说，小傻无论拉了什么

借你的耳朵用一用

屎，刘小武都得给他擦屁股，谁让他遇上这么一个弟弟呢？

这么多年小傻的确没有闯过什么大祸，可小祸一直接连不断，刘小武和他爸没有消停过一天。小傻用刀子割破了王家的自行车轮胎，刘小武去给人换轮胎；小傻和街上的孩子打架，撕烂人家的衣服，刘小武去给人补衣服；小傻放跑了曹家抓的一只流浪猫，刘小武整整找了半个月，最后，老刘给那家的孩子又买了一只花猫，事情才算了结；小傻捉迷藏的时候，踩坏了魏家的猪圈，刘小武和他爸背着水泥和砖头去给人修……小傻只要出门就闯祸，虽说不是大祸，可时间长了谁也受不了。老刘想来想去，也没想出个好办法，索性就把小傻关到家里，还给他买了一只猫和两只兔子，这样刘小武上学的时候，小傻便和兔子、小猫一起玩；刘小武一放学，就陪小傻玩。日子倒是安稳了些，不过这样的日子没持续多久，小傻就要闹着出门，原因是他听见隔壁刘大爷家的老狗生了只小狗，那狗天天冲着小傻叫，小傻急了，就爬到墙头上去逗小狗，逗着逗着脚一踩空，就摔到刘大爷家了，刘大爷说，"以后，你们不在的时候，我来看小傻。"从那以后，老刘就把小傻托付给了刘大爷。

太阳升到了当空，刘小武这才感觉到累。小傻已经很累了，他几次都差点不走了，不过每次刘小武都非常及时地往他嘴里塞一个糖，吃着糖的小傻立马就来了精神。哥俩靠在一棵大树下休息，小傻嘴里含着一个比水蜜桃还香甜的水果糖，连口水也全咽了下去，看样子非常陶醉。含着糖，小傻不说话，也不撒泼。

这时迎面走来几个赶集的年轻女人，刘小武一看到这几个女人，他的第一反应是，抓小傻的胳膊，不过已经晚了，小傻已经扑了过去，嘴里连续不断地喊着"妈妈，妈妈……"那几个女人像遇见疯狗一样瞬间散开了，嘴里还在谩骂。刘小武本来想在马路边狠狠地揍小傻一顿，可当他想到，从今往后，小傻要消失在他们的生活里了，他把举起的手，又放下了。

小傻喊"妈妈"，无疑对刘小武是一种刺激，刘小武什么都能忍受，就是不能忍受小傻冲着年轻漂亮的女人喊妈妈，可小傻从小就这样，只要一看见漂亮女人，就扑过去，不分场合地喊"妈妈"，他真是把他们老刘家的人丢尽了。上个周末，小傻居然喊了刘小武的同桌伏小翎"妈妈"。

那是上个周末，刘小武正坐在热炕上写作业，刘小武在家里自由支配的时间很少，小傻要玩捉迷藏，刘小武如果不陪他，那就是件惊天动地的大事，小傻会使出撒泼打滚哭闹的各种本事，然后让刘小武无条件投降。何况老刘也为此发过脾气，老刘说："咱们家小傻的事情就是大事，陪小傻玩是当哥的本分。"小傻现在要玩捉迷藏，刘小武得假装找小傻，因为小傻每次都藏到厨房的水缸后面，但是为了哄小傻开心，刘小武每次都要把整个院子翻个遍，甚至连鸡窝他都不放过，他在鸡窝附近故意大喊："小傻，我知道你在鸡窝里，快出来。"小傻的笑声和着母鸡的嘎嘎声在小院里回荡，然后刘小武会冲着厨房的方向喊"小傻，我投降"，这样小傻才得意地擦着有一尺长的鼻涕慢悠悠地从厨房里晃出来，放过他。

如果刘小武没有找到小傻，小傻会非常恼怒，会一直找茬碰瓷儿，刘小武知道自己的傻弟弟乐此不疲的就这点爱好，所以只要有空就陪他玩。

那天，刘小武趁小傻正高兴赶紧做饭，刘小武做饭的时候，小傻经常自告奋勇烧火，小傻烧火的时候也是最安静的时候，刘小武也抓住机遇教小傻 1+1＝2，2+2＝4……而小傻永远只知道 1+1＝2，2+2＝4 如果问他 2+1 等于几，小傻除了挠头就是傻笑，不过老刘还教小傻学会了另外一句话，"我姓刘叫小傻，家在南街 2 号"，每次小傻说起这句话，就显得有点得意。

兄弟俩吃过饭，小傻一个人在院子里和小猫玩，刘小武坐在炕上写作业，像过去任何一个午后一样，院子里除了冬日暖暖的太阳，便是小傻的笑声，刘小武很满足地做起了数学题，他在家里能够舒坦地写作业的时间很少，平时即便是作业再多，只要小傻喊他玩，他都得无条件地服从。

刘小武正准备做几何题的时候，听见了一声尖叫，这不是一声普通的尖叫，不是小傻的叫声，也不是村子里哪家女人撒泼的喊声，刘小武被这声尖叫吓住了，因为那声音离他太近了，就像在自家的院子里一样，可是刘小武的家从来不来女人的。

刘小武听到尖叫接连不断，在叫声里还夹杂着小傻的声音，等他冲到院子里的时候，看见了这样一幕：

小傻用力抱着刘小武的同桌伏小翎，嘴里一边流着口水，一边喊着"妈妈……妈妈……"，伏小翎挣扎着，大叫"救命！"，看见刘小武，伏小翎像见到救星似的，急忙喊："刘小武，快把这个疯子拉开，吓死我了。"

刘小武没有时间思考为什么伏小翎会光顾自己的家，他三步并作两步扑过去，一把拽住小傻的领子，"啪"就是一巴掌，这一巴掌下去，刘小武惊呆了，小傻也呆了，这是刘小武第一次打小傻，小傻有点恐惧地看着他，急忙从地上爬起来，摸着被打的左脸，瞪大眼睛哭号着："你等着，我找爸爸去！"

伏小翎惊魂未定，指着小傻的背影问刘小武："这是哪来的疯子，差点吓死我了！居然把我当成他妈，幸亏你在家……"

伏小翎整理了一下衣服，又"哎呀"喊了一声，刘小武像被电击了一样，急忙转身问："是不是小傻回来了？"

伏小翎扑哧一声笑了出来："看来你比我更怕那个疯子！"原来是伏小翎外套上的一个扣子掉了。伏小翎声音细细地却又有点生气有点撒娇地说："我不管，扣子是在你们家被那疯子抓掉的，你得给我缝上！"

刘小武很想解释小傻不是疯子，是他弟弟，可是张了几次口都没有说出来。

"你是缝还是不缝？"伏小翎说着小脸儿通红了。刘小武还以为伏小翎生气了，忙说："你别生气，我……我……缝！"

一进屋，刘小武急忙找针线，而伏小翎则像参观博物馆一样扫描他的家。

刘小武一看屋里实在乱得不像样子，当然这也都怪小傻，早上一起床他就把被子叠了，可后来小傻又把被子拉开了。最可气的是，他说："哥，你是不是昨天晚上放屁了？被子里好臭啊！"刘小武急忙把门窗打开，因为小傻每次说他放屁，就说明小傻放屁了，这个小傻！

刘小武真希望伏小翎能出去几分钟，这样他就可以整理一下房间。伏小翎这会儿已经坐到了炕头上，催促着刘小武找针线，刘小武本来知道针线盒就在桌子最下面的一个抽屉里，可他没有一下子找出来，他有点慌乱地收拾着屋子，一边想着伏小翎来做什么。

这个伏小翎怎么能轻易来他家呢？伏小翎来他家的后果就是向外界宣布，伏小翎和刘小武是一对，刘小武本来希望自己朦胧的恋情是那种含蓄的、隐蔽的，没想到，伏小翎居然来他的家……

"刘小武，针线找见了没？"伏小翎再次催促。

刘小武穿好针，走到伏小翎面前，把带线的针递给她，伏小翎低下头，敞着棉衣，刘小武看见伏小翎里面穿着紧身的红毛衣，红毛衣映衬这伏小翎的脸分外红润。看见伏小翎的脸，刘小武急忙收回了目光。

伏小翎小声说："我不管，扣子是在你们家掉的，你得给我缝上！"

刘小武再一抬头便望见了伏小翎稍稍隆起的胸脯，他吞了几下口水，把手悬在空中，看着那个掉扣子的地方，也正是胸脯那儿领子下面的那个扣子，刘小武伸了几次手，手都颤抖地缩了回来，这时伏小翎的小脸儿也红了，刘小武想把针递到伏小翎的手里，似乎是件很难的事，刘小武的脸也通红，他正要下决心把针递过去的时候，一抬头就吓了一跳，小傻正趴在玻璃窗户上，盯着他们，伏小翎同时也看见了小傻，一下子钻进了刘小武的怀里。刘小武的心差点蹦到嗓子眼。

"羞……羞……抱在一起生娃娃……"

这个傻子还懂得不少……刘小武冲出去的时候，小傻已经一溜烟跑得无踪无影。等刘小武回屋的时候，伏小翎正准备走，她丢下一句话："我今天来是问你数学题，下周我还来！"说完甩了一下辫子，也一溜烟跑了。

刘小武怎么也想不明白。伏小翎大老远从北街过来就是为了问数学题？再说，她数学学得比自己好啊！

刘小武回到屋里，在桌子上他发现了伏小翎写得一封短信，信上其实没有什么具体内容，大致就是想念之类的话。等刘小武美滋滋地看完信傻笑的时候，他才感觉家里缺点啥，老刘快下班了，刘小武急忙锁上门去找小傻。

那天小傻和隔壁刘大爷家刚出生的小狗玩得开心，刘小武找到小傻的时候，他正在和那只一个月大的花狗一起吃饼干，并且吃得津津有味，小傻吃一口，然后喂小狗，小狗吃了，小傻再在小狗咬过的地方咬一口。那天小傻和小狗吃得起劲，便忘记了告诉老刘自己挨打的事，刘小武松了口气。

第二天，刘小武去学校上课，小傻依然拜托给了隔壁的刘大爷。刘大爷老伴前两年死了，儿子在外地工作，他一个人守着空荡荡的院子，想来也是非常寂寞的。说也奇怪，镇子上的人其实都喜欢小傻，也喜欢逗小傻玩，可小傻就喜欢和刘大爷待在一起，刘大爷的话对小傻就是圣旨。小傻有事没事就往刘大爷家跑，有时候老刘买了什么好吃的，小傻总要先带过去给刘大爷吃，刘大爷那就更不用说了，儿子不管寄什么好吃的，他都给小傻留着。刘大爷出去晒太阳，小傻跟着；刘大爷上街，小傻跟着；刘大爷睡午觉，小傻也睡午觉。刘大爷说他把小傻当孙子看待，他还说小傻虽然不聪明，可他心肠好。刘小武和他爸都非常感激这个老人。

刘小武走进教室，一眼就看到同桌伏小翎正和前排的胖子斗嘴。其实伏小翎早就看见刘小武进来了，但她硬是假装没有看到。刘小武有点犹豫地走到自己的位子上，令他惊讶的是伏小翎居然没有和他说话。刘小武愣了一下，就听见了上课的铃声。伏小翎目不转睛地盯着黑板，刘小武则偷偷地看着伏小翎，快下课的时候，刘小武终于得出了一个结论，伏小翎在生他的气。刘小武想来想去，伏小翎生气的理由可能和小傻有关，如果不是小傻，伏小翎的衣服就不会掉扣子，如果不是小傻，伏小翎的那个扣子应该就缝好了，如果不是小傻，伏小翎就不会和自己生气。

伏小翎下课后径直去了操场，当然她连看都没有看刘小武。终于上课了，伏小翎又坐到了他的身边，刘小武用眼睛的余光看着伏小翎红润的小脸，这时趁老师没来，伏小翎抓紧时间和前排的胖子说笑，刘小武的心有点莫名伤感。刘小武有点恨自己的懦弱，自己应该鼓起勇气主动和伏小翎说话的，可他就是张不开口。

自从"缝扣子"事件之后，伏小翎和刘小武的"三八线"非常清楚，刘小武时常静静地看着伏小翎的背影，伏小翎的笑，伏小翎的闹，伏小翎玩沙包时的顽皮，刘小武看得有点呆了。伏小翎连续五天没有理刘小武，期间只有一次，刘小武趴在桌子上沉思的时候，偶尔一抬头发现伏小翎正盯他，刘小武一下子涨红了脸，心也猛烈地跳了起来，伏小翎的眼睛红了，她跑出了教室。

直到星期五的那天下午，刘小武给伏小翎写了一张条子，上面就三个字和一个问号——"为什么？"

伏小翎看到后回了个纸条："星期天去你家……"

原来伏小翎什么事也没有，只是怕大家看出破绽。

伏小翎星期天要来家里，这对刘小武来说是件值得庆贺的事情，可是他却怎么也高兴不起来。他想小傻可怎么办呢？周末总不能让小傻还去刘大爷家。

星期五那天放学，刘小武刚一进门，小傻便缠着他玩泥巴，那天刮了一下午的西北风，因为风大又刺骨，刘小武冻得连车子都没能骑。他进门匆匆放下车子，小傻便来缠他。刘小武说："天这么冷，等天暖和了哥再陪你玩，再说爸爸马上就回来了，我还得给炉子添火，还要压面条，还要弄点煤灰烧炕，不然晚上炕就冷了……"

那天下午无论怎么哄，小傻就是不听，刘小武打也不是，骂也不是，小傻又是哭又是闹，还躺在地上打滚，刘小武知道，这都是他爸惯出的毛病。刘小武那天也是较上劲了，他默然地看着小傻在地上打滚，看着小傻抽搐的脸，他眼睛一眨不眨地看着，没有伸手拉他。小傻这会儿已经哭得快要背过气去了，刘小武就是这会儿哄也来不及了。刘小武给两个炕里填了煤灰，小傻还躺在地上，刘小武给炉子里添了蜂窝煤，小傻还躺在地上，刘小武知道小傻现在是在给老刘做样子……

屋外的西北风呼啸不止，刘小武戴好棉帽子，正要出门去压面条，就见老刘进来了，老刘看见地上哭得快要背过气去的小傻，怒不可遏，冲着刘小武就是一巴掌，那一声巴掌夹杂着西北风显得格外响亮，刘小武其实来得及躲闪，但是他没有躲，脸上的疼痛使得他异常清醒。这是老刘第一次打他，过去小傻也闹过，可老刘绝对不怪刘小武。受惊的小傻"腾"的一下子从地上爬了起来，他嗫嚅着："爸爸，小武不陪我玩……"

刘小武紧紧地抱着面盆，低着头。

老刘也半天没有说话，他叹了口气，冲着刘小武低声说："还不快去压面，天都要黑了……"

刘小武一口气跑出了家门，他端着面盆，迎着西北风在街上奔跑着，那一刻他想起了他妈，刘小武已经好久没有想过他妈了，时间隔得太久了，一个两岁就没了妈的孩子，他对母爱这个词已经很陌生了。如果不是家里的那张黑白相片提醒他，如果不是老刘每年在他妈的忌日带他和小傻去坟里烧纸，刘小武早就忘记自己是哪儿来的……这天在刺骨的西北风里刘小武冲着黑压压的天，一声一声地喊起了妈，喊着喊着刘小武大声地哭了起来……

那天晚上刘小武没有吃饭，老刘也没有劝他，刘小武又听见了那熟悉的叹息声，只有小傻"关心"地问他："小武你怎么不吃饭呢？今天的臊子面可香了……"

刘小武狠狠地瞪了小傻一眼，吓得小傻端着碗跑到厨房去了。

那天晚上刘小武失眠了，他想了很多，想今天的一巴掌，想他爸老刘这么多年的不容易。其实家里如果没有小傻，老刘完全会再找一个女人，当然这么多年他也不是没有找过，他也想找个女人持家，帮两个孩子做饭、洗衣服，这样他可以安心地上班。所有的女人冲着老刘吃着公家的饭这点都很愿意，但一看到小傻，事情往往就黄了，因为小傻一见她们就喊"妈妈"，那些女人吓得头也不回地跑了。后来又见了几个，结局都一样，再后来，老刘就死活也不找了。刘小武又想到了他自己，这十几年，他这是过的什么日子，所有好吃的、好玩的、好穿的都是小傻的，而且他还必须毫无怨言。这些年小傻就像恶魔一样折磨着自己，折磨着这个家。老刘叹气时的那种无奈，让刘小武无比辛酸。按说有个当工人的爸爸应该是很牛气的事情，可是他从小就低着头，他没有朋友，因为除了上学，其余时间刘小武都要无偿奉献给小傻，而且他还要在老刘加班的时候给自己和小傻做饭、洗衣服。刘小武望着黑乎乎的夜空，听着西北风的吼叫，那一刻，他生平第一次意识到自己的悲哀，这个悲哀和小傻有关。快到天亮的时候刘小武做出了一个惊人的决定，他要把小傻扔掉，而且要马上扔掉。做出这个决定后刘小武睡了一会儿，蒙眬中他听见了公鸡打鸣，听见了他爸老刘推门进来说："小武，我今天要加班，你在家里看好小傻，中午我就不回来吃饭了，明天我给你们包饺子……"

刘小武听见老刘关上大门之后，他迅速地穿上衣服，他忘记了自己一天没有吃东西，忘记了饥饿，忘记了脸上的疼痛，甚至穿那些烦琐的棉衣他都觉得有点浪费时间。他蹑手蹑脚地跑到他爸那屋看小傻醒了没有，果然小傻睡得跟猪似的。刘小武蹑手蹑脚地关上门，他冲向自己的房间，开始凑自己的零花钱，翻遍了所有的口袋，就找出了9块3毛钱。老刘一周给刘小武5块钱，刘小武那5块钱既要买早点，还要压面条，有时候还要给小傻买零食，刘小武的这9块3毛钱省得不容易，平常早点要花6毛钱，一杯豆浆2毛、一个烧饼4毛，为了省钱，他早上常常不喝豆浆，所以确切地说这9块3毛钱都是一杯杯的豆浆变来的。刘小武攒这些钱有两个目的，一个是他想在他爸老刘过生日的时候送他一双新的布鞋，一个是他想在放假前给伏小翎买只钢笔，因为伏小翎上上周给他送过一个笔记本，还是带锁的那种。

刘小武摸了摸这一毛两毛凑起来的一沓钱，咬咬牙，把这9块3毛钱全都拿了出来，穿好棉鞋，戴上帽子，直奔街上的小卖部。刮了一夜的西北风，今天街道显得格外干净，太阳已经出来了，刘小武心想幸亏没有下雪，小傻一下雪就不起床了，他是怕冷鬼转世的。

刘小武跑到小卖部的时候，还不到9点，小卖部还没有开门，等了足足10分钟，小卖部才开门，刘小武进了小卖部，他说买一斤最好的水果糖。店主说，"我们这只有一种糖，你要不要？"刘小武说，"就没有好一点的吗？"店主说，"这糖要能吃上都很不错了！搁前几年，这糖都没得吃，你要不要？"刘小武说，"那就买上一斤吧。"店

借你的耳朵用一用

主有点纳闷，"现在又不是过年，怎么买这么多糖？"刘小武说，"我们家小傻想吃！"

刘小武花了 5 块 5 毛钱买了一斤花花绿绿的水果糖，现在身上还剩 3 块 8 毛钱。刘小武把剩下的钱重新装好，心想这样再攒一个月就能给他爸买双新鞋。伏小翎的钢笔以后再想办法，大不了问他爸再要钱，说钢笔坏了。想到伏小翎明天要来，想到伏小翎上次扑到他怀里，还有那封信，刘小武傻笑了起来。不过刘小武很快恢复了理智，他想到了今天要干的一件大事，这件大事干成后，他们家就能幸福地过日子了……

刘小武回到家，小傻还在热炕上熟睡，刘小武使劲地晃他，他不醒，在耳朵边吼叫他还是不醒，刘小武知道，小傻这会儿已经醒了，他是在装睡。刘小武一下子掀开被子，小傻这才睁开眼睛，眯着眼看刘小武，刘小武本来很生气，当他看见小傻的眼角掉着两疙瘩眼屎时，就笑了，急忙从口袋里掏出一个糖，塞到他嘴里，小傻含着糖，立刻来了精神，刘小武趁机说，"小傻，哥今天带你去看戏，你去不去！"

小傻平日最喜欢看戏，一听看戏，他急忙从被窝里爬起来，说，"哥，那我们现在就走吧？"刘小武见小傻对看戏有如此浓厚的兴趣，他说，"小傻，你赶紧穿衣服，我去做饭，吃了早饭我们就走！"

这顿早饭刘小武做得很认真，他炒了五个鸡蛋，确切地说他把家里的所有鸡蛋都炒了。小傻今天也很高兴，有糖吃，有戏看，而且还能吃上炒鸡蛋。

吃过早饭已经上午 10 点了，刘小武顾不上洗锅，他给小傻穿上最厚的棉衣，又穿上新裤子新鞋，戴上帽子，就出了门。小傻真是个孩子，他趁刘小武关门的机会，急忙跑到刘大爷家，兴冲冲地说："我哥要带我去看戏。"刘大爷跟着小傻出来问刘小武什么地方在唱戏，刘小武看见刘大爷就知道事情有点复杂了，他笑了笑，说，"我就是带小傻去散散心。"

刘小武带着小傻急匆匆地穿过了他们这条街，又紧接着拐了几个弯，小傻就不走了，刘小武又给小傻嘴里塞了一个糖，他说："小傻，你不想看戏了吗？看看，翻过前面那座山，就到了。"吃着糖的小傻又来劲了，缠着小武给他讲故事。

刘小武这个时候脑子里装的都是怎么样才能把小傻扔掉，这会儿压根就没有心思讲故事，可他还必须得讲。

刘小武看着满眼荒芜的一切，裹了裹衣服，刚才的一股兴奋劲已经消失了，他这才感觉天其实很冷，那个太阳没有起多大的作用，就像个摆设似的挂在那儿……

小傻说他走不动了，他蹲在地上，刘小武说："那好我们歇会儿吧。"刘小武又掏出了两个糖，小傻笑了。

山路上没遇见一个人，这么冷的天，谁有毛病会来爬山呢？刘小武也好久没有爬过山了，他蹲在小傻旁边，就听见了乌鸦的叫声，乌鸦是不祥的鸟，刘小武很久没有听见乌鸦的叫声了，在这个荒郊野外听见这么几声粗野的叫声还真有点可怕。

哥俩再次赶路的时候，刘小武开始给小傻讲故事，他给小傻讲的是黄鼠狼给鸡拜年的故事，这个故事一直讲到翻过这座大山，期间小傻撒尿一次，歇脚两次，并且吃了五个糖。

刘小武带着小傻走到那个集市上的时候，已经到了下午两点多，这个集市不是下山就能看见的，还得穿过两个村庄，然后沿着一条长长的马路走上两里地才到。到了集市上，小傻直喊饿，他蹲在地上不走了，刘小武知道现在给他糖已经不管用了，路过卖冰糖葫芦的，刘小武给小傻买了两串，花了 2 毛钱。小傻看见冰糖葫芦，就忘记了饿。乖乖地跟着刘小武，用舌头舔着糖葫芦。

刘小武把小傻带到一家百货公司的墙角的台阶上，他垫了张报纸，让小傻坐下，小傻这会儿关心的只有糖葫芦。刘小武掏出三个白馒头，递给小傻，说，"小傻，你在这等着，哥去给咱们买吃的，吃了饭我们就去看戏！"

这几句话小傻倒是全记住了。刘小武见小傻点了头，他扭头就走，走了几步，他又返回来，蹲到小傻跟前，把兜里的所有水果糖全都塞给了小傻，小傻说，"小武，你也吃一个。"不知道怎么了，小傻的话，让刘小武有点动摇，他想拉起小傻回家，可是他又把手缩了回来，他把兜里剩下的 3 块 6 毛钱放到小傻手上，说："小傻，这钱你可要拿好了，谁也不能给。"小傻点点头。

刘小武转身就走，他再也没有勇气回头。回来的路上，天突然变了，先是刮风，紧接着就下起了雪，大片大片棉絮一样的雪花飞舞着，落到山上、路上、刘小武的脸上，刘小武的心被这纷纷扬扬的雪花给搅乱了，他感到头晕目眩，他感到一切都在向他扑来，他看不清脚下的路，他闭着眼睛开始翻那座山，山林里寂静得能听见飘雪的声音，静得连刘小武的喘息声居然显得有点惊天动地。这时阴沉的天也逐渐暗淡下来。刘小武此时的脑子里一片空白，他不知道自己该回去找小傻，还是回家，他听到了自己急促的喘息。一只飞奔的野兔差点让刘小武魂飞魄散，他的心一阵乱跳，慌乱之余他开始狂奔，一会儿脸上就汗津津的了。回家的路显得那么遥远，刘小武下山后，天已经完全黑了，雪还在下，他很想停下来，喘口气，可是他又怕自己停下来会后悔，会想起在角落里吃着糖葫芦的小傻。刘小武抬头看了看阴沉沉的夜空，几片雪花落在了他的额头上，他感到了一丝清凉。刘小武看到了灯光，看到了在大雪中摇曳的风灯，他有点急迫又有点激动地跑了起来，赶到家的时候，刘小武腿一软坐在了门边上。

院子里乱混混的，像是许多人来过，隔壁的刘大爷最先发现刘小武，他一把扶起刘小武，没等刘小武站稳，老刘就扑了过来："小傻呢？"

刘小武没有吭声，他已经习惯了老刘的质问。他闭上了眼睛。

"小傻呢？说……快说，他在哪？"

刘小武感觉到老刘抓他的手在哆嗦，而且哆嗦得越来越厉害。老刘一耳光把刘小武捆得翻倒在地。刘小武挣扎着站起来，他僵在那里，像死了一样。老刘的眼睛在冒火，他再次质问："小傻呢，你把他带到哪里了！快说，晚了他会有危险，他的智商还不如三岁的孩子啊……"

刘小武看见父亲忧伤的眼神，他感觉自己的喉咙被堵住了。他猛地挣脱老刘，转身开始狂奔。刘小武一口气跑到山脚下的时候，他才发现雪不知什么时候已经停了。山上覆盖着一层厚厚的无声无息的大雪，树枝上的积雪偶尔掉下来，发出一声沉重的叹息。刘小武吃了一口雪，这雪冰凉刺骨直到心脏。当然这个时候山上是没有一个人的，刘小武此时此刻根本没有时间害怕。他用自己仅存的理智一遍一遍地祈祷，他祈祷小傻平安，祈祷小傻还在等着他。到了山顶上，刘小武看见了一束微弱的灯光，而且离他越来越近，刘小武知道那一定是他爸老刘在跟着他。

刘小武的血热了，眼睛也热了，他这才意识到，这个家没了小傻就不是家了，也不可能幸福。他抹了抹眼泪，深深地吸了口气，又跑了起来。此刻，他的身上充满了一种神奇的力量。刘小武知道，这一定是母亲给他的力量，汗水顷刻间湿透了他的衣服。他的步子越发快了，几乎飞了起来。

下了山，马路上没有一个人，刘小武的心像被鞭子抽过一样，疼痛而紧张。他以最快的速度跑到了镇子上，镇子上静悄悄的。刘小武紧绷着神经，他想喊，可又不敢喊。

刘小武找到了那个商店，远远地他看到了一团黑色的影子。刘小武有点兴奋，可是双脚却怎么也迈不出去。他试探性地喊了声："小傻……"

周围一片寂静。他感觉那团黑影动了一下。

他一声接一声地唤着："小傻，哥来了，你别怕，小傻，我来接你回家……"

"小武……"

刘小武终于听见了熟悉的声音。他一下子扑了上去，倒在了小傻脚下，紧紧地攥住了小傻的胳膊。

那个冻得只有一口气的小傻，伸出一只掖在袖筒里的手。

"小武，给……吃糖！"

刘小武触到弟弟肉肉的手，那只手映着雪光几乎冻成了紫红色，刘小武的心颤抖了一下。

"给，吃糖，这是留给你的……"小傻蜷缩在角落里，显然他看见小武之后是兴奋的。

刘小武接过那颗糖，手心里的那颗糖居然是温热的。

刘小武脱掉了自己的棉衣，迅速地披在弟弟的身上。

这时老刘和隔壁的刘大爷赶了过来，看见两个儿子紧紧地抱在一起，老刘的腿一软跪在地上，忍不住号啕大哭，那哭声惊天动地。

看见老刘哭，小傻居然笑了，尽管他笑的时候牙齿在打战，可是他还是笑了。

"爸爸，我……听你的话，在原地等小武……来接我……"

刘小武把他的帽子给小傻戴上，他颤抖地拍着小傻身上的积雪，他感到非常口渴，抓了一把地上的雪放到嘴里，雪立刻化了，他又往嘴里塞了一把雪，雪又化了！

"小武，我们回家吧。"小傻说。

刘小武使劲点点头，他一手拉着小傻的手，一手紧紧地攥着那颗温热的水果糖，他的眼睛模糊了……

两个人的敦煌

1

乔书怡走出敦煌山庄时，已经是中午了。五月初的敦煌，街上游客稀少，乔书怡望着远处的沙漠，想象这里曾经的潇潇战马，幽怨的羌笛，不禁有种沧海桑田的感觉。她走在寂静的大街上，不经意低头，发现人行道的地砖上刻着和敦煌有关的古诗词："黄河远上白云间，一片孤城万仞山。羌笛何须怨杨柳，春风不度玉门关。""万里敦煌道，三春雪未晴。""劝君更尽一杯酒，西出阳关无故人。"乔书怡一首接一首念下去，念着念着，她突然感觉有点饿。从早晨下了火车到现在，她什么都没吃，还是昨天下午上车前吃的牛肉面。她想也许真的开始老了，不然为什么会这么耐饿呢？

乔书怡走进路边的餐厅。餐厅里静悄悄的，零星地坐着几个客人。乔书怡走到一个靠窗户的位置。这个地方，能看到远处的沙漠。等待期间，她有点无聊地翻开手机。很想给谁打一个电话。可是打给谁呢？来之前已经给父母说了出差，30岁的人了，不必到某一处都像小女孩一样，给他们汇报行踪。

乔书怡是一位专栏作家。她在两家大的报纸开专栏，此次到敦煌，一来是补充"营养"，二是见几位敦煌的艺术家，三是想在心里彻底和张子山告别。张子山是她刚刚分手的男朋友，准确地说他是有妇之夫，而她是大龄剩女。他们一开始就注定了分手的结局。来之前，在敦煌的老同学伯惠，已经帮她安排好了一切。她下了火车，又在宾馆美美睡了一觉。她没有告诉伯惠几点到敦煌，她想一个人待会儿。

饭菜端上来，手机响了，是张子山打的，乔书怡没有理会，最后一次见面，她说得清清楚楚，永不见面，永不纠缠，当时张子山也同意了。他们好了三年，也该结束了。张子山事业有成，乔书怡自尊心极强，她从未接受过张子山的贵重礼物，她是想证明，她爱他，不是因为他的钱，只是爱他。他是她生命中的劫难，根本无法逃脱。如今她累了，不想继续爱了，之前他们也分手过几次，但每次不到一周，就和好了。这一次，她绝不能心软，她想要一个崭新的未来，她想找一个能时刻陪伴自己，和自己共度余生的人。

张子山又发来短信："书怡，我想你，我想见你。"

乔书怡很平静地放下手机。

吃完饭，乔书怡去了鸣沙山。

阳光强烈，沙山起伏，蓝天白云下，一只只骆驼在沙山中跋涉。风中传来清脆悦耳的驼铃声，这驼铃声声声敲打乔书怡的心。

沙子温热细软，乔书怡走到了月牙泉附近的一座沙山上。她脱掉鞋子，躺了下去，一种温暖的舒服感蔓延全身。她戴上墨镜，看天空的云朵的无尽变幻。不远处一只骆驼也半跪在细沙里，享受着天地间的孤独，世界很安静，很温暖……

夕阳西下，起伏的沙山下，月牙泉泛起一层金光。乔书怡枕在背包上，有点昏昏欲睡，她想着不吃晚饭了，一直躺着，等月亮升起来。

傍晚时分，伯惠打电话，问她在哪。

乔书怡说："在鸣沙山。"

伯惠说："我开车来接你，我们一起吃饭。"

2

　　乔书怡在鸣沙山门口，见到了伯惠。伯惠是她的大学同学和好朋友，据说大学时伯惠一直暗恋她，但她浑然不知，那时候她整天泡在图书馆，只当他是好朋友。毕业后，更是很少单独会面，偶尔在同学聚会时遇见，得知他早早成婚，而她依然孤身一人。伯惠现在在政府部门工作，他的笑容一点都没变，也许是刚刚做了父亲，因此更加快活。他的微信里，每天都是他女儿的各种照片，吃饭的、睡觉的、哭闹的、玩耍的……

　　在车上，伯惠说："晚上是老姚请你吃饭！"

　　"老姚？"

　　"你不是一直想见他吗？"

　　乔书怡摇摇头："我好像不认识这个人。"

　　伯惠摇摇头，忽然大笑起来："看我这记性，你的确不知道老姚，你只知道大漠隐士。"

　　"大漠隐士？"她激动地叫起来。

　　伯惠点点头："是，没错，是你千呼万唤的大漠隐士。"

　　三年前，乔书怡来敦煌，伯惠送她一幅画，说是他的一位画家朋友画的，那是幅斗方，画里是一位向云端飞去的飞天。画里的飞天头梳鬟髻戴珠冠，眉清目秀嘴角上翘，微含笑意，腰系长裙，肩披彩带手托莲花，长长的飘带和罗裙轻轻飞扬……那幅画是一位叫大漠隐士的画家画的。那幅画一直挂在乔书怡的书房里。这次到敦煌，乔书怡很想专程去拜访这位画家，来敦煌之前她就和伯惠提了一下想法。为了表达对画家的尊重，乔书怡让伯惠开车把她先送到宾馆。她满身都是鸣沙山上的沙子，一走路沙子就纷纷落下来，她得去换件衣服。乔书怡让伯惠在大厅等。她匆匆回房间冲了澡，换了一件素雅的旗袍穿上，又化了淡淡的妆，这才出门。

　　伯惠说："不用这么正式。"

乔书怡笑了笑："他的画这几年一直陪伴着我，我得感谢他。"

赶到饭店，已经八点半了，敦煌的太阳还挂在半山腰。

一进包厢，其他人都来了。伯惠一一介绍，乔书怡和他们微笑握手。乔书怡一进门就注意到一位身形高大、头发花白、穿着白衬衣的儒雅男士，她心里想，这个人，也许就是大漠隐士。

果然伯惠说："这位就是老姚，这位就是崇拜你的书怡。"

乔书怡和老姚握了握手，老姚温和地笑了笑，乔书怡也笑了笑。乔书怡把激动的心情压了下去。晚餐开始，几杯酒过后，几位诗人和画家的情绪高涨起来，笑声此起彼伏。觥筹交错间，她一直注视着大漠隐士的风度，他的眼神告诉乔书怡，这是个有故事的人。

大家谈天气、谈绘画、谈沙漠和水，乔书怡在一旁微笑地听，偶尔也加入他们。老姚望着乔书怡说："不知道你感不感兴趣，我六月份准备带一部分人去穿越罗布泊。"

乔书怡问："需要几天？"

老姚说："如果横穿的话，大概 10 天的样子。"

伯惠在一旁说："听说长时间在沙漠，人会产生幻觉。老姚，说不定你从沙漠回来会画得更好。"

老姚笑了。

乔书怡说："我也想去，说不定我会得到海市蜃楼般的灵感。"

大家都笑了。在座的就她一位女士，大家都很认真地听她说话。

晚餐十分愉快，直到十一点才散。几位画家诗人都喝得醉醺醺的，被人搀扶回去。乔书怡本来不胜酒力，也许是吃饭的气氛过于热烈，她经不住那些书画家们的劝酒，就多喝了几杯，喝得晕晕乎乎的。老姚和每个人热烈拥抱，到乔书怡跟前，她笑了笑和他紧紧拥抱了一下。

乔书怡说："我一直想对你说，我很喜欢你画的飞天，它一直挂在我的书房里，和我朝夕相对。"

老姚挥挥手："你如果喜欢，回头我给你再画一幅。"

他转头对伯惠说："伯惠，明天中午，我想请书怡才女到寒舍吃饭。安老师也十分想见她，安老师读过她的很多文章。"

乔书怡笑了，伯惠几天前就把她要来敦煌的事，告诉他们了。

伯惠说："行，我下午请个假陪你们！"

老姚说："明天我来接你们。"

送乔书怡回酒店的路上，伯惠告诉乔书怡，安老师是老姚的夫人，是一位钢琴教师，安老师和老姚是大学同学，他们都是南方人。

伯惠说："听说安老师之前结过婚，离婚后才和老姚结的婚。"

伯惠顿了一下，欲言又止地说："有一次，老姚喝醉酒对我说，他其实并不姓姚，为了安老师，他改了姓，名字也改了。"

乔书怡听着，心里一动，说不定是个动人的爱情故事。她很想听老姚和安老师各自讲讲他们的爱情。不过能不能听到，也是要看缘分的。对于明天要见到的安老师，乔书怡也十分好奇。这天晚上，乔书怡睡得十分踏实。张子山发了一条短信，乔书怡没有看就删了。她很想结婚，但绝不会是和张子山。她不想拆散一个完整的家庭。

3

第二天早晨，乔书怡去见了一位文化馆的老前辈，聊了聊敦煌的历史文化。一盏茶喝淡就到了中午。回到宾馆，记了点笔记，伯惠的电话就来了，说他们马上到楼下。敦煌的天气温差很大，中午有近30度，乔书怡换了件中式的碎花长裙，头发也挽了起来，拿了包匆匆下楼。一出酒店就看到老姚和伯惠正微笑着冲她招手。他们身旁停着一辆银灰色的汽车，乔书怡走过去。老姚亲自为她打开车门。

老姚说："天气热起来了，敦煌已经是夏季了。"

乔书怡笑着说："幸亏带了裙子。"

月牙泉镇上有商铺、有酒吧、饭馆，更多的是画廊。这里是敦煌画派的画家聚集的地方，画室随处可见。车子拐进一条石板路铺的街道，街道两边三三两两也修了几栋房子，十分幽静。老姚的车子停下来，伯惠说："到了。"

老姚的院子十分精致，院子外面是个围了篱笆墙的大花园，种了果树、向日葵、豆角，还养了几只鸡，东边是个小水池，有几只鸭子游来游去。大门半开着，顶着烈日一进去，一股清凉之气扑面而来。院中有两棵高大的葡萄架，碧绿的青藤缠缠绕绕，遮住了阳光。走进房间，一只慵懒的猫正卧在青石板上晒太阳。一位肌肤白嫩、身材阿娜、眼睛细长，宛若画中的飞天模样女人向她走来。

老姚说，"这位是我的夫人。"

乔书怡说："果然名不虚传。"

安老师莞尔一笑。她拉住了乔书怡的手，她的声音柔柔的，手骨也软软的。乔书怡心想，这样的女子哪个男人会不爱呢？连女人都觉得她美。

安老师带着乔书怡参观。房子是老姚亲自设计的。这栋房子有两层共八间，房间的光线明亮，空气里弥漫着淡淡的花香。均是中式的古典家具，每一个房间都略有区别，但整体风格是协调的。房间里挂着老姚的画。那些画都寥寥数笔，意境悠远，有身着长衫的男子，有穿着旗袍的女子，都是古典山水的人物，这样的画让人安静。书房里挂着老姚临摹的一些敦煌壁画，有菩萨和飞天。安老师说："这是老姚最得意的作品。"她们参观了书房、卧室、画室、孩子的房间、客房，最后来到客厅。客厅的东边摆着钢琴，南边角落里摆着一把古琴。安老师说古琴是专门弹给老姚和客人听的，钢琴是她带学生的。

老姚的书房十分宽敞，是这座房子里最大的房间。他摆了两个大木桌，一个用来画画，一个用来写字。桌子上放着文房四宝。老姚的字很有褚遂良的风骨，非常洒脱高贵，老姚拿起笔，屏声静气地写下四个大字：心清似荷。

乔书怡说："老姚，你的画，所有的人看了都明白什么意思。"

老姚说："这些小画，让我十分轻松自在。可是画飞天，画菩萨，我丝毫不敢马虎。"

安老师在一旁小声对乔书怡说："这个人极其自恋，却又是悲观的完美主义者。"

老姚听见了，笑着冲安老师说："还是夫人了解我！"

午饭十分丰盛，有土鸡，有鱼，还有他们自己种的蔬菜。吃饭的时候，老姚的另外两个朋友也来了。正是昨天晚上一起吃饭的画家。

老姚说："他们是来敦煌画画的，最近我们常常一起吃饭。"

安老师补充说："我们家几乎天天这样！"

人多自然热闹。乔书怡的话明显比昨天多了。乔书怡对画家的生活非常好奇，便问了许多有意思的问题，大家都争抢着回答她，午饭十分愉快。饭后，保姆收拾了碗筷，安老师说要去睡一会儿，她笑着说："书怡，如果你不介意的话，也到客房休息一会儿，醒来后我们一起喝茶。"

乔书怡说："恭敬不如从命。"

她们去睡午觉，男人们继续喝酒，聊天。

4

等乔书怡醒来的时候，只有伯惠和老姚在画室。老姚说那两个画家回去了。乔书怡和安老师坐在茶桌旁喝茶，是龙井茶。

安老师说："我喜欢喝龙井，大概小时候喝惯了。"

乔书怡说："你的气质也适合龙井，如梦似幻的感觉。"

老姚突然说："安，你为大家弹奏一曲吧！"

安老师走到古琴边，低首，拨弦。她弹的是一首古曲《阳关三叠》，乔书怡闭目凝神，高山流水、虫鸣鸟语尽在琴声里。乔书怡忘记了喝茶，多日烦乱的心境，忽然淡泊清爽许多。古琴幽幽，乔书怡看到老姚正目不转睛地望着安老师。乔书怡突然有点为自己遗憾，这么多年，她竟未遇到一个这样相知相伴的人。

安老师弹完，乔书怡笑着说："你和老姚琴瑟和鸣的爱，实在令我羡慕，我想听听你们的故事。"

安老师说："我们边喝茶边说。"

老姚和伯惠去了书房写字画画。

安老师笑着说："真不知道从何说起，我们是大学同学，他比我高两届。我学钢琴，后来为了他，我又专门进修了古琴，他当时学中国画。那都是 20 年前的事了。他那时候才华横溢，人长得帅，有很多女生喜欢。我是在看他画展的时候，第一次见到他。当时被他的一幅画吸引，他看我看得出神，就亲自带我看画。第一次见面，我就感觉他会是我生命中非常重要的人。我现在都记得，我一直不敢抬头看他的眼睛，只是看画。后来听他说，他一直在看我。第一次见面，他说他喜欢听古琴，那个暑假，我就报了古琴班，我是为他学的古琴。在大学的那两年，我感觉自己真的好幸福，他很宠我，爱我。后来他先毕业了，我还要继续学习。毕业的时候，他说他要来敦煌临摹壁画，他说张大千面壁三年，为的就是学习敦煌壁画。我心里反对他这么做，但他那么执着，我只能支持他。我大学毕业，他还在临摹壁画，非常痴迷，我就劝他回来找个工作，然后我们安定下来，先结婚。可是他说现在是他最关键的一年，让我再给他一年时间。那年春节，他来我家，我父母坚决反对我们的关系，他们说这样一个无业游民不可能给我幸福。我父母非常过分，当场把他轰出家门。我打算和他一起私奔，我母亲说，如果我跟他走，她就死给我看。我不能因为我的爱情，让父母伤心。春节后，我们就分手了，姚又去了敦煌，我们没有再联系。

"父母当时十分看好一个朋友的孩子，那孩子研究生毕业，从小也喜欢我，可是我不喜欢他。当时，我和父母赌气，和那个人很快结了婚。可是我的冲动带给我的却是无尽的痛苦。我无法让我的前夫碰我，你就可以想象婚姻多么痛苦。女人和男人不一样，如果不是心爱的人，女人根本无法有欲望。我们一直分居。前夫也十分痛苦，他开始酗酒，动不动打骂我。我一直心里不能忘记姚。我前夫无意间从我的日记本里知道了我和他的事，他开始变本加厉地虐待我，但他对我父母又极好。我提出离婚，他不同意，他家是书香门第，也是个十分要面子的人。我生活在地狱里，当我前夫又一次把我打得鼻青脸肿，我想结束这一切，我想到自杀。也许是天意弄人，我自杀后醒来，却看到了姚。后来，我才听说，他已经在大学任教了，那天他恰好来医院看朋友，走出医院的时候，遇见我从救护车上被抬下来，他一直守在床边。我前夫恶狠狠地对他说，'她心里一直都是你，从来不让我碰她。'姚当时一声不吭。他一直等着我醒来。我醒来后，他却什么也没有说，我也什么也没说，我只是流泪。他走了，我父母才知道了一切。他们把我接回家，细心照料我。我父母也让我们离婚，我前夫说他咽不下这口气，坚决不离。春节前的一天，警察来到我家里，说要问我点事。我才知道，我前夫出事了，正在医院里抢救，而那个肇事者就是姚。姚已经被警察收押，姚是因为我满身的伤痕，才用车撞前夫的。那天夜里，姚一直跟着我前夫，他刚喝完酒，跌跌撞撞地回家，姚在他过马路的时候，撞了他。撞完后，他后悔了，他把我前夫送到医院，然后去自首了。前夫家人要告他故意杀人，可是没有证据，后来他们调取了医院姚在我床边的监控录像，又找了证人，证明姚和我之前是恋爱关系。后来法院判了姚四年有期徒刑。我前夫昏迷了一个月后醒了，却落下一条腿的终身残疾。他出院后我们就办理了离婚，我们两家从此也再无来往。

"姚在监狱的那几年，我每天给他写一封信。信有时候短，有时候长，我希望那些信能支撑着他。姚除了做工，就是画画。他画了大量的壁画和飞天画，教官和狱友都称他为老师。他出狱的那天，提着1000多封信走出来，我激动地哭了。有时候我想，我们的爱情，也许是他入狱后才开始。我前夫离婚后半年就结婚了，姚出狱的时候，他的孩子已经四岁了。我寄了一份贺礼，写了一封信向他道歉，前夫也痛苦，他从小喜欢我，是我伤害了他。在等待姚的四年里，我辞掉工作，开始学做生意，姚从小和母亲生活，他母亲一直以为他出国去了。我定期去看他母亲。我不希望姚出狱后感觉一无所有，我得让他觉得他什么都有，他没有了单位，但他有我。我开始拼命赚钱，我用教钢琴的钱做服装生意。几年工夫，我买了房子，买了车，开了两处钢琴培训中心。姚出狱的第二天，我们就领了结婚证。我卖掉了一切，然后离开了那个城市。我们去了深圳、北京、丽江、大理、拉萨，后来又到广州，在广州姚办了一次画展，引起轰动，他的画卖得很好，很多收藏家开始收藏他的画。我又办了钢琴班教学生。在广州我生了儿子。有一天，姚抱着儿子对我说：'我们去敦煌吧，这里太浮躁了。'我说：'你到哪，我就到哪。'儿子两岁那年，我们来到敦煌，一晃十几年了，我们如今都成敦煌人了……"

乔书怡说："安老师，我真羡慕你们的爱情。"

安老师苦笑了一下："你还是别羡慕了，我们的爱能让人粉身碎骨，平平淡淡的才最好，平平淡淡的最好。"

安老师给乔书怡看她儿子的相片，是个十分英俊的少年。如今在师大附中读高中，学习非常好。

老姚画完画，让乔书怡过去看，是一幅山水画。

他说："我看你心事重重的样子，希望这幅画让你心里的东西能够放下。"画的是一位走在沙漠里的红衣女子，她的远方有一眼泉、几棵树，画的左边下角题款：大漠隐士。乔书怡瞬间被这幅画打动，她接过画，轻轻一笑。想到明天是自己在敦煌的最后一天，便说："老姚，明天我想请你们吃饭。"

老姚摆摆手："先别安排明天的事，你不是说想去莫高窟看看吗？明天我陪你去，顺便带你去见几位临摹壁画的画师。"

安老师说："姚他很少去莫高窟。即使远方的朋友来，也是让其他人陪着去。或许是我们有缘分。"

乔书怡感激地点点头。

晚上，伯惠送乔书怡回酒店。他说："老姚的那个院落后面还有一处院落，专为各地的画家提供免费食宿，他每年会给附近的贫困孩子带去新衣服和书籍。他同时资助着十几个正在读大学的贫困生。前年他还捐款给两个偏远的村庄修了公路。"

伯惠说："这些，你千万别问他，他不想让人知道。很多事都是我们几个朋友帮他办的，他自己不出面。"

乔书怡说："他才是真正的隐士。"

5

第二天一大早，老姚来接乔书怡去莫高窟。

莫高窟寂峭地屹立于山崖，清晨风大，游人稀少。乔书怡细细地看了几个洞窟，无不为千年以来的壁画和雕像震撼。老姚在外面等她，他说想抽根烟。看完第七个洞窟后，乔书怡决定不看了。每一个洞窟都诉说着饱经沧桑的风骨和历经劫难的无奈。老姚抽完了烟，在和一个中年男子聊天。看到乔书怡过来，便和那男子挥手告别，迎着乔书怡走过来："这么快就看完了？"

乔书怡说："今天人少，看得仔细！你怎么不进去？"

老姚说："我很少到洞窟，有时候，我觉得自己罪孽深重，不能面对佛的眼睛。"

乔书怡的心不由抽痛了一下，自己难道不是罪孽深重？

老姚说："我带你去临摹壁画的画师那里去。"

两个画师正在专心临摹，见到老姚，放下画笔。乔书怡注意到他们身边有一瓶矿泉水，和简单的饼干，还有小梯子。

老姚说："我在这里也临摹过两年，有时候，画得入神了，就忘记了吃饭喝水，等晚上回去才会感到筋疲力尽。"

两位画师只是笑，他们也许不善言辞，也许不想破坏刚才临摹的激情。乔书怡和老姚待了片刻就出来了，他们打算到附近的沙漠走走。

黄沙无边，极目处只有旷达的蓝天、如丝的薄云。路边稀疏的骆驼刺点缀出一丝绿意；那瘦弱、楚楚动人的红柳也耷拉着头，忍受着孤独、炎热和干渴。

老姚把车停在了一棵大柳树下。

望着浩瀚的沙漠，乔书怡问老姚："你喜欢敦煌的什么？"

老姚说："敦煌自古都汇聚着天南海北的人，荟萃着四面八方的文化，是古往今来文化交流的胜地。而且这里离佛很近，就在佛的眼皮底下。在来敦煌之前，我梦想着我会跨着骏马驰骋大漠，看孤烟赏落日，入夜就宿在楼兰的宫殿，闻着孔雀河湿湿润润的风，看妙手的画师临摹壁画。但是第一次来临摹壁画后，我的这些梦都破碎了。这里气候干燥，我自小生长在湿润的南方，刚来的时候是很不适应的。"

乔书怡说："在西北荒凉之地，突兀地出现这么一个小镇，的确给人很多温暖，就像客栈一样，让人好好休整一番。"

老姚望着远处的沙漠说："敦煌是丝绸之路上的一颗明珠，如今，我们再也看不到烽火和边关的将士，但我们还能遇到四面八方来的商旅，听到悠悠驼铃，这里各个朝代的典籍都存放过。有人说，在敦煌，更接近天堂，或者说，在敦煌，能找到去天堂的路。"

一阵风吹来，乔书怡问："当年，如果你没有在医院遇见安老师，你如今是什么样的生活？"

老姚丝毫没有惊讶，他已经知道乔书怡知道了他们的故事。

他笑了一下，若有所思地说："也许我会生活在南方的某个城市，有自己的画廊，有别的女人做终身伴侣。在安老师结婚后，我特别恨她，我变得心灰意冷。她根本没有考虑我的感受，她只想气她的母亲。我一到敦煌，朋友就打电话说：'安老师结婚了。'那时候，刚有电话，我临走的时候和她说：'我们都冷静一下再从长计议。'可她以为是我要和她分手。我一到敦煌听到这样的晴天霹雳，简直痛不欲生。当时有个老画师开导我，说：'我们在大佛的眼皮子底下，你这点痛苦他看在眼里。你得学会放下。'可是，我真的放不下，我每天疯狂画画，不到一个月，就瘦得皮包骨头，饿晕在洞窟里。我被人送到医院。出院后，我突然就平静了。我封存了与安老师有关的一切记忆。后来，我有过别的女人，是和我一起画壁画的女画家。我们一起画画，一起吃饭、喝酒，后来就住在一起，只是为了互相取暖。女画家画了几个月，就回去了，说受不了敦煌的风沙。她走了，我接着画我的画，我感觉自己失去了爱的能力。后来我还有过一个女人，那女的人不错，也是来学画的，对我有好感。我想和安老师已经不可能了，家里总得有个女人，就打算将来和这个女人结婚。那年，我离开敦煌，在南京的一所高校里找到工作。我想日子也许就这么安稳下来了。后来我在医院里碰巧遇见了自杀的安老师，才知道她原来从来都没有忘记我。她昏迷的那个晚上，我哭了一夜。我们两个都太年轻了，我愧对她。我看着她身上的伤口，我发誓要为她报仇。我只想着报仇，没有想别的。直到我入狱，我反复地想这件事，才觉得安老师的前夫也不容易。我从监狱里出来的时候，安老师那时候已经30岁

两个人的敦煌

了，她还为我守身如玉。这样好的女人，我绝不能辜负她。我在监狱里的那几年，其实特别重要，那是难能可贵的封闭式的作画时间。那几年我的画进步很大。后来，我们去了很多地方，在广州办完画展，我的画卖了几百万。我把其中的一百万以匿名的方式，汇给了她前夫。那是我对他的补偿。一个健健康康的人，因为我，成了瘸子，我是一生也不能原谅自己的。"

乔书怡问："你为什么叫大漠隐士？"

老姚望着远方说："其实我不姓姚，姚是我母亲的姓，我本来姓鲁，我从监狱出来没多久母亲就过世了，我就改名换姓了，我开车撞人的事，被很多报纸报道了，当时我是大学教师的身份，很多报纸标题写着，大学老师为夺女友开车故意杀人。如果不改姓名很难生活，我必须重新开始。工作的地方待不下去了，后来，我们去了很多的地方。我的笔名是我第一次来敦煌的时候取的。敦煌的高人太多，我那时候什么也不是，只想着自己有一天也能像他们一样……"

老姚一直在说，乔书怡在一旁静静地听。

老姚接着说："古往今来，路过敦煌的人多，真正留下来的很少。来敦煌十多年，我画画，安老师给孩子们教钢琴，生活很平静。每年冬季，敦煌就会特别清净，我们俩会去南方和国外走走，有时候会回去看看家人。家里现在没什么人了，我们的父母都过世了……"

老姚的手机突然响了，接完电话，老姚神色有点慌张，说家里有事，得回去。老姚把乔书怡送到酒店就匆匆离开了。

夜晚，乔书怡去了敦煌夜市，张子山又打来电话，她依然不理不睬，心意已决。午夜时分，张子山发来短信："书怡，我祝你幸福……"站在喧闹的夜市中，乔书怡心如刀绞，三年的感情就此了结，夜风吹来，乔书怡对着夜空笑了笑，终于可以重新开始了。

6

下午五点，乔书怡还在文化馆，伯惠打电话说，老姚可能晚上不能和我们一起吃饭了。乔书怡当时正在忙就没细问，本来是萍水相逢，见了几次已是福分了。

乔书怡说："晚上我请你吃饭。"伯惠笑了。

他们去了郊外的农家乐，坐在葡萄架下，多年的老同学了，见了面却不知道说什么好，要了啤酒，一杯接一杯地喝着。

伯惠望着葡萄架透过的夕阳说："一晃这么多年过去了，我还记得你刚上大学那一年，梳着两个小辫子，走路蹦蹦跳跳的样子。"

不知道为什么，乔书怡那一刻忽然很想哭。但绝不是因为失败的爱情而哭。吃完饭，天还没有黑，乔书怡拉着伯惠想再去看看老姚和安老师。她把包里仅剩的一本书签了名，想送给安老师做纪念。

伯惠说："这个时间，老姚应该在店里。"

他们来到敦煌夜市街上的一家工艺品店。店里卖首饰、玉器、工艺品，还有老姚的画。店员和伯惠很熟悉，说老姚出去了。

伯惠问："去哪了？"

店员说："安老师身体不舒服，他们去医院了。"

乔书怡随口就失礼地问："安老师什么病？"

伯惠犹豫了一下说："安老师两年前得了癌症，是乳腺癌。"

乔书怡愣住了，那么好的女人啊，她感到心痛得厉害。

她对伯惠说："乳腺癌只要做了手术，不影响什么的。我朋友的母亲45岁做的手术，如今70多了还健健康康的。"

伯惠叹了口气："发现的时候肿瘤是恶性。"

乔书怡问："化疗了吗？"

伯惠点点头："化疗了，如今吃着中药，效果还可以。当时手术后，医生直摇头，可老姚就不相信安老师会离开他。他寻访全国的名医，为安老师治病。安老师每天吃中药，后来他们用吃中药和食疗维持着。"

乔书怡默默地听着，看着繁华如昼的街市，她想起安老师温和的声音，她的眼泪忍不住涌了出来。她很想问伯惠，为什么不早告诉她，可是又想，告诉了又有什么用，她又能做什么呢？乔书怡拉着伯惠走出画廊，不知道为什么，突然庆幸没有见到老姚，她发现自己害怕面对悲伤。没想到一出门就看到老姚和安老师迎面走来。他们脸上没有愁容，他们谈笑风生，安老师小鸟依人地靠在老姚身上。乔书怡顿时泪流满面，急忙扭头擦眼泪，呼呼的风刮过街道，夜市人流如梭。

乔书怡笑了一下。

老姚朝他们点点头，安老师很激动，她一把拉住了乔书怡的手。乔书怡紧紧地握着她的手。

老姚说："时间还来得及，我们去看乐舞表演去。"

在路上，乔书怡眨了眨眼，笑着说："安老师，我可能会把你们的故事写下来。"

安老师笑了："我讲完就后悔了，我就担心你写下来。"

老姚笑了。

乔书怡也笑了，说："你们大可放心，我一定不用你们的真名，只写真事……"

乔书怡感觉自己笑出了眼泪，她把车窗摇下来，让敦煌的风吹过她的脸，那些在眼眶回旋的泪珠儿，也都被风吹走了。

那晚，大家喝着茶，看着乐舞，没有人谈到病痛、悲伤，只讲鸣沙山的风，谈雷音寺的钟声、莫高窟的飞天……

老姚说："我喜欢去月牙泉边，当你坐在沙漠里，看到那一眼泉，就觉得它是希望，觉得能活下去。冬天下雪的日子，我和安老师走在敦煌的大街上，就想当初来敦煌是对的，这里的繁华和寂静都是我们喜欢的。我们都希望将来死后，能埋在敦煌，埋在这浩瀚的沙海里……"

午夜，曲终人散，乔书怡说："明天一早我要回兰州了，我不喜欢离别，所以不希望大家送我。"夜里的敦煌，天空繁星闪闪，街上

借你的耳朵用一用

空空荡荡，乔书怡伸开双臂，和每个人紧紧拥抱、告别……

春节前夕，乔书怡已经走出了上一段感情的阴影，准备来年去相亲。一个大雪纷飞的夜晚，她接到伯惠的短信，得知安老师腊八节那天去了……

乔书怡打开电脑，写下了一个标题《两个人的敦煌》，这个小说，她要献给安老师……

外婆的故事

　　外面下着雪。这是最冷的一个冬天。我和母亲坐在十四楼的玻璃窗边,看了一眼窗外被白雪覆盖的大地。下雪天,我的心总是像个孩子一样的雀跃。母亲在择菜,我在读一本书。房间里温暖如春,窗台上君子兰温柔地绽放。不知怎的,母亲忽然叹了一口气,她说:"如果你外婆能住上一天有暖气的房子,哪怕是住一天,那该多好。"我看到了母亲的目光里的疼惜,随即轻轻合上书,陪着母亲择菜,窗外的雪静静地落,大地银装素裹。我听母亲讲外婆的故事,尽管外婆已经离我越来越远,可从她的子女、孙子们的脸上、身上、话语间,都能随意地发现外婆的印记,谁的鼻子像外婆的,谁的声音像外婆的,谁的笑容像外婆的……我不知道自己哪里像外婆。可她们都说,母亲的脾气是最像外婆的。那一天,我和母亲一直在说和外婆有关的事,我们谈起外婆的身世,谈起她的一生,谈起她的贤惠,谈起她的1960 年……

　　1960 年,母亲八岁,外婆五十三岁,这一年是大灾年,国家进入三年经济困难时期,为了"跑步"进入共产主义,大家都吃大食堂。老百姓们为了支援大炼钢铁运动,各家各户上交了家里的铁锅铁铲,外婆家也不例外,据说,当时连母亲的一个小口琴都上交了,说是要踩碎取出里面的一片一片小铜片炼铜用。

　　母亲说她记得那年秋天,她在挖野菜的路上,看到村子里的一个大爷面无表情地在她前面蹒跚挪动,夕阳下大爷拖着瘦长的身影。他

借你的耳朵用一用

走着走着，就一头栽在路边，等母亲喊来他的儿子，大爷已经死了。

在饥饿面前，生命显得那样脆弱，无力，那样让人无可奈何。听一些老人讲，那时候绝大多数人都有浮肿病，脸色黄，浑身肿，不拄棍子都站不稳走不动，更别说有力气干活了。母亲说，她记得当年村子里有很多饿死的人，临死前，都说："要是能吃个全是面的馍那该多香啊，能吃一顿饱饱的饭那就死也瞑目了。"可是那个年月，这么一个简单的愿望，都无法实现。

1960 年，因为饥荒，外婆所在的那个村子，只有大队书记家添了一口人，其他人家没有人饿死就很不错了。那年的村庄是一片死寂，谁家饿死人了，连带孝的白布都找不到，更别提有棺材，都是草草掩埋，也没有人哭，哭是需要力气的。

那一年，外婆家的日子过得很艰难。

那一年，所有的家庭都艰难。

新中国成立后外公一家从县城迁到了农村，变成了贫农。

外公后来搬迁的这个小村子，他并不陌生，因为那里的很多庄稼地，过去是外公家的。外公曾是心善的小地主，迁到村子后，大家对他和外婆都很尊敬，平日也经常过来帮忙。外婆是出了名的贤惠善良的人。外婆生在乡下，裹着三寸金莲，生得俊俏，十六岁就嫁给了外公。外婆在县城里度过了安逸的前半生，她的后半生一直在乡下。母亲说："外婆一辈子所到过最远的地方，就是县城。"

1960 年外婆被大伙儿选到大队食堂去做饭，这在当时是个难得的好差事，在食堂做饭虽然辛苦，却被人认为是个肥差事，大家都知道，去那里可以吃饱，能省一份口粮，还有工分。

外婆非常珍惜来之不易的机会，若干年后，当我问起母亲，为什么外婆没有让她上学，而让她那么小就去地里做工，母亲说："外婆在那个年代没让几个孩子饿死，就已经不容易了。"

在食堂做饭是很辛苦的，外婆每天从早到晚，要给全村四百多口人做饭。无论刮风下雨，她天天都起得很早，鸡叫第三遍的时候，她就悄然起身，借着月光，扫完前后院子。梳洗完毕，看了看还在睡梦中的母亲，还有睡在母亲旁边的大姨二姨家的几个孩子，外婆微笑着给他们一个一个掖好被子，轻轻关上门，然后就和外公一起出门了。

外婆准备出门的时候，外公已经收拾好了他的竹筐子，他是要去拾牛羊粪，拾一竹筐粪是一个多工分。身体虚弱的外公为了能多挣几个工分，他每天去捡四次羊粪：早上五点多借着月光捡一次，十点钟左右捡满一筐上交后就等着带孩子们去食堂吃饭，吃过饭后他再去一次，然后傍晚再去一次。这样一天下来外公能挣四五个工分。

而外婆在食堂做饭，从早忙到晚，几乎没有歇的空，累得腰酸背疼，一天下来才挣五个工分。晚上回到家她也不能闲着，因为还要忙家务，诸如纺线、织布、缝补衣服等细活，此外还有一件最重要的事情，就是把母亲他们几个孩子白天挖来的各种野菜做成酸菜，那可是一大家子保命的菜，每天都不能少的。

听母亲讲，那一年村子周围的野菜都被挖光了，连树上的叶子都变得稀稀拉拉，为了挖到野菜，年幼的母亲经常背着比她还大的背篓，走十几里山路找野菜。母亲说那年家里没有饿死一个人，主要靠了那些野菜，如果没有那些野菜，说不定他们都饿死了。那一年，家里的大锅都让生产队收走炼钢铁了，外婆就用一个铁盆子烧水做酸菜，外婆家堂屋里那口装酸菜的大缸在1960年从来都没有空过。外公每天除了拾粪，还有两件很重要的事，一件是照看这几个半大的小孩，一件是带母亲他们一起去食堂打饭。

母亲说，那一年，他们起床后唯一的盼望，是看村里的食堂冒起炊烟，冒起炊烟，就说明开始做饭了。一看到炊烟由浓黑变蓝再变淡，他们无论在哪里挖野菜都会向食堂奔去。外婆告诉母亲，黑烟是刚刚做饭，炊烟变蓝变淡的时候是饭做好了，他们不再往锅台里放柴，饭已经熟了。

看到炊烟变淡后，几个孩子就跟着外公一起去食堂打饭。

他们每天去食堂两次（食堂每天供应两顿饭），每次去通常提一个可以装八碗粥的黑瓦罐，但见到外婆的机会极少。食堂里有规定，做饭的人一律不能去前台拿罐子、饭盆，只负责盛饭，前台负责分饭的是村干部。

那一年，人们每天喝的是高粱稀饭。那年只有高粱收成好点，其他庄稼都闹了灾。高粱稀饭，看着血红血红的，喝起来涩涩的，不过就着酸野菜和盐，对于饥荒年的孩子来说，已是美味佳肴了。

当年前台分饭的村干部外号叫猫眼王，眼睛贼亮。猫眼王通常把各家的饭盆罐子之类的送到食堂后面去让外婆她们盛饭，他从不说这是谁家的，只说，这家几勺饭，那家几勺饭。猫眼王眼神犀利，十分苛刻。大伙见他眼尖、小气，私底下都喊他猫眼王，不过猫眼王并不在意，他反而很有成就感。猫眼王是村里唯一的管理员，负责给各家分饭，记工分，还管着几个推磨的妇女，当然也管着外婆。外婆和猫眼王几乎每天都要打交道，在做饭之余外婆还常给队里推磨，那时候没有磨坊，磨面都是人工的，推磨也归猫眼王管。猫眼王规定，推磨前如果领了三十斤粮食，推成面后还得交三十斤面，可以少上半两一两的面，万一缺了三两半斤，猫眼王不但会扣掉这个人的一份口粮，而且再也不让这个人推磨了。很多推磨的大嫂忍着饿推上一上午，连二两面也偷不出来，心里都恨透了保管员猫眼王。当时磨三十斤面，记五个工分，比起其他粗重的农活来，算是很多的工分了。外婆从猫眼王那里领回粮食，母亲他们就帮着推，八岁的母亲还是个孩子，可她并没有觉得推磨的过程是个游戏，她会非常认真地推，推完后，外婆会奖励她一碗面汤。

推磨是最磨人的活，三十斤粮食要推三个多小时，在那三个小时都要保持着一样的姿势，重复一样的路，绕着石磨转啊转，不知要转多少个圈，才能推完。外婆每次推完磨，总会给孩子们烧一盆面汤喝。那是外婆从磨缝里扫出来的一点点面。因为这顿面汤，外婆格外珍惜推磨的这个机会。

很多年后，母亲带着五岁的我去外婆家，记得，我还在外婆家的后院里推着那个石磨玩过。当时我坐在石磨上，看着小表哥推磨，一圈、两圈、三圈……最后我被转晕了。

外婆在食堂做饭，可以省下一份自己的口粮给家里。外婆珍惜这个难能可贵的机会。她是食堂做饭的妇女中表现最好的一个，她清晨总是第一个到食堂，晚上也是最后一个走的，她总是把食堂的一切做得井井有条。

大队食堂每天供应两顿饭，中午十一点一顿粥，天天是高粱粥，每人一勺，大人满一点，小孩则欠一点。下午每人二两面的菜饼子，菜饼子里大多是野菜，面的部分极少，面，还是高粱面。下午的菜饼子大人和孩子不分大小，都是二两。半碗粥，一个菜饼子，无论大人孩子都是不够的。外婆知道家里的孩子们都没有吃抱，都饿着呢，她每天在食堂和粮食打着交道，她眼睁睁地看着村干部们随意地拿着粮食回家，可她不能带给自己的孩子们，她有自己的底线，她唯一能做的就是省下自己那份口粮给孩子们吃。外婆省口粮给孩子们留着的事，食堂的人都知道，连猫眼王也知道外婆不吃自己的饼子，她每天离开食堂的时候，口袋里都装着她省下的那个饼子。

　　当整个大地落满黑暗，月亮渐渐升起，外婆轻轻地关上食堂的门，小脚踩着月光，走在回家的路上。村庄里一片黑暗，偶尔有几声狗叫在空旷的山野里回荡。外婆听见风从树枝里穿过，她深一脚浅一脚地走在路上，她的一只手紧紧地摸着衣服口袋里自己省下的口粮。恨不得马上让孩子们吃下去。远远的，她看到月光下自家门口几个小小的脑袋来回晃动着，她才放下心来，孩子们都还在，就好，都等着她……

　　母亲说，饥荒年月，每个夜晚，即使再冷，他们几个小孩子也不愿回到温暖的被窝里去，他们光着脚，穿着单薄的衣服，冻得打着战，站在门洞里等外婆。他们一次一次地探出脑袋，一次又一次地失望，他们会一直等。一直等，直到看见黑暗中外婆的身影，他们会猫在门背后，高兴得互相挤来挤去，眼睛闪闪发光，乖乖地等待外婆跨过门槛，进了屋，他们才敢抱住外婆的腿。

　　外婆进屋后，外公关好大门和房门，外婆这才满意地笑着，解开盘扣，小心翼翼地拿出菜饼子。然后数一下家里的人，再将每个菜饼子分成几份。不过一个菜饼子被分成几份是不一定的，外婆家里那时候的人有时候多有时候少，而拿来的菜饼子，外婆是从来不吃一口的，即使她饿着，也会忍到第二天的。直到有一次，外婆半夜饿得起身喝水，外公才知道，外婆每天都饿着。那天晚上，外公哭了，母亲是被外公的哭声吵醒的，外公啜泣着，压抑着说对不起

借你的耳朵用一用

外婆，说外婆自从嫁到成家来，一天福也没有享过，外婆从来都没有闲过。

外婆忍着饿，安慰外公，外婆不是个很会说话的人，她说："我不饿，今天干活多了，消耗得多，明天我在食堂一定吃点干饭，苦日子会过去的，等明年收成好了，我们顿顿都吃白面饭。"

老实的外公那天晚上并没有听外婆的话，而是从炕桌的最里边，拿出了个一尺见方的面袋子，那个袋子里装的是一点点玉米面。那面是留给孩子们喝的，大人们几乎从没动过那里的念头，而且那个袋子平时基本上是空的。母亲说："那时候，我的大姨刚刚生了第二个孩子，那面还要留点给大姨补身子。"

那晚，外公拿出面口袋，面口袋看起来已经空了，外公抖了抖，从袋子里抖出了一小把玉米面。外公用一个铜碗给外婆熬了半碗粥，外婆死活也不喝，外公劝说了半天，她才像品尝美味似的把那半碗粥喝了。外婆喝的时候，外公一直在流泪，外婆也在流泪，那稀粥和泪水的味道是一样的，都很涩很苦。

在食堂干活，外婆也偷过一次菜饼子。那是她唯一一次拿食堂的东西。

当时，母亲已经发烧腹泻了两天，快不认得人了，她担心母亲扛不过去，村里有几个孩子就是腹泻高烧死去的。母亲是外婆最小的孩子，外婆看着面黄肌瘦、奄奄一息的母亲，第一次动了拿食堂饼子的念头。

外婆当时打算把饼子藏在衣服的大襟子里，外婆一生一直穿大襟盘扣的衣服。那种样式很适合藏匿小东西。为了防止被发现，那天，她穿了件补丁多的衣服，在大襟里面缝了个很大的口袋。

其实，外婆早就知道从食堂偷菜饼子是极其危险的一件事情，和外婆一起做饭的有近十个女人，其中村支书的女人也在，她几乎不出什么力，她的主要任务就是盯着做饭的女人们，防止她们偷吃、偷拿。

外婆打算偷菜饼子的那天，村支书女人也在，为了不让她怀疑，那天，外婆连做的饭都没有尝一口。外婆知道这个女人待不了多久就要回去带孙子了。何必撞到枪口上呢？外婆也知道，一起做饭的女人有几个多嘴的，有这几个女人在，外婆也是不敢动的。她面似平静地择着菜，眼睛却没有放松一刻的警惕。午后，几个女人出去方便了，几个女人坐下来休息拉起家常。外婆迅速地把案板上的几个刚出锅的菜饼子塞到脚边的石板下，那石板外面看起来和别的石板无异，里面却是空的，能装两三个菜饼子。那个石板是外婆专门从家里拿到食堂，压榨野菜苦汁用的。

那天一切都是顺利的，外婆小心翼翼把菜饼子放好后，歇下手里的活，加入到聊天的行列。晚饭的活儿忙完了，外婆看着同伴们一个个走出食堂，她拿起抹布擦洗案板，擦洗的时候，趁四下无人，外婆搬起脚下的石板，飞快地把那几个菜饼子装进前襟的口袋里。可是，就在外婆以为万无一失，心急如焚地打算回家看望病中的母亲时，装进口袋的菜饼子突然掉了出来，正好被进来的大队书记的老婆看见了。

外婆藏好的几个菜饼子被没收了。

外婆一下子崩溃了，她哭着找到了大队书记，说："我小女儿，在家里发烧，腹泻，命在旦夕。"大队书记看外婆哭得可怜，就跟着外婆到了家里，据说当时母亲已经奄奄一息了，连外婆外公都不认识了。村支书看着还剩最后一口气的母亲，他动了恻隐之心，他从家里拿来了珍贵的止泻药，又特批了一碗面，让外婆给母亲熬点面糊糊吃。两天后，母亲的高烧退了，母亲又活过来了。

第二天，村支书说，外婆偷饼子的事必须要做检讨。因为外婆偷饼子的事，全村人都知道了，于是在全村大会上，村支书点名批评了外婆。外婆还当着村里人的面做了检查。母亲说她一辈子都记得外婆那天在大会上做检讨的情景。外婆毕恭毕敬地靠墙站着，她的头低垂着，嘴里反复地说着一句话，"我对不住大家，我对不住大家……"

母亲说，做完检讨的那天晚上，外婆一夜没有合眼。

她一生不曾动过别人家的一针一线，还经常帮助别人，而今她要在那么多人面前承认自己偷了食堂的几个菜饼子，虽然没有一个人喊她贼，也没有人在她身后指指点点，可是她还是难受了好一阵儿。

那个年代只要有机会，大家都会去偷，偷玉米棒子，偷柴，偷粪……所以，被人点名批评只能代表运气不好。而且口头的保证都是

借你的耳朵用一用

无效的。试想那个年月，为了活命，又有谁没有"偷"的经历呢？

那一次，村支书和全村人都发了慈悲，让外婆继续在食堂干活。因为在全村人心里，外婆是村子里最善良的女人。大家都不约而同地原谅了外婆。

1960年的秋天，外婆让全家人都出去挖野菜，因为她知道，漫长的冬天是最难熬的。母亲说他们白天走很远的地方，找能吃的野菜、草根、树皮、树叶，晚上，外婆会把挖到的菜用水洗干净，通通做成酸菜，家里的6口大缸都被装满了。母亲说，在冬天特别饿、特别冷的时候，他们就用那些酸菜充饥，冬天的地里什么也没有，很多人饿得吃谷糠、枕头里的荞麦皮，而母亲他们有足够吃的酸菜，吃了酸菜，他们就躺在屋里的土炕上数顶子上的椽子，母亲说，因为外婆的疼爱，她忘记了很多的苦。

在外婆的努力下，一家人艰难地挺过了1960年。

1960年，为了活命，在外讨饭的人特别多，外婆所在的村子情况相对算好一点，起码饿死人的事是极少发生的，而在外庄，据母亲说，天天都死人。外婆家里也常常来一些讨饭的，很多讨饭的人浑身都是浮肿的。来家里讨饭的人，外婆从没有让他们空着碗出过门，她常常把自己的那份菜粥，偷偷让讨饭的人吃了。等到家里人发现外婆饿得喝水吃酸菜的时候，外婆就只有傻笑了。

1960年，外婆每天清晨顶着月亮出门，晚上再顶着月亮回来，那一年对于外婆来说是难熬的，那年的外婆是活得最苦的，她为了一家人不被饿死，承受了太多的压力和苦楚，那漫长的一年，她只有一个母亲的最低限度的盼望——让孩子们都活着。

我七岁的时候，外婆去世了。至今我都记得外婆的样子，她穿着古老的大襟中式服装，一丝不乱的发髻，一脸的慈祥笑容。外婆非常喜欢我，每次看见我，总握着我的小手，往我的手里塞些糖果。她的手总是暖暖的。她总是说："你是掉进了福窝窝里的孩子。"当时我不太明白福窝窝的含义，只是笑嘻嘻地凑着往外婆的怀里钻。如今距外婆去世已经二十几年了，每当母亲说起外婆的时候，眼里总含着泪水，她说外婆的一生从来没有自己，只有孩子们。

银 镯

1

豆大的雨点砸下来的时候，天空划过一道刺目的闪电，没有雷声。

平静的小镇被突如其来的雨给搅乱了。

小镇很小，步行从东到西只需三四分钟。镇子上有两家小商店，一个在东头，一个在西头。向荣儿每次来只去东头的那家商店，她从来没有去过西头的那家，西头的那家什么样儿她都不知道，她也不想知道，谁让银环不在那儿呢。

"向荣儿，今天下雨你怎么来了？"

向荣儿冲进店里，里面黑乎乎的一片，只有银环的声音。

"这么黑的天，你怎么不开灯？"

"我还没顾上，院子里放了很多货，都得收呢。你怎么来了，已经放学了吗？"

"先别说废话了，我帮你搬东西去！"

向荣儿放下书包，跟着银环直奔后院，果然院子里放了很多货，各种包装箱垒得小山似的。向荣儿一下子提了两箱杏仁露就往屋里跑。银环跑过来给她头上扣了顶草帽。

"不用了，你戴吧！"

"我还有呢，你戴上吧，不然一会儿就淋湿了！"

雨点越来越密。

"你每次来都不闲着，不是帮我干活就是帮我看店，我都不好意思了。"银环笑着嚷道。

"那有什么，我总不能站在一边看着你一个人忙吧，谁让我们是朋友呢？"向荣儿说着，脚步丝毫不缓。

向荣儿对银环的生活一清二楚。银环的养母是榆树镇有名的母夜叉，她几乎见不得银环的手闲着。向荣儿每次来看银环，她都是手忙脚乱的，不是在看店就是在做饭、洗衣服、喂猪。在养母的管教下，十二岁的银环干的是一个成人的活。

向荣儿是去年夏天第一次见到银环的。

那天是阴天，阴天的光不管透到哪儿都是暗淡的。向荣儿一踏进商店，眼前是黑乎乎的一片。她之前来过十几次榆树镇，每次都会路过银环家的商店，当时怎么就不知道进来看看，说不定能早点儿遇见银环。

向荣儿立在店门口，半天才听到有人问："要点啥？"

她顺着声音瞅过去，看见一个小女孩在吃力地搬着啤酒。

向荣儿问："你家有盐吗？"

小女孩说："有，等我把啤酒搬过来。你不是我们镇子上的人吧？我从来没见过你。"

小女孩的声音飘过来停在向荣儿的耳朵里久久不散。她愣了一下，心随即扑通扑通地直跳，刚才在路上她一直小跑着的，她按了按心口随即笑了。

"要搬的啤酒还多吗？"

"还多着呢。"

"那我帮你吧？反正我闲着没事！"

"那怎么好意思！"

"那有什么！你比我小，帮助小妹妹是应该的！"向荣儿说着跑过去帮小女孩搬东西，一趟一趟地搬，边搬边说笑，两人居然一点也不生分。

搬完啤酒，向荣儿问："你叫什么名字？"

"我叫周银环，你呢？"

"我叫向荣儿。"

店里就银环一个人。银环的养父母都去了菜地，他们把家和商店都交给银环照看。按理说能开商店的人家都该是有钱人家，银环穿的却是件很旧的衣服。后来向荣儿才听说银环的养父常年病着，经常住院吃药，据说还欠着人家的债呢。

"我怎么没见过你？"银环笑呵呵地问。

"我是专门来这买盐的。今天真奇怪，到处没盐卖，一路就走到这儿了。"向荣儿说。

天不知什么时候突然晴了，窗外透进一缕阳光，那缕光恰好停在银环身上，向荣儿这才看清她，碎花衬衫红布鞋，头上梳两个小辫子，笑的时候眼睛像月牙儿。银环也在打量着她，向荣儿穿着蓝格子衬衫，一双白球鞋，瘦小的身材，却有一双如清水一样透彻的眼睛。不知怎么的银环居然一眼就看出了那双眼睛里隐隐的哀愁，两个人看着看着都傻笑起来。

"银环，我以后可以叫你银环吗？"向荣儿说着嘴唇颤抖了一下，她看着银环婴儿般纯净的眸子，她感叹着，这是个多好的小女孩儿。

"可以啊，你想怎么叫就怎么叫，反正大家都叫我银环，我没小名，只有这一个名字，是我爸给起的。其实，他们也不是我的亲爸和亲妈，我是他们收养的。听说我刚抱来的时候，衣服里包了个银手镯，他们就给我起名叫银环……"

第一次见面银环就把自己的身世告诉了向荣儿，这让向荣儿很吃惊。

"银环，以后我可以找你玩吗？"

"好啊，我常常一个人待在店里，都要闷死了！"银环说着拉住了向荣儿的手，几乎高兴得跳起来。

向荣儿紧紧地握了一下银环的手，轻声说："银环，放心吧，以后你就不会再闷了……"

从此向荣儿每周都要抽时间去看银环，而银环一直把向荣儿看作是上天送给她的朋友。

倾盆大雨下起来的时候，东西都搬了进来。

不过向荣儿和银环的衣服都湿了，银环拿出自己的衣服非要向荣儿换。向荣儿坚决不换。向荣儿有点担心地看了看墙上的挂钟，都六点了，放学的时间早就过了。婶婶今天出门的时候还叫她去学校接堂弟，现在这么大的雨，她还来找银环，回去肯定要挨骂的。

"银环，我要回去了！"

"这么大的雨你怎么回？你还骑着车子呢！"银环说着拿着干毛巾给向荣儿擦头发。

"下这么大的雨，你不去给他们送伞，他们不会说你吗？"向荣儿说的是银环的养父养母。

"这么大的雨，我要看店，他们不会说什么的。你晚回家，你爸你妈会说你吗？"

"不会，我长这么大，我妈从来没有骂过我，我爸也从来没打过我，我就怕他们去校门口等我，这么大的雨！"

其实向荣儿和银环是同病相怜，除了银环，认识她的人都知道她是个孤儿，是个可怜的"小白菜"。偏偏她就要在银环跟前假装自己有父母，而且一直装得很好。

"你自己擦吧，我还要记账呢，刚才卖出的东西还没记，不然一会儿就忘了。"

银环把毛巾递给向荣儿，自己跑到桌子前翻开账本，很认真地记下了刚才卖出的一包盐、两包饼干和一瓶醋。银环低头记账，向荣儿抬头望了她一眼，银环一手托着腮，嘴巴里咬着笔，应该是在想刚才卖出的东西有没有遗漏。银环的右边嘴角有个浅浅的酒窝，笑的时候会变深，不笑的时候若隐若现，向荣儿想，银环长大肯定是个美人儿。

银环的字写得不好看，但却很工整。

"银环，万一你把账记错了，你妈会打你吗？"向荣儿忍不住问。

"当然打了。上次卖掉了十瓶啤酒，我记成了八瓶，也怪我贪玩记错了，我妈就拿了扫把满院子追着打我。幸好我爸回来了，不然我就惨了……"银环本来是抱怨的口气，可说到后面她自己咯咯咯地笑起来，向荣儿也跟着笑起来。银环真是个没心没肺的傻丫头。

向荣儿知道银环的养母骂归骂，但她这辈子不能生育，后半生还指望银环，她不会把银环怎么样的，无非就是多干点活儿。银环现在十二岁，她十岁就不上学了，只读到三年级。她十岁就成了养母的好帮手。

外面的雨小了。

"银环我得回去了，你赶紧准备晚饭吧！"

银环舍不得向荣儿回去，她还有很多的话要和她说，但她还要做晚饭，向荣儿家又离得远，那些没有说的话只能攒到下次说了。

2

向荣儿回到家天色已暗淡下来。

雨点还淅淅沥沥的。

她一进门刚脱掉鞋子，婶婶的头就从门口的厨房边闪出来。

"死哪里去了，才回来！你不知道弟弟还在校门口等你吗？就知道吃干饭，一点忙也帮不上！"

向荣儿一声不吭。婶子瞅了一眼向荣儿，见她微锁着眉头，脸色有点苍白。

"整天给谁吊着脸子？我是上辈子欠你的！"

婶婶骂骂咧咧地切着菜，这么多年，婶婶从没给过她一个好脸色。

父母死后，向荣儿就跟着叔叔婶婶过。从小她就特别乖，乖得让外人看了心疼。她饿了不哭，病了不哭，从来不和堂弟抢玩具，不给叔叔添麻烦。婶婶打她，她不对外人说，婶婶背着她给堂弟好吃的，她也假装看不见。向荣儿知道，她不是婶婶亲生的，叔叔和婶婶给她饭吃，让她上学，骂她又算得了什么。很小的时候她就踩着板凳洗碗，照顾比她小几岁的堂弟。

向荣儿换完干净的衣服，她看到堂弟坐在地上玩积木。

"你什么时候回家的？"

"一放学我妈就在门口等着呢。"堂弟还在玩，他没抬头。

向荣儿心想婶婶明明去接堂弟了，还骂她，她就是看自己不顺眼。

"向荣儿，你又死哪去了，快来炒菜，你叔叔马上下班了，那个饿死鬼一进门就要吃饭……"

果然，正说着叔叔就进了门。

"饭好了吗？"

"这死丫头才回来，饭还得等一会儿。呦，你的衣服怎么也湿透了？"婶婶的喊声又尖又高，向荣儿炒菜时都听到了。

吃过饭向荣儿在洗碗时，叔叔拿着汤碗进来，低声问她："你啥时候回来的，雨那么大，我借了伞去学校接你，等了半个小时也没见你，我想和你错过了，果然和你错过了……"

向荣儿听着鼻子酸了，眼眶热了，叔叔是真心对她好，可他怕婶婶，他只能偷偷地关心她。

"我雨小的时候回来的。"向荣儿说。

叔叔还要说什么，就听见婶婶喊："死鬼你过来，这个月怎么就这么点工资？"

"有的发就不错了，我们厂下个月还要裁人呢！"

"你是不是又藏私房钱了？你这个死鬼，你不知道家里吃白饭的人多吗，你还藏私房钱？"

叔叔身上几乎藏不住一分钱，自从两年前婶婶下岗了，她把叔叔的钱管得更紧了。叔叔偶尔发些加班费会偷偷给向荣儿一点儿零花钱，不过那样的机会一年也就一两次。

向荣儿洗完碗，婶婶扔给她一堆刚刚换下的衣服。

"快去洗了，趁着泥没干好洗。"

向荣儿抱着衣服到卫生间洗衣服，路过客厅见叔叔一家在看电视，电视上正在播《潜伏》，听说是个好看的电视剧，同学们一下课就议论它，上次的作文题目也和这个电视剧有关。向荣儿从没看过，她没时间，那个作文她写得也很糟糕，不过老师没有怪她，老师们都知道她的情况。

卫生间的灯光昏暗，向荣儿一边洗衣服，一边想起下午银环给她擦头发的情景，她想着想着傻笑起来，银环真是个没有忧愁的丫头。

向荣儿洗完衣服刚要起身，堂弟提着两双泥球鞋过来，扔在她面前。

"这个也洗一下，明天下午是体育课，老师让穿球鞋。"

堂弟总是仗势欺人，他是向荣儿抱大的，可他经常欺负她，还时

银镯

不时告她的状。

　　向荣儿洗完鞋子，整个手都僵了。虽说是秋天，自来水却冰凉刺骨。向荣儿使劲搓了搓手，手才有了点知觉。干完活，叔叔一家已经睡了，向荣儿回到她的房间。她的房间其实就是阳台。叔叔家是两室一厅，小时候向荣儿一直和堂弟挤在不足十平方米的房子里。上了初中，叔叔觉得她是大姑娘了，堂弟也嚷着要一个人睡，没办法，叔叔就把阳台收拾了一下给她隔了个单独的房间，还安了个玻璃门，挂了个厚厚的帘子。向荣儿打开台灯开始写作业。她的学习很争气，一直是班里的前几名。向荣儿知道学习是她唯一的出路。她从小就有个愿望，希望自己有一天能够独立，能够有自己的房子，有很多很多的钱，这样她就能过上她想要的生活了。

　　写完作业，向荣儿拿出父母的相片看了看，那张相片，她从没离过身。每晚睡觉前，她都会认真地看看照片上的爸爸和妈妈，和他们说说话儿。照片上的爸爸和妈妈都在微笑，看起来很幸福的样子。向荣儿对着相片说："爸爸妈妈，如果我们有张全家福那该多好，爸爸抱着我，妈妈抱着妹妹。"相片上的爸爸妈妈听了还是在笑，向荣儿也笑了。除了相片，向荣儿还有一只银镯子，那只镯子是她过十二岁生日的时候叔叔交给她的。叔叔说："这镯子是你妈妈留给你的，以后你保管吧。"

　　那是只很旧很旧的银镯，泛着淡淡的光。

　　向荣儿想着等到十八岁了再戴那个镯子。

　　去年，已经十四岁的向荣儿才知道自己还有个妹妹。之前，她从来没听人说过关于妹妹的事。去年暑假她跟着叔叔去乡下姑奶奶家做客，她听说她父亲曾是姑奶奶一手带大的。她是第一次见姑奶奶。姑奶奶八十三岁了，眼睛有点花，但耳朵一点也不聋，一双小脚跑前跑后，很精神。她一见到向荣儿就老泪纵横地哭起来，喊着"可怜的孩子哟"。这一喊，向荣儿也哭了，她没有跟叔叔回去，在姑奶奶家住了十天。姑奶奶在她临走前的一个晚上对她说了一个天大的秘密，姑奶奶说不想让这个秘密跟着她进棺材。姑奶奶说："向荣儿，你其实还有个妹妹，你爸妈死的时候，你妹妹还不到百天，你婶婶非说她的命太硬，死活也不收养，当时你婶婶才结婚不久，带两个孩子也太为难她，我就四处打听，托一个远方亲戚把你妹妹送人了，后来听说那家人对你的妹妹还不错……"

向荣儿从来都没有想过自己在这个世界上还有个妹妹。这是真的吗？在这个世上她真的还有个妹妹吗？那个妹妹长什么样子？她现在过得好吗？那天晚上，向荣儿望着窗外的月亮激动得一夜没合眼。她发誓一定要找到那个妹妹，要照顾她一生……

3

瑟瑟的秋风把校门口那棵老梧桐树吹得光秃秃的，天气干冷干冷的。

向荣儿一出教室就缩着脖子。她就一件毛线衫，昨天洗了还没晾干，她今天穿少了。她小跑着驱寒，还没到校门口，就听见银环的声音。

"向荣儿，向荣儿……"

向荣儿以为自己是在做梦，她昨天夜里还梦见银环了，今天她就来了。她撒腿跑过去，喊着："银环，银环，你怎么来了？"

跑着跑着她泪水就冲了出来，她抬起手一下子就把眼泪擦干净。

银环站在梧桐树下，她脚下是一地新落的黄叶和几只蹦跳的麻雀。

"向荣儿你怎么好几天都不来找我玩呀？"

向荣儿不说话，望着她一个劲地傻笑。

"银环你怎么来了？"

这是银环第一次来找她，平时，银环哪有时间出门呢？

"今天我爸看店，我妈让我来办个事，我办完事还早就来找你。我不知道你在哪个班，只知道你在一中的初二，没办法就只能在这等你了。"

又一阵风刮来，巴掌大的梧桐叶子一片一片地落下来。向荣儿背过身蹲下假装捡落叶，其实她在擦眼泪，她不想让银环看见，银环怎么知道她想她了啊……

"银环我也想你了，知道吗？我昨天晚上还梦见了你，真的梦见了！"

"我知道是真的，我又没说是假的！"银环说着捏了一下向荣儿的鼻子。

向荣儿笑了，她只有见到银环时才会笑得这么开心。

"你说怪不怪，我一梦见了你，今天你就来了！"向荣儿忍不住又说。

"那你说为什么呢？反正我想你了，我就来找你！"

"那是因为我们心灵相通啊！"向荣儿脱口而出。

"我也觉得我们心灵相通。虽然你比我大两岁，可自打我第一次见你，我就觉得你亲，觉得你是我一辈子的好朋友。"银环说。

向荣儿听了半天不作声了，她吸了一下鼻子，一股冰凉的气体进入心肺，她才平静一点儿。

"对了，我今天还有时间，我想上你家玩可以吗？"银环蹦蹦跳跳地说。

"好啊，走吧！"向荣儿说着挽起银环的手，往前跑了几步，又停下来。她突然想婶子看见银环会怎么样呢？婶子肯定毫不留情地在银环面前骂她，银环也会发现她没有爸爸妈妈。

向荣儿突然忧愁起来，她微低下头，涨红着脸。

"今天怕是不行，今天我家要来一大堆的客人，我再带你去怕是不好！"

"那有什么，我又不吃饭，我就想认个你家的门，以后可以去你家里找你。再说我只想去看看你的那个芭比娃娃，我就看一眼。我昨天还在电视上看见了，我就想看看你的。你不是说你的芭比娃娃有很多漂亮的衣服吗？"银环许是激动，说话语速飞快，竹筒倒豆子似的。

"银环，我不能带你去家里，我下午英语小测验考试，我中午还要看书，我不能陪你玩，我爸和我妈也不喜欢我带同学去家里……"

银环脸上的笑容消失了。

"我就知道你看不起我，我才读到小学三年级，你是中学生，你怎么能和我成为好朋友呢？我还把你当成我唯一的好朋友呢，没想到你是这样，我真的是看错了……"

"不是的，银环，不是那样的，我也把你当我唯一的好朋友……"向荣儿咬着嘴唇，低下头拉住银环的手，她的眼睛里蒸腾着茫茫的雾气。

"向荣儿，认识你这么长时间，我没想到你是这样的人！"

向荣儿的头低得更低，她还是不说话。

"银环，我该怎么说，你才明白呢？"

"除非你让我去你家，那说明你真把我当朋友，不然从今往后我就没你这个朋友！"

"银环，你真是为难我。"

"我怎么为难你了？你不是说你爸你妈都是很好的人吗？你不是说他们也会喜欢我的吗？现在连你家的门在哪我都不知道，这个世界上有不知道自己好朋友的家在哪里的人吗？我发现我才是个大傻瓜！"银环眼泪汪汪地说。

向荣儿一声不吭，头低垂着。

"向荣儿，我今天总算是看清你了，真没想到你是这样的小气鬼，算我眼瞎把你当朋友……"

银环哭着跑开了。望着她离去的背影，向荣儿觉得自己的心瞬间被掏空了，她这次伤了银环。

"银环，银环……"

秋风将向荣儿的喊声撕碎了。向荣儿追了几步停下来，她蹲在地上继续喊着："银环，银环啊……"直到嗓子喊哑了，她才慢慢起身往家走。

这天晚上向荣儿没吃晚饭，她心里堵得慌，一点也不饿。她心想银环一定恨死她了，银环又怎么知道她的苦衷呢。她一边洗衣服一边掉眼泪，干完活儿她盯着父母的相片，她看见爸爸妈妈还在笑，她终于忍不住哭了，压抑的哭声跟断气了似的抽抽搭搭的，被出来上厕所的叔叔听见了。向荣儿很少哭的。叔叔不放心，轻轻推开了门。

"向荣儿，你怎么了？你是不是哪里不舒服？"

"没什么，就是刚才做了个梦！"

"我当是怎么了，那快睡吧，我给你把灯打开吧？"

"不用了，叔叔你去睡吧。"

叔叔走了，向荣儿咬着被子，在心里哭喊着："银环，对不起，银环你千万别不理我。银环，对不起，银环我不该骗你的，我可就你一个朋友啊……"

4

接下来的日子，向荣儿忙着期中考试，忙着总也忙不完的活儿，她有半个月没有去看银环了，银环她过得好吗？冬天来了她的棉衣暖和吗？她整天脑子里想的都是银环，她想期中考试考完后一定去看她，对她坦白一切。没想到这个时候叔叔下岗了。叔叔下岗后，婶婶的脾气更坏了。向荣儿感觉自己在家里连站的地方都没有了，家里所有的活儿都成了她一个人的，婶婶还要不停地咒骂她。

向荣儿放学回家晚了，婶婶就暴跳如雷："咋不死在外面？还知道回来，我就知道你是故意躲着清净，你这个死丫头的心思我摸得一清二楚……"

过去婶婶骂狠了，叔叔会过来帮腔一两句，现在叔叔没了工作，魂好像也丢了，就知道闷头喝酒。

这天，考完试的向荣儿打算下午抽空去看银环。一进门她就感觉屋里的气氛不对，叔叔和堂弟不在家，婶婶在哭，看样子叔叔和婶婶刚刚打过架，地上扔了很多东西。她一件一件地把地上的东西捡起来，拿扫把扫干净，她又用抹布把地擦干净。向荣儿跪在地上擦地板，她心里还想下午去看银环呢，现在怕是去不了了，待会儿还要做饭……

向荣儿擦完地才看到手在流血，手被地上的玻璃划伤了，她怎么都没发觉呢？她想去水龙头上冲一下，婶婶突然起来了，她阴沉着脸，向荣儿一抬头就看到她的眼睛肿得像桃子。向荣儿急忙躲进了自己的房间，她用卫生纸包住伤口，纸瞬间就被染红了。向荣儿扒开纸，看到了一条很深的口子。向荣儿拿出药箱翻了半天，才找出一片好像过了期的创可贴贴在伤口上。

夜里，向荣儿睡得很不踏实，伤口疼得厉害，要是下午不用洗衣粉洗马桶，手肯定没这么疼。她翻来覆去地想睡，睡着了就不疼了。

叔叔婶婶也好像没睡，他们一直在说话。

向荣儿听见婶婶说："昨天我三姨来了，说她北京的一个亲戚托她给刚满月的孩子找个保姆，一个月包吃包住还给一千块钱，这么好的事干脆就让向荣儿去吧。"

"不行，向荣儿学习好，准是考名牌大学的料，我们不能这么对她，我可以出去找工作！"

"我和你都下岗了，她上了大学你有钱供啊！"

"不是还有她父母留下的钱吗？"

"那点钱早被她吃光了。我跟你说，如果你不让她去，这日子我就不跟你过了。我们就离婚……"

向荣儿全听见了，她的手也不疼了，眼泪哗哗地往下流。

向荣儿在床上坐了一夜，第二天一早她就对婶婶说："婶婶，我不读书了，我去北京当保姆。"

5

向荣儿临走的那天，是个没有阳光也没有暖意的日子，街上的风很大。这几天气温骤降，可向荣儿一点也感觉不到冷，她飞快地骑着车子。

向荣儿是夜里十点多的火车，吃过午饭她打算去看银环。她对婶婶说要出去一趟，婶婶大发慈悲地同意了。

向荣儿跑进商店，银环正伏在柜台上发呆，看到向荣儿进来她居然纹丝不动，她就当她是空气呢，她还在生上次的气。

向荣儿也没有说话，她不知道该怎么说。

"银环，我要走了，以后我就不能常来找你了……"向荣儿说。

银环的嘴巴动了动，不过她什么都没说。

"银环，对不起，我对你撒谎了，其实我也没有爸爸妈妈，我的爸爸妈妈在我两岁的时候出车祸死了。车祸发生后，肇事方赔了一大笔钱，这些钱全被我叔叔婶婶拿走了，我一直跟着叔叔婶婶过。我不告诉你是怕你难过，我不带你去家里是怕你看了会担心。婶婶天天骂我，你看了肯定会难过。银环，对不起，我不该骗你……"

银环静静地听，她眼睛瞪得大大的，她才知道向荣儿是来同她道别的，她才知道，向荣儿居然是孤儿……

店外面驶过一辆摩托车，又驶过一台拖拉机，安静的空气突然轰鸣了。

"银环，你能原谅我吗？"

银环点点头，她的心酸酸的。

"向荣儿，我一直以为这世上，最可怜的人是我，都不知道自己的爸爸妈妈是谁，没想到你比我更可怜，你连养父养母都没有。向荣儿，对不起，我不知道你那么苦，可是你真的要走了吗？你是骗我的对吗？你什么时候走？去哪里……"银环一连串的问题，向荣儿不知如何回答。不过银环说话了，她说话就说明她原谅自己了。

向荣儿傻笑着从书包里掏着什么。

她出门的时候把攒了半年的零花钱都装上了，那有近二十块钱，钱是她不吃早餐省下的。堂弟经常拿她的东西，她生怕堂弟把钱拿去，没办法，她就把钱藏在一本旧书里。那是本数学书，堂弟最讨厌学数学，向荣儿想，堂弟肯定不会发现钱的，果然，堂弟没有发现钱。

向荣儿拿着钱，她不知道这些钱能买点啥。银环家里开着商店，她嘴巴是不馋的。向荣儿知道银环做梦都想要个芭比娃娃，向荣儿一口气跑到玩具店，挑了个价格合适的芭比娃娃，她想银环以后看到芭比娃娃一定能想起她。

向荣儿还没掏出芭比娃娃，店里来了个年轻的女人，一进门说要买一包洗衣粉。

银环跑去招呼她。她是银环家的邻居，银环叫她嫂子。嫂子靠在柜台上，买了洗衣粉还没有走的意思。向荣儿坐在一旁着急地盯着银环看，她必须得走了，她要坐晚上的火车走，太晚回去，婶婶又要骂。

银环说："向荣儿，天这么冷，你怎么一头的汗？"

"这是谁啊，怎么没见过？"隔壁嫂子问。

"是我的好朋友！"银环说。

"你别说，你们俩长得真像姐妹呢！"嫂子说。

"她要真是我姐姐就好了！"银环说着咯咯咯地笑。

向荣儿听了也跟着笑，银环已经不生她的气了。

隔壁嫂子一走，向荣儿就说："银环，我得走了，我还要回去收拾东西，我要回去了。"

"向荣儿，我再也见不到你了吗？"

向荣儿点点头，又摇摇头。

"银环，你有相片吗？"

银环说："有，你等一下。"

银环撒腿跑进里屋又飞快跑出来，拿出两张相片给向荣儿。

向荣儿从包里掏出芭比娃娃，银环看到芭比娃娃的时候激动地叫起来。她一直梦想有个芭比娃娃，可养母从不给她买任何玩具。银环一只手抱着芭比娃娃，一只手紧紧握住向荣儿的手说："向荣儿，我舍不得你走，你不知道自从认识了你我多快乐，我习惯了经常见到你，和你说话，如果你有几天不来找我，我肯定哪儿都不舒服。这么多天不见你，你不知道我有多想你。前几天我还忍不住去你们学校门口等你，却连你的影子都没见……"银环说着说着开始哗哗地流眼泪。

向荣儿擦去了银环眼角的泪水，她克制着自己，她笑着。

"银环，我们是一生的好朋友。等我有钱了，我给你买好多好多芭比娃娃，买好多玩具，你说好吗？"向荣儿说。

银环这才破涕为笑。她抬手擦了擦泪。

"向荣儿，你要去哪里，你都还没告诉我？"

"我要去个陌生的城市！"

"你是转学了吗？"

向荣儿听了没有回答，她不想让银环知道她去当保姆的事。

"银环，你要听你妈的话，要照顾好自己，要注意安全，我会给你写信、打电话……"

"嗯，我也会想你的。说真的，我从心底一直把你当姐姐的。"银环哽咽着说。

"银环你就是我的亲妹妹！"向荣儿喊道。

银环愣了一下。

她笑了："向荣儿，你就是我的亲姐姐，从今往后我就当你是我的亲姐姐了。"

"银环，你能让姐姐抱一下吗？"

银环走过来紧紧地抱住向荣儿，向荣儿抓住银环的手，突然发现她的手上多了一只银镯子。

"你怎么戴镯子了？"

"这就是我说过的那只镯子。前几天我忘了喂猪，把养母我打了一顿，我大哭了一下午。晚上我养父就偷偷把这个给我，他说：'银环你也长大了，这是你亲生父母留下的东西，你自己保管吧。'我就戴上了。虽然有点大，不过我很喜欢……"

向荣儿看了一眼那镯子，她轻微地颤抖了一下。那是只很旧很旧的银镯，泛着淡淡的光，和她的那只镯子一模一样。

热泪盈眶的银环突然问："姐姐，你会忘了我吗？"

这时天空有一群白鸽飞过，向荣儿指着那群鸽子对银环说："要我把你忘了，除非鸽子不会飞了……"

银环抬起头，她看着天上的鸽子感叹着："要是我有翅膀，那该多好，那就可以天天见到你了……"

向荣儿紧紧地握住银环的手，还没说话，眼泪就先掉下来了，半天才说："银环，再见……"

北京之夜

北京的太阳是从一座高楼后面落下去的，这是桃桃对北京的第一印象。

桃桃坐了一天一夜的火车，她昏昏沉沉地走出北京西站，一抬头就发现了挂在西边高楼上的夕阳，桃桃就得出了这样的结论。

桃桃是昨天早上从家里出门的，她是背着公婆偷偷来北京的，她出门的时候没敢多带东西，只带了一个小提包，里面装了点干粮和日常用品。她先坐了两个小时的三轮车，又到镇子上坐了去县里的面包车，又从县里坐了大轿车去了市里，终于在昨天下午六点坐上了火车。坐上火车，桃桃长长地吁了口气，她想，北京不远了，哪承想，北京还远在天边。

现在北京近在咫尺了，桃桃自己没有想到她会如此平静，各种嘈杂的噪音包围着桃桃，可桃桃的思维是清晰的，她清楚地知道自己来北京的目的，她要来找回她的男人刘东子。

桃桃整理了一下自己的衣服，拿着刘东子信上的地址，操着一口陕西宝鸡话，问旁边一个等车的胖女人，那女人是个热心的人，很耐心地告诉她怎么坐车。

虽然北京很大，但如果坐对了车，又不堵车，也很快能到达要去的地方。桃桃还算幸运，很快就到了刘东子的住处。

桃桃到达刘东子住处的时候，她一扭头，看到太阳已经完全掉到重重的高楼后面了，只余下点点的残红从后面渗过来。

这时候了，刘东子应该在的。

刘东子住在四楼，桃桃一边急速地上楼，一边脑子里盘算着，怎么和刘东子说第一句话。

当桃桃听说，在大学食堂里打工的刘东子和别的女人混到一起的消息后，她就没有睡过一个囫囵觉。现在她可以看到真相了，她马上就能知道，老实巴交的刘东子，会不会做出这样的事，可是到四楼的楼梯口的时候，桃桃有些怯了。

桃桃和刘东子结婚三年，可是他们在一起的时间加起来还不到三个月。这三年，她生孩子，带孩子，伺候瘫痪的婆婆，刘东子为了还婆婆看病欠下的钱，一直在北京打工挣钱，他们的日子也算过得太平。眼看着欠的钱快还完了，可以攒些余钱了，桃桃还寻思着，过两年盖个小楼呢。可是，她却接到在北京打工的表妹的电话，电话里的表妹吞吞吐吐地说，刘东子和一个打工的女人好了，她还亲眼看见，他们一起逛超市。

桃桃几乎不记得自己当时的反应了，她只记得，她接完那个电话，一直轻飘飘的，像丢了魂。她恨，可她不知道自己恨什么，恨刘东子，还是恨把他们两口子分开的老天爷？

桃桃一连几天都没有合眼，她默默流泪，她想打电话问刘东子，这是不是真的。可是，她又觉得电话不可靠，她想来想去，决定亲自上一趟北京。

今年过年刘东子没有回家，现在如果不看相片，桃桃真的有点把刘东子的模样忘了。

"刘东子……"桃桃在楼道里喊了一声，走廊中间的一扇门开了，从里面探出一个女人的脑袋，女人看了一眼后，走了出来。

"你找刘东子？"

"嗯，我找刘东子，他住这吗？"

"住这，住这，他还没下班呢，你到屋里等吧！"

桃桃不动声色地走进宿舍。屋子里的几张高低床，让桃桃的心放了一下。东子还没有搬到外面住，还住在宿舍。

尽管屋子很拥挤，可是桃桃还是一眼看到了门口墙上的一张相片，那相片里有她和刘东子，那是他们处对象的时候照的。桃桃本来还担心屋里的女人认出她来，可是这个念头刚闪了一下，就灭了。现在蓬头垢面的她怎么能和相片里的她比。

地上放着个洗衣盆，里面是泡着的脏衣服，桃桃坐在刘东子的床上，她想这肯定是表妹说的那个女人。

"东子晚上八点才下班，你要不八点过了再来吧。"

桃桃听见这个女人满嘴东子长东子短的，她的心隐隐地痛，她真想上前撕破她的脸，可是她却笑了。她必须听她亲口说。

"你是刘东子的媳妇吧？"

女人一听，脸红了，她低着头，没说是或不是。

"我过来给他洗洗衣服，他平时忙顾不上洗……"

桃桃没有顾上打量这间屋子，她说："我是刘东子的同乡，给他捎个话过来，他人现在在哪里？"

"他还在面食食堂，还没有下班。"

桃桃听了这句话就出了门，走了好远才发现自己在流泪，泪是什么时候开始流的，她居然不记得了。

一看见那女人，她的眼泪就在眼里打着圈，表妹说得没错。她怕忍不住，就匆匆出来了，本来她还想再问问详细的情况的。

桃桃装着她滴着血的心，在街上狂奔着，她一口气跑出那栋楼，停下的时候，她突然看到，马路对面五金工具店门口摆放着一排整齐的菜刀。

血红血红的夕阳印在一把把菜刀上，刀仿佛都在滴血。

桃桃第一次看到这么多的刀，她愣住了，她不由自主地走了过去。

走着走着，桃桃的脑子突然愣了一下，里面的空白一下子被填满了：她看到从车窗里探出的狰狞的脸，然后看到那辆在她面前刹住的车，看到自己竟然不知不觉站到了马路中间。这时，急促的刹车声和司机的吼叫才从遥远的地方传过来。

"找死啊，真是活得不耐烦了！"

桃桃愣过神来，她掉头寻找着可以打听的人。

这时过来一个拉着狗、戴眼镜的老人，老人慢慢悠悠地走过来，桃桃迎了上去。

北京人可真悠闲！

桃桃问："麻烦问一下，食堂在哪？"

老人微笑着说："你要去哪个食堂？这个大学有好几个食堂。"

桃桃说："专门吃面食的食堂！"

老人就给她指了方向。桃桃进了大学的南门，她又打听了一个瘦高个的男同学和一个骑自行车的女同学，拐了两个弯就到了面食餐厅。

这一路打听下来，桃桃的神经松弛了下来，她的脸不再僵硬，她甚至问完最后一个人的时候，还笑着向她致谢。所以，等桃桃大步流星地走进面食餐厅的时候，她完全克制住了自己的情绪。她知道来这里吃饭的都是文化人，这里不是农村，再说在农村她也是温良的媳妇，不是那种悍妇。

吃饭的学生排着队，桃桃也排在了队伍的末尾，终于她到了窗口。她站在那里，一眼就看见了戴着厨师帽穿着白褂子的刘东子，看到白白胖胖的刘东子，她有些不知所措。刘东子正在拉面，桃桃的目光盯在他手里面条上，那飞舞的面条越来越长，越来越细，桃桃的眼花了。

这时候，一个服务员问："你吃点什么？"

桃桃一时无语："我，我……"

一米之外的刘东子这时抬起头，往窗口漫不经心地望了一下，这一望，他就看见了桃桃。

他还是有些不相信，又仔细看了一下，桃桃在窗口外怯怯地喊了一声："东子……"

刘东子几乎在喊："桃桃，你怎么来了？你吓我呢！你到门口等着，我马上出来！"

桃桃感觉他的声音里有一点点的惊喜。这惊喜，似乎不是装出来的。

刘东子出来的时候，桃桃正站在面食园门口对面的一棵大树下。

这时候外面的天一点一点暗下来，暮色和四处的灯光交相浮动。

刘东子不由分说，拉着桃桃去了餐厅背面的一个犄角旯旮里，桃桃没有说话，只是她很用力地挣脱了刘东子的手，紧紧地跟在他后面。

周围楼上的灯全亮了，当柔和昏暗的灯光照在刘东子白胖的脸上时，桃桃看到刘东子居然在笑，桃桃的心立刻燃烧起来。在桃桃看来，刘东子此刻笑得很不要脸，他怎么能笑得出来？

"桃桃，你什么时候来的？你居然能找到这里来，桃桃，你真行啊……"

桃桃没有说话，她面无表情地瞪着圆眼睛，盯着刘东子。

"你是不是想给我个惊喜？也不知道来个电话，我去接你，你是怎么来的？牛牛好吗？他肯定又长高了……"

听到牛牛，桃桃心里的炸药包一下子接上了导火线，她顷刻间爆发了。

她想起儿子牛牛天真的笑，想起刚才那个女人在她面前东子长、东子短的无耻样子，她抬起手，憋足了劲，冲着刘东子的脸，就是一巴掌。

"刘东子，你算啥球人？你太不要脸了，还装什么装，我都去你房里看见了，见到那女人了，那女人正在给你洗衣服。刘东子，你真不是人……"

桃桃喊完，转身就走，她觉得舒服多了。绕过食堂前的那条街，桃桃跑了起来，她不知道她要去哪里，她只想跑得远远的，一个人痛痛快快地哭一场。桃桃跑到一个小门，她想都没想就出去了，一出去，就到了大街上。

大街上的汽车排着队慢慢地往前爬着，到处闹哄哄的。

桃桃这才慢了下来，在奔跑中，她停止了流泪，她渐渐安静下来。她刚才跑的时候还听见刘东子在喊她，在追她，这阵子后面没声了。桃桃蹲在路边，恐惧和无助涌上来，她下意识地摸了摸肚子，她在裤子里缝了1000块钱，她一摸就摸到了那些硬硬的钱，她松了口气。

这钱是刘东子过年的时候寄的。刘东子本来说要过年回来的，可是，腊月二十五，又说买不到票，回不来了，就寄了钱。桃桃去邮局取钱的那天，天下着大雪，她一个人走在雪地里，哭了一路。

闹哄哄的大街，已被点缀得繁花似锦，流光四溢的灯火冲散了桃桃心里的伤痛。

桃桃终于感到累了，她漫无目的地走着，无意间一抬头，看见前面不远处有个过街天桥，她想上去坐坐。

桃桃一步一步地上着天桥，她脑子里在想，北京这么大的地方，居然找不到一个僻静的、可以哭的角落。她走上天桥，坐到高处的台阶上。刚坐下，刘东子就气喘吁吁地爬上来了，一只手无力地冲她挥了两下。

刘东子喊着："可算找到你了，桃桃，有话慢慢说，你跑什么？"

刘东子的声音听起来有些无力，桃桃本来不想看他，可是她在高处，不看也不可能，她用眼睛的余光扫了一下，就看到了刘东子的一只手抱着肚子。

她这才明白，刘东子的老胃病又犯了。刘东子的胃病是在广州打工的时候累出来的。

桃桃犹豫了一下，站了起来。

"胃又疼了？"

"没事，就是刚吃过饭，跑了几步就疼，休息一下就好。"

"你不是有她照顾么？怎么还这么不注意身体？"

"……"

"谁叫你刚吃完饭就跑了？"

刘东子没出声，边听边坐到了桃桃旁边，桃桃看到了他满头的汗，知道肯定疼得厉害。

刚结婚不久，有一次，他们在地里收麦子，刘东子在麦地里突然犯了病，疼得蜷缩成一团。桃桃当时吓坏了。她没有经验不知怎么好，她急着要去家里拿药，刘东子说："你给我揉揉，揉揉就好了。"

揉着揉着，刘东子就真的不疼了，他从麦草堆里突然爬起来，在桃桃耳边说："我想亲你一口了……"

桃桃当时的脸就红了。

那是近黄昏的时候，夕阳像抹了一层玫瑰一样绚烂。

那时候，多好！

桃桃和刘东子结婚的时候，家里欠了三千多块，收完麦子，刘东子跟着村里的男人们外出去打工挣钱。桃桃依依不舍地把刘东子送到了村口，她的泪在眼睛里打着圈，刘东子看着那一圈圈的泪，看着桃桃的可怜样，他坐上三轮了，又忍不住从车上跳下来，跑到桃桃面前傻笑了半天，还偷偷地捏了一下桃桃的小手，桃桃的心颤抖了，打着圈的泪，硬是没有掉下来。

外出的男人都哄笑起来，桃桃就捂着脸跑回家了。

回到家半个月，桃桃发现她有喜了，等刘东子回来的时候，她都快生了。儿子牛牛一生下来，刘东子住了一个月又走了，说是要给牛牛挣学费。期间婆婆突然脑溢血瘫痪了，欠下了两万多的债。就这样，桃桃的手怎么也抓不住刘东子的手，刘东子每次从外面回来，桃桃都觉得他不一样了，是的，每次都不一样，都很陌生。刘东子到哪儿打工，回来尽说那地方的好，桃桃只是静静地听。

刘东子坐到桃桃身边，他的胃疼看样子没有减轻，他咬着牙，手一直顶着胃。

桃桃再也坐不住了。她迅速站起来，望了一下，她就看到了天桥下面有个超市。

她说："我去超市给你要杯开水，喝点热的就好了……"

刘东子点着头，他的眼里充满了感激。

桃桃跑到超市，她小声地对门口收银台的女人说："大姐，我男人胃病犯了，你这有开水吗？给上一杯。"

女人刚开始没有听清楚桃桃的话，桃桃又慢慢重复了一次，那女人摆摆手。

"我们没有开水，只有奶茶，如果你现在喝，可以给你加热。"

桃桃问："多少钱？"

女人说："一杯四块。"

桃桃一听一杯茶四块，真够贵的。

"那也行，你得给我加热。"

超市女人给桃桃加热，还给她插好吸管。

桃桃接过奶茶，用手一摸，还有些烫手，她想只要热的就好。

回来的路上，桃桃闻到了一股淡淡的、甜甜的奶香。桃桃想，城里人真是会享受，啥东西都能做出来。

桃桃担心洒了，没敢走得太快。上了天桥，见刘东子还在那坐着，她小心翼翼地递过去。

"趁热喝了吧，喝了休息一下，就好些了……"

刘东子接过奶茶，他的眼睛里有很多东西，可桃桃不想猜那些东西具体是什么。

桃桃坐到了刘东子旁边，她眼睛一眨不眨地望着天上的月亮，幽幽地说："这城里除了比乡下夜里亮堂外，有什么好？一杯白开水也不给，要在我们村，别说白开水了，就是米汤和饭，不都经常给过路人吃吗？以往，你的毛病一犯，只要乡亲看见，哪个没有跑回去提热水？"

刘东子苦笑了一下，他说："城里到处都冷冰冰的，你见了不认识的人对他们笑一下，他们还觉得我们有病！"

桃桃见刘东子不动手里的奶茶。

"你喝吧，要趁热，一喝就不疼了。"

刘东子说："桃桃，你先喝一口，我再喝，你到现在连饭都没有吃，一会儿我带你去吃饭。"

桃桃说："我不喝，不喝，我刚才在你屋里，那谁给我倒了茶……"

"那不是我的屋，那是我和三个厨师的宿舍。"

刘东子知道，现在任何解释都是无用的，不过他还是要把话说清楚。其实在路上追桃桃的时候，他已经知道了桃桃去他宿舍的事，那女人在路上给他发了短信。

刘东子当时就发了火，他说："那是我老婆，谁让你去洗衣服了！"

那女人每个周末，都来给他洗一次衣服，而今天恰好又是周末。

刘东子知道，现在他说什么都没有用了，但他还想试着说一说。

刘东子又说："你就喝一口，这奶茶据说可好喝了，我们那的几个女服务员一发工资就买这个喝。"

桃桃知道自己再推辞的话，奶茶就凉了，刘东子的倔脾气，说一不二的。她小心地接过奶茶杯，轻轻地在吸管上吸了一口，她嘴巴里不小心吸到了一个甜甜的、软软的东西，她咀嚼了几下。

刘东子笑了，说："这是珍珠，这个奶茶叫珍珠奶茶。"

"珍珠？"

"嗯，城里人都这么叫。"刘东子说。

"城里人真会起名字！"桃桃说。

"我全给你留着，我喝几口就好了。"

刘东子喝奶茶的工夫，桃桃掏出了背包，她翻出了一块大饼，她已经很饿了。

两个人半天都没有说话，低着头看一辆辆汽车从他们脚下爬过。

桃桃吃到一半的时候，刘东子把半杯奶茶递过来。

"你喝吧，喝完了，我带你去吃饭。我好多了！"

桃桃嘴巴里塞得满满的，她的确想喝点什么了，这一天一直在打听路，连一口水都没顾上喝，她还是在火车上喝的水。

桃桃喝了一大口奶茶。

她咽下了一嘴的大饼。

她转过头，淡淡地对刘东子说："你回去吧，我想在这坐坐，你不用管我……"

桃桃尽量说得平淡，可是她说着的时候，心里却如万箭穿过一样。

刘东子咬了咬嘴唇，没有说话。

他站起来，说："走，先吃饭，有什么话吃了饭再说，先吃饭去！"

桃桃看着远处闪闪烁烁的灯光，她说："我不饿了，我饱了，你回去吧……"

桃桃这一天其实就吃了一个饼子，中午在火车上吃了半个，刚才吃了那半个，这还是她强迫自己吃的，不然，她一点也吃不下。

121
北京之夜

刘东子说："走吧，对面有个饭馆，你多少吃一点，这样我的心也好受些，我们正好都可以休息休息。"

他说着伸手拉住了桃桃的一只手，想拉她起来。

桃桃用力打掉了刘东子的手。那只手，是她在梦里无数次都拉着的手，如今她一把打掉了。

她说："你去忙吧，你不是八点才下班吗？现在还不到八点。"

刘东子说："我出来的时候已经安排好了，不去没关系。走，吃点东西去……"

桃桃这才慢慢站起来，拍了拍裤子上的土，整理了一下头发。

刮风了……

桃桃觉得有丝寒意。她系住了领口的纽扣。

"饭我就不吃了，我一点也不饿，你陪我走走吧。"

刘东子看见了桃桃脸上的疲惫。他的心酸酸的。他已经准备好让桃桃打骂，让她像泼妇一样在大街上吼叫、撒泼。可是，桃桃的眼里没有一点眼泪，她自顾自地往前走着。

桃桃是初中毕业，如果不是婆婆突然瘫痪了，她有可能跟着刘东子一起出来打工。可是婆婆去年夏天突然就瘫了，住了一个多月的医院，刘东子打工挣来的钱也全搭上了，又欠了一个亲戚一万多。婆婆瘫痪了，也不能帮着带牛牛，刘东子一走，桃桃就成了家里里里外外的一把手。整天忙里忙外，从早到晚就没个闲的时候。

刘东子到北京打工，一年多就把欠的钱还得差不多了。刘东子还完最后一笔债的时候，他在电话里兴奋地对桃桃说："桃桃，我在北京每月能挣 1500 元，你在家别太苦了。等牛牛 6 岁上了学，我就把你接到北京。"

桃桃听着也高兴。婆婆也能下地了，如果恢复得好，不久就能做饭了，那她就能到北京打工，可以和刘东子团聚。

可是公公的心脏病去年又犯了，这样又欠了近一万的债。桃桃这下就不知道自己和刘东子何时能团聚了。

桃桃在前面走，刘东子在后面，桃桃的脚已经很疼了，可是她不想停下来。

"我考了厨师证，工资也涨了……"刘东子在后面说。

桃桃说："那你就更能挣了！"

走了很久很远，刘东子见桃桃的腿有些软，知道桃桃走不动了。

他停下来，看了看表，已经十点多了。

刘东子说："走吧，我们坐车回去吧，我已经给宿舍的几个说好了，让他们到别处去挤挤。你回去好好睡一觉，明天我请假，我带你去天安门转转。"

桃桃本来心静了，可听见天安门，她的泪一下子涌了出来。她不知道为什么，听到天安门会伤心。

她不想让刘东子看见她流眼泪，她不想让他觉得自己离不开男人。

她悄悄地擦干了泪。

刘东子去年过年的时候，他和牛牛在炕上玩骑大马，她在拉鞋垫，刘东子和牛牛哈哈地嬉闹。

那时候牛牛才一岁半，半年没见刘东子，就不记得爸爸了。刘东子给了他一把糖，让他喊爸爸，牛牛才喊了声爸爸。刘东子那天骑着马，还教牛牛说天安门，牛牛那天学会了说天安门。刘东子高兴地把牛牛举过头顶，他喊着："桃桃，明年夏天，你把牛牛带到北京来，我们三个去看天安门。"

桃桃当时还笑着说："就这么说定了。"

牛牛自从学会喊爸爸，天天嚷嚷着要见爸爸，还经常问她天安门的事。

"妈妈，爸爸是不是天天都能看到天安门？"

桃桃不知道怎么回答。

桃桃想着想着，心越发酸了，泪水汹涌着。

如今快到七月了，可如今……

刘东子说完天安门，他也沉默了。他看到桃桃在风中抖动的身子。他的桃桃才 26 岁，可看起来却已经 30 多了，桃桃一天从早到晚，忙里忙外，为他撑着那个摇摇欲坠的家，而他呢？

刘东子走到桃桃跟前，说："走吧，回去吧，不然宿舍的门关了。"

桃桃哭得更厉害了。

"那女人在喊你吧？你快去吧，她已经给你铺好被窝了，你回去，你去呀，你不用管我，不用管牛牛，不用管你爹你娘，更不用管刘湾那个村子里的家……你走啊，你走……"

桃桃拼命地喊着，推着刘东子。她不能再说话。她转身继续往前走，她的脚又不疼了，她忘记了疼。

对面的一个楼上写着"梦里家园"几个字，桃桃看着，她转身喊着："刘东子，你还记得那个家吗，你记得吗？"

风又刮起来，刮乱了桃桃的头发、衣服，也刮碎了刘东子的心。

桃桃趴在一根电线杆上，哭了起来。她自从接到远方表妹一个月前打来的电话，听说刘东子在外面有了女人，她都是一个人在夜里偷偷地哭，她哭的时候，得等到牛牛睡了，公婆睡了，她才用被子裹住头偷偷地哭。哭完了，她得马上用凉水洗脸。她担心婆婆看到了不好受。

刘东子站在桃桃后面，他看着眼前蓬头垢面、衣衫不整、一脸憔悴的女人，他的眼泪无声无息地流了下来。

自己那个健康的、红润的、白皙的桃桃，如今，如今……

刘东子越发恨自己了。

桃桃回过头去，看到了刘东子满面的泪水，她忽然不知道说什么好了，也不知道哭了，她的心里有种说不出的滋味，她也说不清这是啥滋味，自己的男人，自己的天，居然会站在她跟前流眼泪，在向她忏悔吗？

桃桃想着想着，心抽搐得更厉害了，她下意识地摸了摸自己的心，可是没有用，心还在疼。

桃桃不忍心再看刘东子的脸，她靠在了路边一个路灯杆子下面。

刘东子说："桃桃，我对不起你，我不是人，但事情不是你想的那样，我和那女人就一次。那女人也有家，有男人，有儿子，我们过年的时候都没有回家，那天我们喝了酒。后来，她总来给我洗衣服，我发誓就那一次，我到现在还在后悔。我对不起你，桃桃，你打我吧，求你了，别再折磨自己。"

刘东子蹲在地上。他用力砸着脑袋。桃桃的心里涌起层层的寒意。她的刘东子原来可不是这样，不是，他没有村上那些男人的习惯，然而这时，在城里，刘东子却和他们一样了。

桃桃本来想平静一下，好好和刘东子说说话，可是听到刘东子声泪俱下地叙述，她心里被压灭的火又蹿了上来，她按捺不住自己，猛然翻起来，像只失去孩子的母狮子一样，悲情绝望地扑过去，她一把揪起刘东子："为什么，你过年的时候不回家？为什么……"

"买不上票！我给你，给牛牛，给咱爹娘都买了新衣服，买了好吃的，可买不上票，我到车站排了两天的队，就是没票。回家的人太多了……"刘东子的声音在颤抖，他知道他说的都是借口，他应该先挤上车，哪怕就是站也要站回家，可是他却没有，一起来打工的好多人都挤上火车，回家了。

桃桃这时候抱住了刘东子的胳膊，放声大哭。她咬着男人的肩，她恨，她恨……

桃桃终于平静了下来。

灰亮的天空，星星灯火渐渐漫散开来，大街上的车也稀稀拉拉的。

刘东子擦了擦自己的眼泪，也擦了擦桃桃的眼泪，他说："现在宿舍关门了，我们回不去了。我们去找找，附近的地下旅馆还有没有住的地方。"

桃桃点点头。

刘东子记得清华园附近有几家旅馆，价格也不贵。

刘东子在前面走，桃桃一瘸一拐地在后面跟着。问了几家，都住满了。

桃桃说："我实在走不动了，我们就在附近什么地方坐坐吧。反正天快亮了。花那个冤枉钱干啥！"

嗖嗖的风迎面吹来，桃桃忍不住抖了几下。刘东子快速地找了一个交通银行自动取款的地方，他们在那里坐下来。

桃桃脱下皮鞋。她一摸，脚上都流血了，脚这会子突然疼得厉害。这双皮鞋是刘东子在广州打工的时候买的，她一直舍不得穿。来北京的时候，她穿上了，早知道要走这么多的路，还不如穿布鞋呢。

刘东子脱下白大褂，让桃桃披上。

自动取款的地方很小。刘东子的身体和气息靠在了桃桃的身上，桃桃拧了下身子。刘东子的后背和胳膊又靠了过来，桃桃撞了一下他的胳膊，将他推开。

她透过玻璃看了看头顶的夜空，桃桃一眼就看到了已经到了西头的月亮，她觉得这个月亮比乡下的暗淡了许多，在空洞而迷茫的夜空，它孤零零地挂在那里，月亮的周围几乎看不到一颗星星。

桃桃说："明天一早我就回去了，我来的时候没给家里说来北京，我说去娘家看看我妈，我出门的时候，牛牛非要跟着我，我哄了半天他才出去玩。"

桃桃说着，从裤兜里掏出一张相片递给刘东子。

"这是上个月，我带牛牛到镇子上照的相，村里的大娘们都说，牛牛和你小时候长得一模一样，连脾气都差不多，都很倔强。牛牛比过去高了许多，他都能够到爹挂在门背后的旱烟袋了。"

刘东子紧紧地攥着那张相片，厅子里太暗了，

刘东子举起相片，刚想借着光看，桃桃突然一把夺过了相片。桃桃也不知道自己为什么突然这样，她想着：刘东子，你不是有她了吗？我和牛牛，看清看不清有什么关系？

刘东子转过头来，嘿嘿地笑了起来。

听到这熟悉的笑声，桃桃心又软了，她把相片再次递了过去。

光线很暗，刘东子借着微弱的光，仔细地一遍又一遍地瞅着那张相片，虽然看不清儿子的眼神，不过刘东子已经很满足了，他的嘴角慢慢绽开一朵美丽的花。

桃桃看到了那朵花，她的嘴也微微地翘了一下，她顿了顿，深深地叹了口气说："别看了，装起来，小心丢了，牛牛今年就照了这一张相。"

说到孩子，桃桃的声音温柔极了。

她接着说："我明天就回去了，等你放假了，你回来我们就把手

126

借你的耳朵用一用

续办了，我打算搬到我妈那去住，我妈现在一个人住在老屋里，她和大嫂合不来，牛牛还小，我带着他，也正好给我妈做个伴。你以后再找女人了还可以生。"

刘东子用手堵住了桃桃的嘴巴。

"桃桃，别说了，我就是死也不和你离婚，我对不起你，我用一辈子弥补你……"

桃桃听着听着又哭了。

哭声缠绕在刘东子的耳边，就像针一样轻轻地扎他的心。

刘东子和桃桃都没有说话，他们在长久的沉默里，几乎同时把目光投向了玻璃窗外的大街，他们的眼神都很专注。

空荡荡的大街还在安睡中，偶尔几个清洁工人的身影会闯入他们的视线。笤帚轻轻划过，发出若无若有的声音，那声音一下一下，在空中飘荡着，似乎是叹息，又似乎是悲哀。

不知道过了多久，刘东子伸开了右手臂，他借着微弱的光看了一眼桃桃，桃桃似乎快睡着了。刘东子往桃桃那边凑了凑，他们紧挨着慢慢靠在一起。桃桃扭过头眯着眼睛看了一眼刘东子，她的嘴巴动了动，但没有发出声音，只是慢慢地将她的身体依偎了过去。

刘东子一把把桃桃拉到怀里。

这个怀抱桃桃等得太久了，当真实地靠在这个怀抱里，桃桃没有感觉到幸福。她的心里此刻没有了一点波澜，平静得如同无风的湖面。

光斜斜地照进来。

桃桃恍惚间产生了一种错觉，她觉得她此刻不是在北京，而是和东子靠在麦垛里话着家常。

桃桃轻轻地依偎着东子，她心里有种渺茫的指望，可是她又说不出那具体是什么，她觉得一切都是那么无力。

"东子……"

"嗯!"

"前几天大河来家里了。"

"是来要钱的吧?"

127

北京之夜

"嗯，他说他家今年九月要盖房子！"

"我们还欠他多少？"

"还欠五千五！"

"哦！"

桃桃应着声，她这才感觉到累，她真的好累，她闭上眼睛，她想就这么睡一觉。

东方，已经发白。

天快亮了……

是啊，快亮了！

已经是新的一天了！

小红军幺妹子

这是进入草地的第十天，幺妹子记得很清楚，进入草地，每天天一亮，她就在自己的口袋里装一个小石子，这一天，她醒来的时候，她看到初升的太阳，她又在地上捡到了一个小石子，这是第十个。

幺妹子从长征开始，就和别的红军战士一样，心里向往着陕北，每天行军几十里，饿了吃口炒面，渴了喝口凉水，困了就席地而睡。看着一个又一个倒下去的同志，幺妹子伤心难过过，可她从来没有想过放弃，她在心里告诉自己，只要还有一口气，都要跟着队伍走下去。

不过说实话，从幺妹子跟随队伍踏上征程的那一刻开始，她并没有想到自己居然能坚持到现在，因为不管是打仗还是爬雪山，每天几乎都有同志在牺牲，就是进入草地，不打仗了，还是有同志在牺牲。

夜里冻得睡不着的时候，幺妹子常常会想到死，在这死亡之地，她不知道自己是否能够走出去。但是她从没有放弃过，即使饿得走不动了，她依然没有停下前进的脚步。

清晨的草原一片安详，朝阳的光柱一缕一缕洒下来，草地一片金黄。幺妹子揉了揉眼睛，有点享受似的伸了个懒腰，昨天晚上，她是枕在赵指导员的腿上睡着的，这个觉，是她自从长征开始以来，睡得最香甜、最踏实的一觉。

快入梦乡的时候，赵指导员轻轻地抚摸着她的头。幺妹子当时特别幸福。她一动也不动地感受着那如母亲一般温暖的手，一遍一遍的温柔，后来她就睡着了。

因为夜里下过一阵雨，外面空气格外清新，茫茫无际的大草地，显得格外神奇美丽。可是对于眼前的景色，幺妹子有点视若无睹，她想吃点什么充饥。

她走出简易帐篷，就看见赵指导员和张护士向草原东边走去。

早晨的阳光照耀在她们身上，幺妹子第一次发现赵指导员很漂亮，她们穿的破衣裳，在金灿灿的太阳包围下，也像换了新的一样。

幺妹子喊了一声："指导员……"

赵指导员回过头来，一脸的灿烂，幺妹子看到指导员在这个时候还能微笑着，她的心里有一种说不出的滋味。

爬雪山的时候，赵指导员和很多红军战士一样，得了伤寒和痢疾，又是发高烧，又是拉肚子，而且，赵指导员当时已经怀孕三个月了。她的丈夫在一次战斗中牺牲了，她特别希望能保住这个孩子，在又冷又病的情况下，她坚持不骑马，并且还要工作。在一次抢救伤员的过程中，她晕倒了，孩子也流产了。

当时赵指导员一听孩子没有了，她不吃不喝，也拒绝吃药。幺妹子怎么劝都没有用，没有别的办法，幺妹子就跪在指导员身边，哭着说："指导员，我没有妈妈了，你也没有别的亲人了，你就当我的妈妈吧。如果你不认我这个可怜的孩子，我就跪着不起来，如果你再不吃东西，我也不吃，我也陪你饿着。"

后来指导员终于捂住脸大声地哭了出来，她挺了过来。赵指导员伤感地说她以后可能再也不能生孩子了，她说她会把幺妹子当自己的孩子疼。从那以后幺妹子就一直和指导员住一个帐篷。

指导员微笑地答应了一声："幺妹子，你醒了，我们要去东边挖野菜！"

幺妹子说："我也要去！"

指导员说："傻丫头，你洗洗脸吧，你都好几天没洗过脸了，大锅里有热水。我们先去周围看看，有没有可吃的野菜，这野菜不能乱采。"

过草地刚刚开始的两天，幺妹子并没有感觉到恐怖，她常常看着茫茫无际的绿海，还不止一次地感叹着，甚至还惊呼过！

可是，走了几天，身上带的干粮吃光了，大家都走不动了，有的同志走着走着就昏倒在地，有的同志因为误食了有毒的草，就再也没有起来。幺妹子当然也走不动了，她们白天赶路，夜里住在简易帐篷里，还没有被子盖，幺妹子穿上她包袱里背的所有衣服——说白了就两件——可是还是冷，草地的夜晚是非常冷的。

又冷又饿，连续几天下来，大家的身体都越来越弱。

这几天，大家实在没有吃的了，开始吃身上背的皮带。幺妹子的皮带是前天吃掉的，当时指导员把大家的皮带收了，然后用清水洗了，在锅里放了点盐，煮了一个小时左右，就给每人分了一块。

幺妹子没有全吃，她把半片皮带放到干粮袋里，走饿了，就嚼一口，后来，她的皮带嚼完了，干粮袋就空了。

幺妹子的干粮袋空了，她对谁都没有说，大家休息的时候，她会拔几根蒲公英叶放到嘴巴里充饥，草地虽然遍地是草，可是，草不能乱吃。

有一天，她实在太饿了，她扑到一个水坑里，趴在那，刚喝了一口水，赵指导员就一把拽起了她，使劲地拍她的背，直到刚刚喝的水，全吐了出来，指导员才松了口气。

幺妹子当时哭了。

指导员说："草地的水不能乱喝，难道你没看见，前几天有的同志因为喝了这样的水，就患痢疾牺牲了？"

指导员把身上的水壶打开，让幺妹子喝了一口，然后，她打开自己的干粮袋，把里面的熟面分了一半给幺妹子。

幺妹子说什么也不要，指导员说："孩子，你不是认我做妈了吗？哪有做孩子的不听妈的话？"

幺妹子接过干粮袋，很轻声地喊了声"赵妈妈"。

指导员笑着答应了一声。

她说："以后你就这么叫我吧，我爱听。"

幺妹子想起她刚才趴在地上喝水的时候，她已经绝望了，因为她觉得自己也可能会和别的同志一样，永远起不来了。

指导员轻轻抱了一下她，轻声说："孩子，不哭，不哭，等我们走出草地了，我就给你做面条吃。"

幺妹子点点头，她想起了自己的父亲和母亲。

幺妹子的父母都被饿死了，唯一的妹妹也和她走散了，幺妹子不知道妹妹还在不在世。她和妹妹走散后，就被地主家抓去当佣人，每天当牛做马，可还是吃不饱。有一次，她实在饿得没有力气了，就偷吃了一个地主家的馒头，她走到角落刚打算吃，就被人发现，地主的狗腿子把她毒打了一顿。

她就在那天晚上偷着逃出来了。她一口气跑了很远很远，她怕被地主再抓回去，就边要饭，边往别的县城走。她乞讨了一个月，就遇见了红军。她一听，红军是穷苦老百姓的队伍，就丢了讨饭碗跑去报名。当时她怕红军不收女的，就把头发剪得短短的，装成男的，报名参了军。报完名，一个红军战士领着她吃了她有生以来吃到的第一顿白面饭。当时一位红军战士端给她一碗面条，告诉她，不够了再盛。幺妹子接过冒着热气的长面条，她放声哭了起来，她在想，要是她妈死的时候能吃一口这样的白面饭该多好。

幺妹子参军的时候虽然有十五岁，可她瘦得皮包骨头，根本没有一点少女的特征，她的个子就比枪高一点点，因此，她参军一个多月，和其他男战士同吃同住，他们都没有人发现幺妹子是个女的。

发现她是个姑娘的人是他们的班长高大山。因为幺妹子是新兵，他格外关照这个小家伙，可是他每次摸幺妹子的头的时候，幺妹子不是脸红，就无意识地躲开，他还发现，幺妹子居然扎着耳朵眼，而且部队休整，大家到河里洗澡的时候，只有幺妹子背对着他们，还用手捂着眼睛。

一次，幺妹子的脚崴了，高大山见她行动不便，就背着她走，他一背上，就感觉出了幺妹子的不自然，他把幺妹子放到一个大石头上，很严肃地问她："小鬼，你是女娃吧？"幺妹子知道瞒不住了，就承认了。

于是幺妹子就被高大山送到了卫生队赵指导员这里。

后来，高大山还经常到卫生队来看幺妹子。

幺妹子知道，她能坚持到现在，这全靠大家的关怀和照顾。在爬雪山的时候，因为缺氧，幺妹子头疼得厉害，眼睛也被白花花的雪照得睁不开，她挂着枪，闭上眼睛，想靠在雪堆旁休息一会儿，还没等她靠稳，幺妹子就被一双有力的手拉了回来，拉她的人是她原来的班长高大山。

高大山看到幺妹子的样子，迅速地抓了一把雪，塞到幺妹子的嘴里："小鬼，你怎么能躺下休息呢？这里海拔 4000 多米，你穿得这么单薄，躺下就起不来了，你知道吗？"

幺妹子吃了口雪，眼睛也不晕了，她喘着气说："高大哥，我实在走不动了，腿上像绑了石头似的，头也特别疼！"

高大山说："来，我扶着你走。"

刺骨的严寒，被风吹下来的雪块不停地打在他们的头上、身上，他们一次次摔倒，又一次次站起来。

当时，幺妹子的前面走着卫生队的三个姐妹，她们已经两天没有吃饭了，但她们一直鼓励幺妹子，其中一个为了鼓励大家，还轻声哼起了一首民歌。到了山顶，她们三个互相搀扶着想坐下来休息几分钟，没想到，她们再没有起来。等幺妹子喊她们的时候，她们的心脏已经停止了跳动。她们互相依靠着，脸上还带着微笑，幺妹子以为她们睡着了，摇了摇她们，可是却一动不动，幺妹子才知道她们已经死了。

幺妹子当时哭了，可是她的泪很快冻成了冰溜子。一位同志把她们身上的枪拿了过来。

高大山说："幺妹子，你要记住她们的名字，等革命胜利了，别忘了告诉她们。"

幺妹子点着头说："高大哥，我会的。"

幺妹子爬完雪山，就和赵指导员一起到了护理队，护理队是最忙最辛苦的，她每天洗绷带，包扎伤口，换药，还要去挖野菜，给重伤员做饭。

幺妹子一天最盼望也是最惬意的事，是队伍到达驻地后，她换洗完伤员的绷带，饱饱地喝上两碗粥后，赵指导员烧一锅开水，让大家集体泡脚。幺妹子总是一边把她那又红又肿的烂脚泡到热水里，一边看着指导员傻笑，那一刻，她的心里洋溢着一种说不出的满足感。

指导员说："脸不洗没关系，脚一定得洗，泡脚可以缓解疲劳，而且还治病。"

在草地的第十天，幺妹子第一次洗了脸，部队走上这么多天，还经常是夜行军，她几乎都没有洗过脸。她洗完脸，从包袱里翻了半天才翻出一把破梳子，她的头发都打结了，很难梳。她在梳子上沾了水，梳了半天，头发才顺了。

幺妹子梳完头，先给几个伤员换药。有的伤员伤口已经腐烂，有的因为伤口感染昏迷着，幺妹子给他们换药的时候，总是带着微笑，不停地鼓励大家。

换完药，已经差不多到中午。赵指导员也回来了，幺妹子这才想起还有一件重要的事，她急忙去附近拔了些青草，给赵指导员的那匹枣红马吃，去的时候幺妹子还给枣红马端了一盆清水，枣红马看见幺妹子，本来耷拉着脑袋的它，很响亮地叫唤了一声。幺妹子知道枣红马早就饿了，它是最累的，每天身上背满了物品，有时还要驮伤员，有时候，幺妹子看着都不忍心。

过草地挨饿的不光是人，马也在挨饿，刚刚进入草地的时候，有好几匹马吃了有毒的草，被毒死了，后来，大家给马套了马套，到了目的地，才喂它们吃青草。

幺妹子照例先摸了摸枣红马的脑袋，然后揭开了它的嘴笼。

枣红马舔了一下她的鼻子，欢快地哼了一声，就喝起了水。

幺妹子说："枣红，你一定饿了，来先吃几口青草，姐姐一会儿给你再去拔些青草，等革命胜利了，姐姐就给你喂粮食吃，那时候，姐姐也能吃上白花花的馒头了，我们就想吃什么吃什么……"

幺妹子说着说着，咽起了口水，她才发现自己也特别饿。枣红马吃着草，幺妹子也顺手拔了几根苜蓿放到嘴里。

"开饭了……"

这时候赵指导员的喊声传过来。

幺妹子没有急着赶过去，她看着枣红马吃完草，喝完水，她才去了。

今天的饭是赵指导员刚刚挖来的野菜，幺妹子先给伤员们各端了一碗，她才坐下吃，菜汤里因为放了点盐，幺妹子觉得不怎么难吃。仔细咀嚼，反而还有点香，赵指导员说她今天挖了几棵蕨麻，说着她把自己碗底的蕨麻夹了两个放到幺妹子的碗里。

幺妹子尝了一口，说："还真好吃，指导员，你一定要教我认识这种草，我一会儿去给咱们再挖点。"

赵指导员说："好，下午我们分头去附近挖野菜。"

幺妹子早上就听说，今天首长下达命令，队伍休整一天。

吃过菜粥，根据指导员说的方向，幺妹子和几个卫生队的同志一起走到草地深处，那一片的确有很多可以吃的野菜。

指导员本来要和她一起去的，可是有位战士的伤口感染了，她要做手术。

幺妹子看见这么多野菜，她有点兴奋，她蹲在那里，自言自语说："唉，要是我有一百双手就好了。"

幺妹子把带来的两个袋子都拔满了，眼看着太阳就要下山了。可是她还是不想回去，她刚刚发现了一大片苜蓿。

幺妹子正拔得起劲，突然附近传来很轻的呻吟声。

开始她以为是错觉，屏住呼吸一听，的确，这声音是从深草里传出的。幺妹子顺着声音走过去，在青草深处，她看到一位年轻的红军战士，浑身发紫，在痛苦地抽搐着，他的腿上还渗着血。

"同志，你受伤了？"

那位战士断断续续地说："我不是受伤，我是中毒了，我被蛇咬了。"

原来，那位战士名叫王大河，他是通讯连的，也是断粮好几天了出来挖点野菜，挖了一袋子，正要回去的时候，看见了一条蛇，他打了一枪，蛇就不动了。他心里想着，今天大家能吃到蛇肉了，他走过去，没想到蛇没有死，咬了他一口。

幺妹子一听是被蛇咬了，她急忙半跪着，一口一口把王大河腿上的毒血吸了出来。之后，她撕下一片衣服上的布，给他包扎了伤口。

王大河软软地坐在那里，嘴里反复说着："谢谢你，小同志！"

幺妹子打开她的水壶给他喂了一口水。

王大河说:"我已经三天没有吃东西了,今天队伍休整本来想着储备点野菜,可是……"

幺妹子听了,急忙把刚刚挖的野菜,塞到王大河的嘴里。

王大河有气无力地说:"小同志,我不行了,你不要管我,一会儿回去的时候,你把这个带回去,这个蛇的肉没有毒。"

他说着从身后拉出了一条很粗的蛇。

幺妹子看到蛇,大喊了一声。

"别怕,蛇已经被我打死了,不信你摸。"

幺妹子还是不敢靠近。

王大河好像还想说什么,可是他的声音越来越弱,已经奄奄一息了,幺妹子一摸他的额头,他还在发烧。幺妹子水壶里的水已经喝完了。为了救王大河,她先把野菜在嘴里嚼软,再一点一点喂到王大河的嘴里。昏迷的王大河的呼吸十分微弱。

太阳已经下山了,暮色慢慢降临,幺妹子知道如果回驻地喊人来救王大河,肯定来不及,那时候天彻底黑了,他们根本找不到王大河,而且,她现在也必须回去,不然她会和队伍走散。

赵指导员叮咛过她,在草地,只能看着太阳识别方向。

幺妹子胡乱地往自己的嘴里塞了一把野菜,嘴里苦苦的,涩涩的,说不出什么味。她吃完,看了看王大河手里的蛇,她闭着眼睛把蛇缠到自己的腰上,然后把两大袋子野菜绑到王大河背上,之后,她背起王大河,踏着暮色,向营地走去。幺妹子告诉自己,一定要在天黑之前赶到营地,她小心翼翼地沿着来时的脚印,一步一步往前艰难地挪着,挪上几步,就休息一下,然后往嘴里塞点苜蓿。赵指导员说,草地有水的地方要绕着走,因为那是沼泽地,一陷进去就出不来了。幺妹子亲眼看见过一位首长的马在湿草地里一点点陷进去,所以,幺妹子看见有水的地方,就背着战士绕着走。

背上的王大河偶尔醒来一下,他会艰难地劝幺妹子放下自己,不然他们谁都活不了。幺妹子怕王大河永远地睡过去,她走几步,还要"同志同志"地喊着跟他说说话。

月亮慢慢地从西边升了起来。幺妹子的步子越来越慢，可是她没有放下背上的王大河，她几乎忘记了腰上还缠着一条蛇。

她走几步喘口气，吃口野菜，再走，再喘气……倒下了，她爬起来，重新背起王大河，这时候，王大河已经完全昏迷了。他趴在背上一声不吭，幺妹子一试他还有呼吸。她又咬咬牙鼓励自己，一定要把王大河背到营地。终于她看到了营地的篝火，终于营地近了，近了，近了……

她隐约间听到了赵指导员的喊叫声，她还听到枣红马奔跑过来的声音。幺妹子很想大声地答应一声，可当她蚊子一样地应了一声后，就和背上的战士一起倒在了草地上……

醒来的时候，幺妹子发现自己躺在帐篷里，赵指导员正流着泪看着她。幺妹子看到赵指导员，还以为自己在做梦，她偷偷掐了一下自己，很疼，不是梦，原来她还活着，她咧开嘴笑了一下！

"指导员，我背回来的同志，他活着吗？"

赵指导员点着头说："真不知道你是怎么把他背回来的，那有四里路呢，而且还背了两大包野菜！"

赵指导员还说："王大河已经脱离危险了，有位首长听说了你腰里缠着蛇，身上背着战士和野菜，很感动，专门连夜送来了药品。那位首长还说你这不到七十斤的小鬼，是怎么把近二百斤的东西背回来的。"

"那位战士比你还先醒过来呢！"

赵指导员还说，幺妹子的事迹都在队伍里传开了，刚才幺妹子还在昏睡的时候，首长们还来看过她呢。

幺妹子笑了！

这时候，有人送来了一碗粥，幺妹子一口气喝了！

赵指导员突然笑了起来，"幺妹子，你知道你刚刚喝的什么粥吗？"

"什么粥？怪好喝的，还有油花呢！"幺妹子舔舔嘴巴。

"是你昨天腰上缠的蛇肉。"

"啊……"

幺妹子惊讶地张大了嘴巴，可是，她突然开心地笑了起来。

"指导员，你信不信，我这辈子再也不怕蛇了。"

帐篷里传出了久违的欢笑声，帐篷外面的战士也笑了。

幺妹子再见到王大河的时候，是这天傍晚，幺妹子去给他换绷带。

王大河一看见她，先竖起了大拇指。

他挣扎着坐起来，很端正地给幺妹子敬了礼，说："小同志，谢谢你！"

幺妹子一听倒不好意思了。

后来，幺妹子听指导员说王大河曾经救过两个红军战士。那两个战士是亲兄妹，当时都饿得奄奄一息，王大河把自己的粮袋子全给了他们，结果，那个姐姐为了让弟弟活着走出草地，把干粮袋塞给了弟弟，她悄悄地掉队了，王大河找到她的时候，她已经死了。

赵指导员又说："幺妹子，你和那位同志是一位首长亲自用马送来的，那位首长还流了泪，并且把他那匹马杀了，让大家昨天都吃了一顿饱饭。"

王大河因为腿上还有伤，就留在了卫生队。王大河有很多手艺。他会编草鞋，他给卫生队的同志每人编了一双新草鞋，他还认识很多药材，他带着大家采了一些消炎止痛的药材。他的枪法也特别准，偶尔居然能打死一只野兔，让大家吃一顿兔子肉。

这天晚上草地又下雨了，半夜里还下起了雪，幺妹子和指导员几个女同志们互相拥抱着，度过了一个寒冷的夜晚。

现在大家就靠吃树皮、野菜维持着，每天还要赶路。已经到了秋天，这天队伍下达休整半天的命令，幺妹子洗完绷带，又帮指导员和王大河洗了衣服。指导员最近身体越来越弱，痢疾一直没好。卫生队早就没有药了，幺妹子只能默默为她祈祷。

赵指导员说，走出草地还需要几天，她让大家趁着队伍休整，去挖些草根和野菜，不然再下几场雨，草就枯了。

幺妹子和王大河一起去附近草地深处挖野菜。这天难得是晴天，他们挖满了三大袋子野菜后，就坐下来休息。幺妹子望着那蔚蓝蔚蓝的天空和远方连绵不断的绿色群山，那么高远，那么纯净，她问：

"大河哥，我们还有几天才能走出草地？"

王大河说："快了，你看，走到那山跟前就有人家了。"

"大河哥，革命胜利了，你想干什么？"

王大河说："革命胜利后，我就娶个婆姨，种几亩地，过个舒坦的日子。"

幺妹子说："如果革命胜利了，我就和赵妈妈天天包饺子吃，包韭菜馅的、萝卜馅的，还有大葱和白菜馅的。"

王大河说："等革命胜利了，哥也想尝尝你包的饺子。哥还是在很小的时候吃过饺子，那一年好像是个丰收年，过年的时候，我娘给我们兄弟每人一碗饺子，好像里面还有肉。"

幺妹子咯咯地笑起来，她说："等革命胜利了，你不就有媳妇了？那时候我教嫂子包饺子，好不好？"

王大河也笑了："幺妹子，就当我是你的亲哥哥吧。以后谁欺负你了，我就去找他算账！"

幺妹子问："哥，我们啥时候就幸福了？"

王大河望着远处的群山说："革命胜利后，我们就幸福了。"

"那啥时候革命就胜利了？"

"快了，快了，只要你走出草地……"

"哥，如果我牺牲了，你不要难过，我也没有什么亲人了，你就是我的亲人，等革命胜利了，你一定要告诉我啊！"

"好，一定！"

王大河很肯定地答应着，不过他又说："妹子，哥会保护你的，哥一定会带着你走出草地的。"

回去的路上，幺妹子看见路边躺着一个战士，仔细一看，原来是她最早的班长高大山。高大山过草地前在一次战役中负伤了，因为药品紧张，他没有得到及时治疗，再加上几天没有吃饭，伤口感染了。王大河把高大山背到营地，幺妹子给他的伤口敷了消炎的草药，王大河摇头告诉幺妹子，高大山可能已经没救了，他的伤口感染得很严重。高大山一直昏迷着。直到晚上，高大山清醒了一阵儿，他断断续续地说："幺妹子，如果我走不出草地，革命胜利后你一定去看看我老娘，看看老娘还在不在人世。告诉她老人家，让她不要等儿子了。"

高大山还说，他也不知道他老娘还在不在人世，高大山说了三遍他老家的地名，问幺妹子记住了吗。

幺妹子点头，她流着泪说："大山哥，你一定能走出草地。"

高大山为了鼓励幺妹子，说："幺妹子你不要哭，哥也相信自己一定会走出草地。"

这天夜里下了一场大雪，幺妹子被冻醒了，她跑去看高大山，王大河流着泪说："他永远地睡着了。"

高大山死了，整理遗物的时候，幺妹子才发现，他的干粮袋里还有很多吃的，高大山知道自己的伤口感染活不了了，就把干粮袋留给了大家。

幺妹子为高大山洗了脸，她轻声说："大山哥，你放心，等革命胜利了，我一定会去看望老娘的。"

这时候一位战士气喘吁吁地跑来告诉幺妹子，赵指导员病得很严重。

幺妹子疯了一样冲出去，当她看见指导员已经几乎昏迷，她又疯了一样跑出帐篷。

幺妹子边跑边发誓一定要救活指导员，她听说有一种草药可以消炎，她要去找那种草药。

因为下了雪，草地全都被覆盖在雪里，幺妹子用手刨开雪，一点点找草药。终于她采了半篮子草根，可当她回到驻地的时候，发现队伍已经走了。幺妹子沿着脚印追，下午的时候追上了。王大河很生气地问她去了哪里，幺妹子没搭理他，她要去给赵指导员熬药。

赵指导员已经接近昏迷，幺妹子握着她的手，给她不停地灌着药水，希望她能醒过来。夜里赵指导员果然醒了。

幺妹子看到赵指导员睁开眼睛，她再也控制不住自己，喊了声："妈妈，赵妈妈，你答应过我的，等过了草地给我做面条吃的，你不能说话不算话。"

赵指导员点着头轻声说："孩子，我一定给你做面条吃……"

幺妹子听见赵指导员说谢谢，她不好意思地低下头笑了。

这时，王大河进来了，他兴奋地说："听说，队伍再有三天就走出草地了。"

幺妹子和指导员都被这消息给震住了，她们半天才反应过来，这个消息对于她们有多么重要。

在幺妹子的照顾下赵指导员能下地走路了。这天晚上幺妹子踏实地睡了一觉。睡梦中，幺妹子听到阵阵哭声，她爬起来，出了帐篷，才知道，赵指导员让王大河把自己的枣红马杀了。

枣红马跟随她已经两年了，还救过她的命，枣红马现在不光驮伤员，它还驮很多卫生队的药物绷带，还有那口大锅。队伍断粮了，很多首长都把自己的马杀了，分给大家，如今，眼看着要走出草地了，可是卫生队护理的伤病战士们，身体已经撑不住了，今天早晨又有两位伤员牺牲。赵指导员决定杀了枣红马，挽救更多的伤员。

幺妹子跑过去的时候，枣红马已经安静地躺在那里了，它的眼睛安详地闭着，幺妹子扑过去，跪在枣红马旁边，她轻轻地抚摩着，心里的疼痛和悲伤快要将她击倒了。她对枣红马说过多少心里话呀，每当她想妈妈的时候，她干粮袋里空了的时候，她饿的时候，她都是说给枣红马听。行军的时候，幺妹子经常牵着枣红马，枣红马驮着伤员，枣红马有时候还调皮地舔她的鼻子，幺妹子最喜欢枣红马那澄澈的眼神，那是多么善良的眼神啊。赵指导员曾经也说："枣红马是非常温顺的马。"

赵指导员轻轻拉起幺妹子，她说："孩子，我们不能哭，枣红马是为了救我们才牺牲自己的。"

王大河流着泪说："刚才它一点都没有反抗，它只是看了看我，流着泪，可是它并没有跑。我说枣红马如果你想跑，你就跑吧，你一定能跑出草地，可是枣红马一动不动，主动跪下了。"

幺妹子听了哭得更伤心了，这是她爬雪山过草地以来，哭得最伤心的一次，那么多战友牺牲了，她都没有哭，因为她坚定地相信，等革命胜利了，就能给战友们报仇，可是看着躺在那里的枣红马，她心里是那么绝望，这一路的一切的悲伤、恐惧、饥饿、寒冷，还有死亡，都一起涌上心头，她突然恨起了这比魔鬼还可恶的茫茫草地，恨起了这个战乱的世界。

中午，大家都分到了马肉，可是谁都吃不下，赵指导员命令大家吃，赵指导员含着泪说："枣红如果知道你们这么不珍惜生命，它会伤心的。"

幺妹子强忍着泪吃完之后她把骨头擦干，装进了口袋，她想以后再想起枣红马的时候，就看看这骨头。

当幺妹子搀扶着赵指导员走到草地尽头，看到眼前缓缓升起的炊烟的时候，队伍沸腾了，大家扔掉了手里的背包，欢呼着，互相拥抱着……

幺妹子紧紧地拥抱着指导员，她冲着草地喊着："草地，我们走出来了，你再也不是死亡之地了，我们红军战士不怕你，我们征服了你……"

这天晚上，一位村子里的老妈妈给幺妹子和赵指导员端来了两碗面条，每碗面条上面还放了个荷包蛋。幺妹子接过热腾腾的面条，她想对老妈妈说声谢谢，可是她怎么也喊不出口。

赵指导员轻轻地握了一下她的手，幺妹子的眼泪就那样静静地流淌出来，一滴一滴悄无声息地落在了地上……

你有时间吗

1

这是他们难得相聚的日子。

任小荣醒来的时候,丈夫赵畅明还在熟睡。秋日的清晨,阳光懒洋洋地散发出暖意,他们有两年没有来这个镇子了。镇子的变化很大,很多店铺焕然一新。小桥流水,鸟语声声,十分幽静。任小荣想让丈夫多睡一会儿。她走出客栈,坐在一棵核桃树下,要了一壶茶。

客栈前面有一条小溪,是从山谷中流下来的。阳光洒下来,溪水熠熠发光。她喝着茶,听着哗哗的水声,有些惬意地坐到躺椅上。

不是周末,镇子上的游客稀少。任小荣呼吸着洁净的空气,品了一口茶,茶是很普通的绿茶,许是水的缘故,喝起来口感很好。

她看了看手表,已经十点了。

昨晚开车来这里,都九点多了。出城的时候,赶上大堵车,不然六七点就到了。他们是到镇子上才找的客栈。灯光幽暗,只能听见流水的声音,这家客栈靠在水边,有一座小小的石磴桥,任小荣喜欢流水人家,就选择了这里。收拾妥当,两个人都累得够呛,简单地洗漱后就躺在床上了,赵畅明轻握了一下她的手,这是他们夫妻之间的暗号。赵畅明这是虚张声势,他刚才开车的时候,哈欠连连。任小荣说："睡吧，今天这么累了。"

客栈的对面是连绵的青山，深沉的绿。也许是多年从事教师职业，她看起来很有亲和力，一个微笑后，客栈老板娘坐到了她的对面，和她滔滔不绝地说起家常。她们轻声交谈，还是有点惊扰这里的宁静。

任小荣喜欢和陌生人聊天，陌生人之间最能聊出真的东西，反正聊完各奔东西，老死不相往来，再遇的概率几乎是零，往往对于彼此的倾谈是毫无保留的。

任小荣习惯性地问了句："大姐家里几口人？"

老板娘说现在八口人，她和老公，两个孩子，还有公婆和她父母，她说她的弟弟因为车祸死了，就把父母也接来了，好在房间多，院子大，老人们之间也能和睦相处。老板娘说她只有一个弟弟，还没有成家就……

老板娘说着眼圈红了，任小荣急忙转移话题，这么好的清晨还是远离悲伤吧！"现在是淡季吧？"她问。

老板娘点点头。

这时，赵畅明起床了。他走出房间，沐浴在阳光里，笑着说，"好久没这么舒服地睡过觉了！"说着美美地伸了一个懒腰。

"小荣，我们出去走走吧，真是良辰美景。"

任小荣站起来，走到他跟前，尽量克制着语气，接了下面三个字："奈何天。"

赵畅明说："这是谁的句子来着？"

任小荣说："是《牡丹亭》里的句子，但出处是谢灵运。'天下良辰，美景，赏心，乐事，四者难并。'"

赵畅明没接话茬儿，他说："这里的湿度真大。"

"可不是嘛，这里的植被好，空气湿润干净。"

2

他们沿着溪边的林荫小路，悠闲漫步。

远处是被薄雾笼罩着的墨绿色的山峦，山坡上的小庙，冒着淡淡的炊烟。镇子上是低矮的房屋，正在打扫的老人，路边觅食的小鸡，懒洋洋的土狗。

"退休后，我们也来这里好不好？"赵畅明说。

"你才多大啊，就谈退休的事？不过我可巴不得你退休。"任小荣瞪了一眼赵畅明。

"饿吗？"

"你这么一说，我倒饿了。"赵畅明说。

"要不我们去吃饭吧。"

"吃什么饭？先走走吧，边走边找吧。"

溪水清澈冰凉，赵畅明蹲在溪边，洗了洗手，又拍了拍脸。他说："我醒来的时候，还想完成此次的任务呢，结果你不在。"说着，他怪怪地看了一下任小荣。

任小荣说："不着急，先养精蓄锐！"

过来人都知道他们在谈论什么。

赵畅明俯下头，在任小荣耳边说："吃完饭，我们就上战场吧。"

任小荣撇了撇嘴说："反正有的是时间，明天之前完成就好。"

赵畅明说："要不我们现在就去试一试。"

赵畅明巴不得立刻完成任务，马上回城，他的公司有一大堆的事情等着他。任小荣才不会遂他的愿。

阳光悠长，空气湿润而洁净，路旁的花朵上，流淌着晶莹的露珠，鸟儿们悠然飞翔。赵畅明抬头看着山上的云雾，叹了一句："真有点坐看云起时的境界。"

任小荣挽着赵畅明的胳膊，想起他们新婚的时候，每天，她都在他的怀里醒来，夜晚的睡姿总是紧贴着。那时候两个人都按时上下班，任小荣在为赵畅明准备早餐的时候，总是哼着歌，歌声都飘着甜蜜。

赵畅明睡得不错，他揽了揽任小荣的腰，这是他们依然保持的亲密动作。

两个人晃晃悠悠地来到一个叫作"白云深处"的饭店。这个饭店说白了就是农家的一个客厅改造的，只摆了六张简单的木质餐桌。看起来很原生态，他们找了靠街的位子坐下来。

赵畅明笑嘻嘻地说："老婆，今天得给我补补吧？"

"补什么补，你劳动了吗？"任小荣白了一眼赵畅明。

他们要了一只土鸡，两个素菜，两碗米饭。很久没有这么悠闲自在地吃饭了。赵畅明平时吃饭不是在飞机上，就是饭店里，任小荣总是吃学校食堂的饭。两个人一起吃饭的次数很少。

赵畅明啃了两个鸡腿，任小荣吃了两个鸡翅，他们一边啃着一边看着对方傻笑。

任小荣说："畅明，你说我们这代人是不是特背？"

"怎么？"

"最近有一段子，说我们80后出生的这一代。"

"哦，我看了，就说我们上小学的时候，大学是不要钱的；上大学的时候，小学是不要钱的；当我们不挣钱的时候，房子是分配的；当我们挣钱的时候，房子也买不起了。"赵畅明一口气说完。

任小荣说："嗯，这段子里应该再加一条，我们这一代连生孩子都比别人要艰难。最悲催的是，我们的卵子和精子被互联网和地沟油给污染了。"

赵畅明听得呵呵地笑。他说："这段子写得还真是入木三分。"

为了怀孕，他们像今天一样，去过一次郊外。那次去之前任小荣做了一个梦，梦里有个小男孩朝她跑过来，似乎要扑进她的怀里。她觉得是个吉祥的兆头，为了让赵畅明配合这个梦，她和忙得一周没有回家的赵畅明大吵了一架，使出了女人的三个绝招，一哭二闹三上吊，最后，在她的威逼利诱下，赵畅明妥协了。

那次离危险期还有两天，正值夏天，郊外的农家乐蚊虫肆意。任小荣花了些心思打扮自己，一到郊外才发现，她打扮得有些多余，那里光线暗淡，明月高照，她不得不在喷了香水的身体上，抹上防蚊花露水，农家乐的老板不知从哪里弄来三只猴子，他们就喂猴子玩，猴子顽皮贪吃，逗得他们开怀大笑。那晚，他们也像模像样地做了一回夫妻，只是没有达到预期的结果。任小荣的希望落空了，从那以后，对待怀孕，她越发谨慎了。

回来后，任小荣制定了营养食谱，给赵畅明抓了补药，熬好亲自送到赵畅明的公司，看着他喝，喝了一段，赵畅明嘴上起泡，上火了，老中医给赵畅明把脉说，身体阳气很旺，根本不需进补。

她有些怨恨赵畅明，精力旺盛的他，怎么就没有时间生孩子？

任小荣正啃着鸡翅，赵畅明的手机响了。她眉头皱紧，忍住了。赵畅明接完电话，放下手机，一本正经地说："公司有个棘手的事必须赶回去，拖到明天就更不好办了，我就说不该来这么远，哪里的床都一样。"

任小荣面无表情地说："不是说好了，把你那破手机关了，你怎么不听？"

赵畅明说："我一直是关着的，刚刚打开看了一下时间，电话就进来了。不接也不行。"

接了电话，就得回去办事。任小荣只得坐上赵畅明的车，匆匆回城。

任小荣没坐副驾驶的位置，而是坐在了后面。在车上，她一句话也没说，她心里有一万个不痛快。她一直看着车窗外，目光空洞、神情恍惚、心不在焉。她此行的目的没有达成。她紧紧地攥着手机，恨不得把手机攥出个洞，她得找个发泄的物件，不然她真的会崩溃。

两个人一路沉默，赵畅明没放音乐。他们沉浸在各自的心事里。

赵畅明把任小荣送回家，分别的时候，任小荣很严肃地叮咛："记得别喝酒，别抽烟，晚上早点回来！"

赵畅明急忙立正，给任小荣敬了个礼："遵命，夫人。"

任小荣这才笑了，她不能把气氛搞僵。非常时期吵架，是百害而无一利的。

3

任小荣刚走进小区，就遇见他们文学院的老教授两口子，教授老伴有意无意地往她肚子上瞄了一眼，这老两口和认识任小荣的所有人一样，都关心她肚子的状况。任小荣习惯了这样的眼神，她微笑转身，心里却酸酸的。

近来，任小荣觉得自己的肝火越来越旺，早晨一睁开眼睛，摸一摸身旁空空的枕头，她的胸腔会瞬间升腾起一团热火，一团让她心烦意乱的火。那火烧光了她对生活的热情，她觉得日子一天比一天无聊，她过得犹如行尸走肉，做什么都打不起精神。她几乎从不主动和朋友联系，她一直沉浸在自己的孤独里。

赵畅明自从当了几十个人的公司老板，整天早出晚归，经常不着家。他们很少一起吃饭，很少同一时间睡觉、醒来。赵畅明每次出门都说："不用等我，我晚上不一定回来，我要去出差，帮我准备换洗的衣服。"或者什么都不说，连个电话都没有。在外人看来，赵畅明是个成功的小老板，工作上如鱼得水，各种饭局应付自如，介绍起项目来口若悬河，天花乱坠。另一方面，他的烟瘾和酒量与日俱增，脾气越来越火爆，几乎没有什么耐心。就连任小荣过生日，他都赶不回来，只在电话里说："喜欢什么就去买，别和钱过不去。"

任小荣 32 岁，赵畅明 34 岁。他们是读研究生时认识的，恋爱也是从校园开始的。他们属于前 80 后，经历十年艰苦卓绝的奋斗，打拼出了自己的事业，美中不足的是，他们没有孩子。

任小荣回家后睡了一觉，醒来后，她坐在阳台上，倒了杯红茶，漫无目的地看了看窗外，下班时间，街上闹哄哄的，从 28 楼的高空看下去，街上黑压压一片。再看看天，雾霾刚刚散去，依然看不到蓝天，她有点窒息，重重地吸了一口气，心里压着几块石头似的。

如果当初他们选择小城市，说不定早就过上了想要的生活，她忘记她想要什么样的生活了。不管怎么样，生活里必不可少的是孩子。

她多希望有个小可爱天天围着她，喊她妈妈。

备孕两年了，她的肚子一直没动静，准确地说，她和赵畅明像两条平行线，无法交汇，能怀孕才怪。

科学表明，女人最佳生育年龄是 25 岁左右，最好别超过 28 岁。任小荣已经超龄，她知道自己的生育能力下降。为了不浪费卵子，她像书上说的那样，买了排卵试纸，买了本《怀孕宝典》，如今，她每天研究同房时采用什么样的姿势有助于受孕，采取什么措施能增加精子数量、提高精子质量，哪些食物可以提高生育能力。她照着说书上说的，逼赵畅明吃高蛋白的东西，吃各种坚果。她自己也锻炼身体，保养卵巢，练习瑜伽。

起初的几个月，赵畅明很配合，有一次任小荣例假推迟，她以为成功了，结果却是月经不调。任小荣吃中药好不容易调理好例假，赵畅明那边却越来越忙了。

有一次，婆婆打来电话说："现在食品不安全，蔬菜农药超标，空气污染严重，你们又被电脑、手机天天辐射，要有健康的身体，就得多锻炼，少在外面吃饭。"任小荣听得啼笑皆非。婆婆说话从不正面说，总是旁敲侧击，斟字酌句，她看来已经很着急了。

为了让老人安心，任小荣说："现在压力大，没时间要。"

他们曾经怀过一个孩子，但当时任小荣要读博，不读博，在高校根本没法待下去。任小荣忍痛流掉了。她想，她还年轻，很快会再有孩子的。当时他们谁都没有在意。

4

晚上六点，赵畅明打来电话，说要陪客户，不能回来吃饭，他说尽量十点前赶回来，让任小荣自己吃。

任小荣发了短信："请不要喝酒……"

任小荣在喝酒的后面用了省略号，赵畅明知道其后果的严重性。

赵畅明不喜欢喝酒，他骨子里喜欢简单的生活。不认识的人，初次见面，都觉得他像老师，他高大俊朗，脸上充满了书生气。赵畅明的父母均是大学教授，他从小学习优异，没有受过任何挫折。他的经历和任小荣相似，任小荣的道路也是顺风顺水，一路平坦。她唯一的压力，是学业的压力，有时候她做梦都在考试，现在终于不考试了。她以为可以过悠闲的日子了，没承想，新的烦恼又接踵而来。是谁说，生活是一个个理想的坟墓？

手机在响，是婆婆打来的，任小荣犹豫着要不要接。

婆婆和公公均是大学教授，他们是新中国成立后从苏联留学回来的最早的海归派。他们对她讲话从来都用书面语，比如春节去看他们，她会说："小荣，快请坐，路上很辛苦吧，先喝杯茶。"

客气得让任小荣有时候觉得，自己和他们一毛钱的关系也没有。如今婆婆也着急了，任小荣真不知道怎么和婆婆说这事。

两个月前，婆婆也打来电话，她客客气气地说了几句闲话。什么工作忙吗，身体好吗，有没有出差，注意营养搭配，然后话锋一转，说："小荣，你们备孕也有些日子里，要不要去医院检查检查？"

任小荣和赵畅明正为喝酒的事闹别扭，随口就说："最近畅明特别忙，整天不着家，天天喝酒，您说怎么要孩子？"

婆婆是何等聪明，她马上明白了儿媳妇的意思。

婆婆说："这样啊，我来和畅明说。你们可别为这吵架，这个事心情也很重要。"

任小荣虽有些感动，但婆媳间到底隔着一层。

她说："没事，您二老也要注意身体。"

婆婆的话果然管用。有一段赵畅明不再喝酒、抽烟，虽不能按时回家，但一回家，会有些温存的言语，"老婆老婆"地讨好任小荣。为了保证中标率，他们计划着排卵期一起去周边短暂旅行。

他们还一同去咨询生殖科的医生，医生说："你们最好平时不要同房，这样排卵期容易怀孕。"两人听了，相视一笑，现在，他们一年也没几次正儿八经的房事。赵畅明工作太辛苦了，他回到家就像一头受伤的大象，趴在床上，一动不动。任小荣也心疼。

他们连吵架的时间都没有。以前为各种鸡毛小事，他们都能争得眼红脖子粗，就是在外面吃饭，为点菜，也你一句我一句的互不相让，在旁人听来像说相声的。两个人的口才都极好。赵畅明在大学时期是校辩论队的。任小荣说话也常常噎得赵畅明半天一句话都答不上。现在赵畅明话越来越少，他的话，白天在外面都说完了。

任小荣接了电话。

婆婆说："畅明怎么不接电话？我给他打了三个，他都没接。"

任小荣说："可能在陪客户吃饭！"

"怎么天天陪客户，这样下去，身体怎么吃得消？工作和生活要分开的，不能混为一谈。"

任小荣听了，本来想说他天天都这样，又觉得有告状的嫌疑，就说："妈，畅明他挺好的，就是特别忙，过段时间就好了。"

婆婆听了说："你早点休息。"

婆婆挂了电话。任小荣长长地出了口气。

七点多了。她打开电脑，登上 QQ，就看到一高中同学的头像闪烁，任小荣打开对话框。

"姐，有了吗？"

任小荣说："无果……"

"加油啊，我吃了半年的中药，肚子也没动静，前几天，终于查明白了，是我老公的精子活动性差。他妈的，害得我差点喝伤了胃。"

说话的这个同学，也和任小荣一样，准备怀孕，积极造人，人家老公随时配合，一两年了，也没什么动静。

任小荣现在害怕这个话题，可走到哪里似乎逃也逃不掉。同学和她的父母住在同一个小区，如果和她说细节，那一定传得满城风雨。她说："那你别着急，我家里有人来了，有空聊，加油！"

说完，她急忙下了。

任小荣退出 QQ，关了电脑。她叹了口气，心里有点不好受，现在大龄女普遍怀孕难，在最佳的生育年龄，都在学习，都在拼搏，在该做妈妈的时候，才开始恋爱，好不容易嫁了，怀孕又成了难题。总之一路追赶着，从没赶上点儿。

5

任小荣随便吃了点，想到这将是个难忘的夜晚，说不定会梦想成真，她体内柔软的东西被唤醒，暗潮涌动。她觉得，他们夫妻已经没有激情了。想怀孕，激情很重要，她得勾起赵畅明的激情，那样更容易成功。

她想起赵畅明三年前给她买的那件粉色的低 V 领的睡裙，晚上穿上，或许赵畅明会很高兴。她翻箱倒柜，找出一身汗，终于在旧衣服堆里发现了睡衣。衣服有些皱，任小荣喷了水，用电吹风吹干。忙完后，热出一身的细汗，她冲了澡，她在镜子里看到了光裸的自己，她面容姣好，身材保持少女般紧致婀娜，赵畅明也一直迷恋她的身体。

她淡施粉黛，穿上粉睡裙，竟然有初恋般的紧张。她认真地打量着自己，忽然泪水潸然落下。她突然有点不认识镜子中的自己，镜子里的那个她，忧伤得令她陌生，她的快乐去了哪里？

窗外，夕阳西下，温暖的光照进来，任小荣坐在落日的余晖里看完了两本杂志，又看了会儿电视。她有点无所事事，心情颇像等待君王临幸的小妃子，充满了激动和期待。这两年，她过得有点清心寡欲。传说中的女人三十如狼，她压根就没有出现，难道是那个潜能没有被开发的缘故？

晚上十点，赵畅明还没回来，任小荣不知道自己要不要卸妆，她有点犹豫，如果卸妆后，赵畅明突然回来了怎么办？她焦急不安地看了一集无聊的情感剧，十一点，赵畅明还是没回来，打电话，手机关机。

赵畅明没回来，有两种情况，第一种就是陪客户唱歌去了，太晚就住公司了，第二种就是他喝了酒，不敢回来。

她只好卸了妆，看着镜子里的自己，悲从中来，活脱脱一个怨妇。她辗转反侧，无法入睡。周身里漫延着失落的情绪，她感觉自己像一条离开水的鱼，充满了绝望。任小荣想，得和赵畅明谈谈。

夜已深了，任小荣索性坐在阳台的竹椅上，窗外霓虹灯闪烁着。大多数的人都睡了，远处的高楼里，也有零星几点孤枕难眠的灯光。这个由钢铁水泥铸就的城市，应该还有很多像她一样的女人，在孤寂中渴望着温暖吧？

6

深夜一点半，赵畅明回来了。她猜得没错，他喝酒了，而且喝了不少。

任小荣看到他歪歪扭扭地换鞋，气就直冲脑门了。上上个月，她好不容易用排卵试纸测出了强阳，她给赵畅明打电话，电话无人接听。她打到赵畅明的同事手机上。同事说："赵总正在和客户谈事，手机没有电了。"

任小荣说："你让他二十四小时以内必须回家。"那晚赵畅明回来了，带着一身的酒气。和喝醉的人争吵是无用的，任小荣又气又心疼。自己的丈夫自己不心疼，还指望谁疼呢？她像哄小孩一样，哄着赵畅明去了卫生间，给他洗了脸，又扶着他回到卧室睡下。还有上个月关键的几天，赵畅明去了韩国出差。还有去年、前年两年，也是赵畅明忙，错过了一次又一次。

也因为任小荣的原因错过的几次。有一次，赵畅明专门戒酒，就等千钧一发呢，结果任小荣的父亲突然住院，折腾了半个月，哪有心思再想别的？还有一次，关键的几天，任小荣带的班里的学生打架，她两头做学生的工作，忙得不可开交，也错过了。

今天，赵畅明又把她的提醒当耳旁风，喝得酩酊大醉。这个月的造人计划又泡汤了。任小荣咬紧嘴唇，她的心仿佛突然破了个大窟窿，又被人揉进了一大把碎冰碴。她忍住悲伤，假装睡着了，深更半夜和一个醉汉吵架是无用的，还会影响到邻里。

赵畅明像一堆烂泥一样趴在床上。任小荣起身关了灯，她站在床边，静静地听着赵畅明粗重的呼吸，平时即使不喝酒，他回来也倒头就睡，他要在外面把能量消耗光了才回来。

很多时候，他们的家，空气是静止的。

7

任小荣一夜没睡。

初秋的夜晚，月光洒满大地，又是月圆之夜，任小荣站在阳台上，看着淡淡的月光，平复了一下心情。

她尽量站在赵畅明的立场想，他没有原则性的错误，就是忙，只有这样想，她才能原谅他。她打开电脑，查阅如何快速怀孕，网上说了很多办法，什么测算排卵期、草药、食疗、体位，还有一天受孕概率最佳时间是下午5~7时，这些她都试过，她把她的烦恼告诉了一位生殖网站的值班医生，那医生说："既然你爱人这么忙，何不人工授精呢？"任小荣又查阅了很多人工授精的知识，像她们这种身体条件不错的情况，三个月左右就可能成功了。天快亮的时候，她有了一个决定，既然赵畅明这么忙，何不人工授精呢？先把他的精子冷冻起来，以后每个月可以慢慢用。几十亿个，能用一段时间。任小荣的心活络起来，她为此感到兴奋不已，同时有点惆怅失落。

任小荣躺在客厅的沙发上，想着怎么劝赵畅明去医院取精，一想到几个月后，她就能成为准妈妈了，她有点激动，脑海里想象着小儿绕膝的情景，翻了几个身，天就亮了。她恨不能马上摇醒赵畅明，告诉他她的新想法，可一看见赵畅明可怜兮兮的惨样儿，她又忍住了。

她站在卫生间的大镜子前刷牙，她看到自己的眼睛发出闪闪的光，那是希望的光。她已经不生赵畅明的气了。

赵畅明醒了。他喊着口渴，任小荣给他倒了一杯蜂蜜水。赵畅明喝了，靠在床头，他还想睡一会儿。

任小荣认真地看着他，问："你有时间吗？"

"怎么了？"赵畅明怔了怔，他看到任小荣目光和平时不一样，像极了她在课堂上传道授业解惑时的样子。

任小荣刚刚当老师的时候，赵畅明偷偷去听过她的课，她站在课堂上完全像变了一个人，严谨而亲和，渊博而认真，学生都喜欢她的课。

任小荣笑了笑，把自己的想法说了。

赵畅明听了，身体微微一动，随即皱了皱眉说："别闹了好吗？我答应你，忙完这个项目，我就专心和你造人，滴酒不沾，成不成？"

"项目什么时候忙完？这个项目完了，还有下一个，我才不信你的鬼话，而且我现在真不是闹，你今天开始戒酒，下个月陪我去趟医院。就一个小时，你只需要抽空冷冻一下你的精子，就这么简单。"任小荣严肃地说。

"小荣，你没发烧吧，我不是弱精症，我有活力很好的精子，就是太忙了。我们何必把美好的事情弄成那样？何况你多受罪！"

任小荣转过身，捡起落在地上的衣服，说："我等不起了，赵畅明，我想了想，要想顺利怀孕，只有这个办法了。"

"别这么纠结，放松点，成吗？"赵畅明起身，握住任小荣的手，把她一把揽到怀里。他把脸凑过来，嘴里的酒气扑面而来。任小荣闻到酒气，彻底崩溃了，她用力推开赵畅明。

"你为什么又喝酒？我这个月一直在测排卵，你为什么这样对我？"

任小荣哭了。

赵畅明一下子清醒了："昨天来了一个客户。签了合同，大家高兴，就喝了几杯，这点酒精不算什么，我们现在还来得及！"

赵畅明最受不了任小荣梨花带雨。他又把她拽到怀里，身子压过来。任小荣挣脱开来。

她说："赵畅明，你能不能严肃点。我们得为孩子负责，你昨晚醉得不省人事，像只喝了几杯吗？"

赵畅明开始解任小荣的扣子，他意识到昨晚自己醉得有多么严重了，有时候，性是可以缓解矛盾的。任小荣抗拒着推开他。自从赵畅明接手现在的项目，他们就再没有亲密过。

赵畅明又一次把任小荣搂到怀里，他说："小荣，忘记怀孩子这件事，我们就单纯地开心一下。"

任小荣在哭，她的脸色像一朵凋谢的玫瑰。她内心充满世界末日般的绝望。这两年，她一直郁闷烦躁，一直忍耐着。

赵畅明刚拉着她的手，凑过来，吻她，怜爱地抱紧她……

任小荣闭上眼睛，她想让自己的大脑变成空白，不想酒精，不想孩子。

这时，赵畅明的手机响了。

赵畅明不想接，手机一直响，赵畅明离开任小荣，他找到电话。

一看号码，神情严肃。他示意任小荣安静。

8

任小荣看到赵畅明咧着嘴，给客户解释合同，又说："马上赶过去。"她的手不由自主地颤抖起来，她把刚刚忘记的全都想起来了，心中的怨恨和委屈交织着，心里的火山，喷发了。她突然起身，抢过赵畅明的手机，狠狠地扔到了地上，手机立刻散架了。赵畅明愤怒地看了看她，他急忙从上衣口袋里拿出另外一个手机，拨了过去。对那边友好地解释，答应马上赶过去。

任小荣的泪涌出来，她很想扬手给赵畅明一巴掌。

赵畅明的电话打完了，任小荣一把抢过他的第二个手机，使出全身的力气，啪地扔到地上。

"我让你接电话，我恨你的所有电话……"

她忘记了自己是大学讲师，忘记了她的古典文学，忘记了贤良淑德，她砸了赵畅明两个手机，还用脚狠狠地踩了几下，她从来没有这么愤怒过、颤抖过。

赵畅明在一边冷冷地看着，他的冷漠更刺激了任小荣的神经，她随手拿起手边的青花瓷瓶，砸了下去。

那个青花瓷是他们在景德镇新婚蜜月的时候买的唯一一个物件，当时经济窘迫，他们为了买房，勒紧裤腰带，攒钱还钱。买房借了一屁股的外债。

恋爱的时候，他们没有钱，赵畅明喜欢带任小荣去黄河边看落日，或沿着河岸走，像要走到世界尽头一样。他们没有出去旅行过，新婚时是第一次。任小荣一下子看上那个青花瓷了，学古典文学的女子哪有不喜欢青花瓷的？她不舍得放下，赵畅明就买了，他买得斩钉截铁，毫不犹豫。他说："困难是暂时的，我会让你过上好日子的。"

回来没多久，赵畅明把事业单位的工作辞了，开了公司，家里经济开始好了，房贷还清了，也买了车，又换了更大的房子。可家却空了。赵畅明每天后半夜回家，她白天出去上课，任何时候她回来，家里总是空的。

任小荣哭了，她瘫坐在地上，看着旁边的青花瓷碎片，抽泣着。

赵畅明站在一旁，几次试图把任小荣从碎瓷片中拉起，可都不能。赵畅明纠结着，蹲下身，握住了任小荣的手。

"小荣，我知道，你已经忍耐很久了，可是陪客户吃饭，你不喝酒，人家能喝酒吗？人家会觉得你没有诚意，合同能签吗？我真是没有办法了，以后我让我们的副总去应酬这些，我们努力造人好吗？"

任小荣沙哑着嗓子说："赵畅明，我恨你，很多时候，我一个人的时候，我常想起我们从前的旧时光，那时候，尽管没钱，压力大，可每天晚上我可以抱着你安然入眠，那时候只要我们想，孩子会随时来的。我真希望回到那个时候……"

赵畅明眼圈红了："小荣，你能不能容我把这个项目做完？这个项目完成后，公司上了正轨，到时候，把亏欠你的都补回来，我们再慢慢生孩子，去旅行，做父母，再说，有你这么生孩子的吗？人家都是不知不觉就有了，可你呢，大张旗鼓地每天测什么破试纸，吃什么中药，你能不能顺其自然一点？"

赵畅明看着任小荣的眼泪，他叹了口气说："何况，我得为我公司的几十口人负责，人不是得有责任吗？"

任小荣说："你不负所有人，你做得对，赵畅明，我们离婚吧，我真不能再等了。我也想顺其自然，可你按时回过家吗？我能见着你吗？我们分手吧，你想五十岁当爸爸，我等不起。真的，赵畅明，我就算是个物件，时间长了，你也要擦一擦尘土。我们还是离婚吧，我想找个愿意和我生孩子的男人，应该还是能找到的。"

这是婚后，她第一次说到离婚，心如刀绞。

赵畅明的目光露出了悲伤，他说："这个事，等晚上回来，我们再商量，你先睡一觉，你的脸色苍白，需要冷静，别像小孩子一样任性。我现在必须去公司一趟，大家都在等我。"

赵畅明穿好衣服，捡起手机，试了试，有一个能用。他准备出门。他看了一眼地上痛苦的人，摇摇头。赵畅明平静的目光像一根针，刺透了任小荣的心。

任小荣深深地吸了一口气，突然扑过去，把赵畅明堵在了门口。她逼着他说："赵畅明，你如果走，明天我们就去办手续。"

"小荣，别闹了……"

"你明天不去办手续，你就是孙子。"

赵畅明虚弱地推开她的手，说："我其实一直是孙子。"

"赵畅明如果我死了，你也会走是吗？"任小荣说着拿起地上的瓷片，重重地朝手腕划去。

赵畅明已经开了门，他回头看到了血从任小荣的手臂上滴下来，不，是不停地冒出来，他疯了一样扑过去："小荣，你怎么这么傻！"他撕扯下床单，紧紧地绑住任小荣的伤口，抱起任小荣，往外跑去……

任小荣只是看着他，她没有感到任何疼痛，也没有再掉一滴眼泪……

世界一片芳菲

1

许多童话故事的结局总有这么两句话：王子和公主结婚后过上了幸福的生活；王子和公主生了好多好多的孩子，过着幸福的生活。沈齐齐现在终于明白格林兄弟还有安徒生先生为什么不描写婚后的生活，因为他们也都结过婚，知道王子和公主的幸福生活都在童话里，而结婚后就没有童话了。确切地说，只要一领结婚证，那个童话梦就被惊醒了。

张小年和沈齐齐是举行婚礼半年后才去领结婚证的，本来沈齐齐不想领，她想一年后再领，张小年则无所谓，反正仪式都举行了，还怕别人不承认？可婆婆天天催他们去领结婚证，说什么结了婚哪有不领结婚证的，现在又不是旧社会。于是那天两人选了好日子，各请了半天假，去了民政局，没想到两人刚领完证就吵架了。领证时一切都很顺利，领完后两人还说说笑笑走出民政局，问题就出在张小年的那句话上。张小年开玩笑说："领证的时候，我一直在想我们是先上船后买的票！"没想到这句话却激怒了沈齐齐："张小年，你什么意思？"

"我没什么意思，真的就开一个玩笑。"

"这不是个玩笑，你得说清楚！"沈齐齐往前一步堵住了张小年。

　　张小年看沈齐齐真生气了，他就不笑了。他拍了拍沈齐齐的背："走吧，亲爱的，我们吃饭去。"张小年说着拉起沈齐齐走，没想到沈齐齐哭了起来。

　　"如果你爱我，就不会说那样的话。"

　　张小年愣了愣，他说："你看你就是敏感，喜欢把问题扩大，我就开了个玩笑，我们都结了婚受法律保护了，你至于吗？"

　　沈齐齐还是哭："你的意思，领证前我和你同居不受法律保护，我贱是吧！"沈齐齐的嗓门一下子大了起来。

　　"张小年，今天咱们把话说清楚！"沈齐齐用纸巾擦了一下鼻子说。

　　"就算我说错话了，以后我注意还不行吗？再说咱们本来就是先同居，后领证的啊。"张小年拉沈齐齐。"你少拉我，你再动我一下试试？"沈齐齐打掉张小年的手。这一打，张小年火了："你不走是不是？"

　　"我不走！"

　　"好，你不走，我走，我还丢不起这个人！"张小年扔下沈齐齐走了。

　　"张小年，你说，你什么意思？谁丢你的人了？你要是后悔了，我们现在就去离婚……"沈齐齐什么也不顾了。

　　张小年看见沈齐齐那样，又跑过来给沈齐齐擦眼泪。

　　"老婆，好了好了，给个台阶就赶紧下来吧，我肚子饿了，我们今天去庆祝一下！"

　　沈齐齐忽然又笑了。张小年真是不懂女人的心了，怎么说哭就哭，说笑就笑呢？这天他们玩到快十一点了才回去。他们高高兴兴地进门，沈齐齐就见婆婆的脸阴沉着。婆婆正在洗碗，沈齐齐急忙跑过去："妈，我来洗吧！"婆婆这才笑了，嚷着要看结婚证。

　　认识张小年的时候，正是沈齐齐最失意的日子，她刚和左一飞分手。她毕业到深圳后不久就爱上了一个叫左一飞的上海男人，他们在一家商场里喜欢上了同一款 CD 机，而那个 CD 机却只有一个，于是

借你的耳朵用一用

两个人开始争，后来说到激动处居然有点抢的架势，抢着抢着，两个人都笑了，不久他们坠入爱河。左一飞总喜欢穿一身白色的衣服，他的房间里干净整洁，没有女人的气息，到处都很整洁。他工作很忙，可一有空他就给沈齐齐做好吃的，煲小鸡炖蘑菇、排骨汤等美食，散步时他总是温柔地牵着沈齐齐的手，说话时他总是凑在沈齐齐的耳边温柔地说。沈齐齐一有空就缠在他的身上不肯下来，左一飞总是一边轻轻地吻她一边喊着："我爱你，傻女孩！"左一飞有诸多的好处，有一点却让沈齐齐受不了，他特别小心眼。沈齐齐接一个男同事的电话，他都疑神疑鬼，每次沈齐齐给他解释半天，他都不相信，解释的次数多了，沈齐齐就和他吵。为了证明爱他，沈齐齐和自己所有的男性朋友都不联系了，可是左一飞却说她有鬼，不然怎么连手机号码都换了。为此两个人经常吵架，吵了几个月，沈齐齐觉得自己太累了，就提出了分手。没想到，左一飞却哭着抱住沈齐齐说："齐齐，我是因为太爱你了，怕失去你，以后我一定改！"和好后不久，一次左一飞去接沈齐齐下班，看见她和一个男同事说说笑笑地出来，分别时那男的拍了一下沈齐齐的肩，左一飞立刻冲上去，当着众人的面，扇了她一耳光，恶狠狠地说："我说你心里有鬼，你还不承认，你这个朝三暮四的女人！"

挨了那一耳光后，沈齐齐没有哭，很平静地和左一飞回到住处，第二天，她就离开了深圳，在火车上她才开始哭，她是个多么要面子的人，左一飞却让她无颜再待在原来的公司，她甚至连辞职的申请也没有勇气交给公司的领导，她恨左一飞。

回到兰州，她很快在一个住宅区找了一间房子。她的一个朋友曾经在那里租过房子，她直接去了那里。沈齐齐就是在搬"家"那天认识张小年的。张小年是出租车司机，那天，他们两个都没有在意对方，只是最普通的乘客和司机的关系，甚至没有多说一句话。张小年只是帮沈齐齐把行李从宾馆搬上了车，之后再开车把沈齐齐和行李送到指定的地方。

后来，沈齐齐回忆起那天，她只记得张小年那天穿着一件蓝格子的衬衫和一条牛仔裤，她上车后，只和张小年说了三句话，第一句说了去什么地方，到站后给钱的时候，说了一句"谢谢"，到目的地后，张小年也跟着下车，因为那个车的后备厢不容易打开，张小年帮她将一个大箱子提了出来。其实就是一个旅行包，包里就几件简单的衣物，然后沈齐齐就说了声："谢谢，再见。"

张小年说："别客气!"

张小年说话的时候，沈齐齐只是冲他微笑了一下。张小年留给沈齐齐的第一印象是，他个子很高，有一点点的驼背，皮肤白，不过是张很普通的脸，总体不帅也不丑。这都是沈齐齐后来想起的。没想到，第二天她又遇见了张小年。那天，她收拾了一天房间，想放松放松，就去了附近的一家酒吧喝一杯，而且她也想在那闹哄哄的空气里，忘记一切，忘记伤透了她的心的左一飞。沈齐齐在舞池里跟着音乐节拍，摇摆着身子。她穿着一件白色T恤，A字裙，长发甩着，看起来性感十足。沈齐齐感觉到一些不怀好意的目光正在一点点包围着她。就在那时张小年突然拍了一下沈齐齐的肩膀。

沈齐齐惊讶地大声喊着："没想到这里遇见你!"

张小年把沈齐齐从舞池拉到座位上。就是那么一拉，沈齐齐就对张小年产生了好感，其实寂寞的沈齐齐内心深处一直渴望着有这么一个男人，很强悍、很霸道地俘虏她。张小年和沈齐齐轻轻地碰了一下酒杯，说了句"你随意"，他一口气喝完了，沈齐齐则浅浅地抿了一口。

沈齐齐在昏暗的灯光下看着张小年脸上柔和的笑容，她突然有些感动。有人说世界上只有两种人，寂寞的人和不知道什么是寂寞的人。沈齐齐就是那个寂寞的人，张小年是不知道寂寞的人，他俩相遇注定会有故事发生吧。

借你的耳朵用一用

沈齐齐放下啤酒杯说："我累了，想回去睡觉!"

张小年说："那，我送你回去!"

张小年放下酒杯，真就送沈齐齐回去了。

又过了几天，沈齐齐到新公司上班的那天下午，张小年又来找她了。他们像老朋友一样去吃了自助火锅，吃饭的时候随便聊天，开玩笑，气氛非常轻松。吃过饭，张小年又送她回去。这个时候，沈齐齐只知道张小年是出租司机，姓张，具体叫什么名字，她也没问，张小年也忘了说。而张小年也不知道沈齐齐具体叫什么。

晚上，张小年照常开车送她回家，到了楼下，天下起了小雨，张小年下车，帮沈齐齐打开车门，又帮她拿出后备厢的东西。他看了看天，说："我送你回去，这么多东西，你不好拿。"他把后备厢里的一把伞拿出来，撑开递给沈齐齐。沈齐齐抬头一望，就看到了张小年洁白的牙齿。他穿着一件普通的浅灰色衬衫，衣服上有淡淡的汗味。到了门口，沈齐齐邀请张小年去她那喝杯茶。

他们到了房子里，放下东西后，张小年吞吞吐吐地说："我有点饿了，你这有没有什么吃的？"沈齐齐从柜子里拿出几包方便面，又洗了两个西红柿，拿了几个鸡蛋去厨房煮面，张小年随手翻看起沈齐齐的桌子上的书报，桌上还有她的毕业证和一份合同书，写着聘沈齐齐为某公司副总监。张小年才知道沈齐齐是大学生，是白领，当然，最重要的是，他终于知道了沈齐齐的名字。

厨房里的香气飘过来，面煮好了，沈齐齐看着张小年狼吞虎咽地吃，吃着吃着，张小年突然傻笑起来："你这姑娘可真单纯，你就不怕我是坏人吗？"四目相对，沈齐齐突然心跳加快，她急忙转移话题："你开车几年了？""跑了有五年，高中毕业就开了，我上学的时候天天打台球，不好好学习，我爸怕我学坏就让我学开车！"张小年说着以秋风扫落叶的速度吃完了面，他洗了碗还是没有走的意思。沈齐齐说："要不喝点葡萄酒？"

张小年说："好！"

"要不还是喝茶吧，不然待会不能开车，耽误了你的生意！"沈齐齐说着给自己倒了一大杯酒。张小年端起来一口气喝完，他说："没事，葡萄酒度数低，我这点酒量还是有的。"沈齐齐端起另一杯轻轻地碰了一下张小年的酒杯，说："为了今晚这么美丽的月光干杯！"沈齐齐一口喝干，顿时，她的脸如桃花般绽放开来，张小年犹豫了一下，又干了。沈齐齐喝到第三杯的时候，她突然哭了，张小年本打算安慰她，可又不知道从何安慰，他便抚摸着沈齐齐的头发，慢慢地，他们紧紧地拥抱在一起，两个陌生的柔软的身体，在黑暗中像花朵般盛开……

　　第二天，张小年醒来的时候，天已经亮了，看到身边的沈齐齐，他是极慌乱的，真不知如何是好。沈齐齐反而镇定一些，她看着张小年有点狼狈地穿衣服，有点语无伦次地解释，道歉，后来，张小年说到了负责。沈齐齐听到"我会对你负责"这句话，她用被子蒙住头大哭起来。她哭得肝肠寸断，哭得天昏地暗，哭得酣畅淋漓，她觉得好痛快、好舒服。一旁的张小年却在心里反复骂自己混蛋，他知道自己这样的条件是根本配不上沈齐齐的。可是他又不知道如何安慰！他唯一知道的是，自己一定要负责。

<h1 style="text-align:center">2</h1>

　　大街上从早到晚都很热闹，下了一夜的雨，街道被洗刷得很干净，路边梧桐树上的叶子，平时总是沾满尘土，软塌塌地低垂着，像刚刚失恋的青年一样，毫无生气，写满了沮丧，可是经雨水那么一洗，立即生机盎然了。

　　春天的阳光洒在沈齐齐的脸上，暖暖的，痒痒的，很柔和。

　　沈齐齐为了赶时间，选择了走捷径，她穿过一条街，再拐过两个巷子，总算到了东方广场，沈齐齐看了看满脚的泥，长长呼了口气，她有些后悔走小路了，她急忙掏出纸巾擦起鞋来。

　　她刚擦完，就听见有人喊她，而且喊声接连不断，她一抬头就看见了大学同学苏小婉。苏小婉挽着一个男人，一脸幸福的样子，正向她走来，为了不使自己太狼狈，沈齐齐急忙整理了一下自己的头发。

　　苏小婉看到沈齐齐打扮得像个非洲土著，编了一头的麻花辫，穿着低胸的 T 恤衫，好像要提前进入夏天，她笑了。

　　苏小婉和沈齐齐在大学里是最要好的朋友，就是那种经常穿同一条裤子的那种关系。苏小婉记得第一次见沈齐齐是在新生报到的那天，苏小婉和很多新生站在队伍里领床单被子，队伍里一直很安静，可是他们对面突然走过来一个让人惊艳的女生，性感匀称的身材，高挑的个头，一头黑发，犹如海藻一样垂下来，大大的眼睛，睫毛忽闪忽闪的，那个女孩就是沈齐齐。

　　苏小婉居然和沈齐齐分在一个宿舍，按理说，她俩的性格截然不同，苏小婉柔柔弱弱的，就像诗里写的一样，"哀怨的如丁香一样"。小婉是土生土长的兰州女孩，喜欢纯棉的衣服，头发永远都是马尾巴的样子，永远都是那样有韵味。苏小婉喜欢古代诗词，整天手里拿的不是《诗经》就是《徐志摩全集》。沈齐齐却活泼好动，整天逃课，上网打游戏，谈恋爱，考试的时候，才临时抱佛脚。这两种风格的女孩，居然说话很投机，沈齐齐整天当着苏小婉的面，朗诵：

　　　　最是那一低头的温柔
　　　　像一朵水莲花不胜凉风的娇羞
　　　　道一声珍重，道一声珍重
　　　　那一声珍重里有蜜甜的忧愁
　　　　……

　　沈齐齐说苏小婉就像水莲花一样，于是天天喊她水莲花，有时候还加个定语，喊她娇羞的水莲花，于是苏小婉经常追着打沈齐齐，两个人在一起时常是快乐的。

　　那时候追沈齐齐的男生应该有几个足球队，沈齐齐的美简直像闪电一样，把全校的男生都震晕了。只要沈齐齐一站在宿舍的阳台上，对面男生楼就轰动了，"沈齐齐，沈齐齐……"喊声从四面八方涌来，这时候沈齐齐就得意地冲对面挥挥手，而苏小婉会把沈齐齐拉进宿舍，让她别再出风头了，不然为她自杀的人会持续增多。

　　那时候，体育系有一个帅哥，追沈齐齐追得很猛烈，今天送玫瑰，明天送蛋糕，什么布娃娃、毛毛熊、围巾、女装等都送，有一次，居然还送了沈齐齐一条铂金项链。沈齐齐来者不拒，一律留下了。当然，收了人家的礼物，就得偶尔和人约会，所以，每次去都拉着苏小婉陪同。可以说，苏小婉给沈齐齐当了整整四年的电灯泡。不过沈齐齐约了无数次的会，居然没有正式地谈过一个，倒是把人家小男生的心伤了一大堆。

苏小婉看不惯的时候，就问："你不喜欢，干吗和人家约会？"

沈齐齐眨巴着她漂亮的大眼睛说："我如果不和某个男生约会，追求者会打扰我的生活，所以，我只能谈，你懂吗？"

"不懂，真不懂！"这是苏小婉的回答。

说实话，那时候她真的不理解沈齐齐。

毕业后，苏小婉和沈齐齐自然就分开了，苏小婉喜欢比较固定的工作，留在上大学的城市，而沈齐齐却向往南方的生活，去了深圳当白领。不过她们经常打电话，后来沈齐齐的手机丢了一次，自然也丢了苏小婉的电话号码，换了号码，苏小婉也联系不上她，从那以后两年多，两个人就断了联系。

现在见到了，免不了大呼小叫一番，叫完了，苏小婉指指她身边的男人说："小婉，我给你介绍一下，这是我老公。我们刚结婚！"

沈齐齐听了又是一番大呼小叫，她没想到苏小婉居然也结婚了。但她几乎没有顾上看一眼苏小婉老公。

两个人天南海北地说分别的这几年的变化，说笑了半天，苏小婉一看表，已经十一点半了，她拉着沈齐齐的手说："齐齐，怎么办？我们要去办点事，改天我们约吧！"

"告诉我你的电话，小婉，回头我给你打电话，我们再叙叙旧！"这样，苏小婉和沈齐齐匆匆交换了电话号码，匆匆告别。

沈齐齐看着苏小婉小两口的背影，她突然想到了张小年。那件事之后，沈齐齐开始忙着适应新的公司，她从没主动和张小年联系过。令人奇怪的是，沈齐齐一想到张小年，张小年中午就来她公司找她了。

沈齐齐刚下班，张小年的车就开过来了。

"哟，这么巧！"

"正好路过，我送你一程吧！"

"好啊！"

沈齐齐坐上车，睁着大眼睛，怪怪地问："喂，我说，你是有预谋的吧？"

"谁有预谋了，我这是保护你！"

"那，谁让你保护我的？"

"我……"

张小年无言了。

坐在张小年的车上，沈齐齐无非是和他谈谈天气或者公司的事。对于那晚的事，沈齐齐绝口不提。

倒是张小年总想把话题引过去。

"齐齐，那天……"

"最近有没有新开的饭店，我们去吃点吧！"

沈齐齐这么一说，张小年就更觉得自己该负责了。

他们像老朋友一样处着，晚上没事的时候，沈齐齐就和张小年开车去兜风。不过，他们之间再没发生那事，而且沈齐齐也很少喊张小年去她房间。

大约过了一个月，张小年正在一个饭店门口等客人，沈齐齐的电话就来了。

"张小年，你现在有空吗？"沈齐齐哽咽着说。原来，沈齐齐好久没有打开过电子邮箱，这天，她让一个客户把资料发到她的个人邮箱，就看到了左一飞写来的三十封信，左一飞正在疯狂地找她。看了那些伤感的、后悔的道歉信，她的心很乱，她很想给左一飞打个电话，可她又怕，就想到了张小年，给他打了电话。

"出什么事了！"张小年见到她就问。

沈齐齐摇摇头，把她的大包扔到后面的座位上，自己坐到了前面。

"有事可别瞒着我！"张小年说。

"真没事，放心，我今天发了奖金，可以包你的车！"

沈齐齐说着微笑起来。

张小年也笑了。

"嗨，你笑了，我心里就踏实了！"

"怎么，你刚才心里不踏实啊？"沈齐齐问。

"说真话，我一接电话，心就悬着了。我真恨不得自己的桑塔纳变成飞机，一下子飞到你跟前。"

张小年说完这话，脸突然红了。他从来都没说过这样的话。

沈齐齐听了半天也没说话。她打开了音响，里面放着一首老歌《牵手》："因为爱着你的爱……"怀旧的歌声，总能让人想起很多过去的事。沈齐齐脑子里又浮现出了左一飞的温柔。或许她该给他一次机会。沈齐齐想着想着，眼泪就下来了。张小年看到沈齐齐哭了，他安静地把车开到公园附近，那里很安静。张小年递给她一张纸巾。沈齐齐擦了眼泪后一把抱住张小年。她轻声说："小年，你说我该怎么办？"

"傻瓜，说吧，看我能不能帮你！"张小年拍了拍沈齐齐的背。沈齐齐把头深深地埋到张小年的脖颈里。张小年知道此刻不需要语言，彼此的体温是可以疗伤的。沈齐齐突然觉得张小年就是和她共度一生的人，尽管两人差距悬殊，但是幸福的感觉似乎和这一切都没有关系。那晚，张小年留在了沈齐齐的房间里。

3

沈齐齐和张小年开始了他们的同居生活。

同居的日子是非常幸福的，张小年每天送沈齐齐上班，每天，他都会在沈齐齐公司楼下等她一起回家，有时候他还买好菜等着她一起回去做饭。张小年几乎不怎么回家了，他白天跑出租，晚上陪沈齐齐一起去公园散步，沈齐齐经常会收到许多小礼物，夜里，沈齐齐枕在张小年的胳膊上安然入睡。沈齐齐生病了，张小年出租车也不开了，他会在家专心陪沈齐齐。可以说他们一开始就进入了婚姻状态，虽然相识半年，可是他们感觉已经离不开彼此了。

张小年父母知道儿子在外面和一个姑娘，而且还是个大学毕业的高级白领住在一起，他们不断地催着儿子赶快结婚，还嚷着要见沈齐齐。张小年也不止一次地向沈齐齐求过婚，可是沈齐齐说："如果我们同居一年，你仍然像现在一样爱着我，我们就结婚。"沈齐齐不是抗拒婚姻的人，也不是害怕结婚，但她一定要考验考验他们的感情。

同居一年的纪念日，沈齐齐发现张小年爱她爱得更深了。张小年跑长途出租的时候，沈齐齐经常会因为想他而彻夜不眠，沈齐齐出差回来，张小年都会亲自去接，他们依然会紧紧拥抱，他们一天天熟悉对方犹如熟悉自己，一天天接受对方如同接受自己。终于有一天，张小年再次求婚，沈齐齐欣然答应了。不过张小年说，结婚后要和父母住在一起，他是家里唯一的儿子，他家还有一套一室一厅的房子，出租出去了，张小年说他长这么大没离开过家，结婚后也不想离开。当时，沈齐齐并没有把这事放在心上，她还觉得这样的儿子现在真不多了。

沈齐齐第一次见张小年的父母，是他们决定结婚的第二天。那天，沈齐齐一直沉浸在幸福中，当张小年说要带沈齐齐去见他的父母时，一路上，沈齐齐都喊着紧张，可真正下了车，看到张小年家那栋陈旧而普通的家属楼，她的心一下子变得平静了很多，沈齐齐穿的旗袍引来很多老太太的目光，沈齐齐当时很尴尬。张小年握着沈齐齐的手走进暗淡的楼道，楼道里，他们谁也看不清对方的脸，只是那来自手心的温暖，给了沈齐齐很多的信心。一进门，张小年一家见到如花似玉的沈齐齐都涌了过来，沈齐齐的脸红了。

沈齐齐迅速地扫了一眼，房间不大，八十平方米左右，两室一厅，装修是九十年代的那种风格。沈齐齐在心里问自己，以后就要和他们一起生活了吗?

张小年的姐姐、姐夫，还有他妈都用一种透视的眼光打量着沈齐齐。但他们都很热情，尤其张小年妈，更是殷勤得不得了。不过，张妈妈在饭桌上笑眯眯地给沈齐齐说了一番话，说得沈齐齐的后背凉飕飕的。张妈妈的每一句话都不含糊，她说："我们家小年是张家三代单传，他从小就是家里的宝贝，事事顺着他。"而且，她还把张小年开车的天赋大大地夸了一把，说楼上的谁谁学了半年都没考上驾照，而张小年考驾照只用了不到一个月。沈齐齐一直赔着笑，但她隐约地感觉到了，这个未来的婆婆不简单。不过，她也没有把那些话放在心里，谁家的孩子不是宝贝疙瘩?

结婚的时候，沈齐齐才带张小年去见她父母，她爸爸一听女儿要和一个只有初中文化水平的出租车司机结婚，气得犯了心脏病住进了医院。而沈齐齐的妈妈语重心长地在电话里说："孩子，结婚是你自己的事，老公是你自己选的，好好过日子吧。你们之间的任何事，都不要告诉我们，我们不想听，另外妈妈最后想说一句，妈妈对你很失望。"均是中学教师的父母当然不能原谅女儿的荒唐举动，他们事先一点也不知道沈齐齐在和谁谈恋爱，沈齐齐每次回家都掩饰得很好，说自己没有男朋友，看着她天真烂漫的样子，父母怎么可能怀疑？他们还反复劝说沈齐齐年纪也不小了，先谈上一个。所以当沈齐齐对他们宣布她要结婚的消息后，他们不知所措，他们完全被震晕了。沈齐齐早预料到父母那样的态度，她一滴眼泪都没有流，她知道，她让父母失望透顶了。走出家的时候，她就在心里发誓，从今往后，她和张小年的事，绝对不告诉父母，他们一定要过得比谁都幸福，证明给父母看。

结婚那天，沈齐齐觉得一切突然很陌生。酒席上的嘈杂和喧闹，仪式的烦琐和夸张，这让她多少有点受不了。她的心还在惦记着躺在医院里的父亲，她木偶般在客人面前笑脸相迎。她的好朋友苏小婉一直陪着她。苏小婉捏了一下沈齐齐的手，她小声提醒："新娘子，怎么了？"

沈齐齐突然想哭，她说："小婉，我突然好害怕。"

"齐齐，你太紧张了！放松点！"苏小婉捏了捏她的手。

新婚之夜，张小年喝醉了，他白天敬酒的时候喝了不少酒，客人都走后他摇摇晃晃地进了卧室，紧紧地抱住沈齐齐，沈齐齐却说："我累了，想一个人睡。"她很客气地把新郎张小年的枕头、被子抱到了客厅。沈齐齐的新婚之夜是和张小年分开睡的，后来她经常想一句话，好的开始是成功的一半，而她和张小年的新婚之夜却是分开睡的，这也许就预示着他们的未来。

4

结婚之前，沈齐齐从没有考虑过什么门当户对之类的，更没有考虑张小年一个初中文化的人，怎么可能和她一个堂堂大学生过日子的问题。可是，结婚不到半年，她发现婚后的生活远远不像她想的那么简单。母亲当时反对婚事的时候说了一句话："嫁人就是嫁给一家人，你看看那家人个个都难缠，你过去能不受委屈吗？"沈齐齐现在终于体会到了母亲这句话的含义。

婚前沈齐齐的想法非常单纯，她以为结婚后就是两个人的世界，这个家里除了她就是张小年，她觉得爱情的小小天空下容得下其他人。当张小年提议和他父母一起过的时候，沈齐齐没有犹豫就答应了，当时她认为他父母一天也不常在家，而且，未来的婆婆慈眉善目，对她也蛮好的，何况他们现在买房是不明智的。张小年虽然开了这么多年出租，但也没有多少积蓄，和公婆一起住，虽然难免有磕磕碰碰的，但还是利大于弊，首先可以省房租，可以不交水电费，可以吃免费的晚餐。可沈齐齐住进公婆家不到一周，就后悔莫及了。

张小年的爸爸比较严肃，平时不怎么说话，可他特别喜欢看电视，每天从早上七点一直看到晚上睡觉，而且，音量也不小。沈齐齐经常会被公公的电视声吵醒。沈齐齐几次都想暗示一下公公，她甚至说想给公公的卧室里买台电视，没想到被婆婆一口否决了："那多费电呀！"而婆婆的嘴是刀子嘴，经常会冒出一些厉害的话教育儿媳妇。

沈齐齐是个懒散的人，结婚前，她不怎么会做饭，而且超级不爱做家务，在她家，她也只洗过几次碗。当时她妈开玩笑说："齐齐，以后你们有自己的小家了，还是得学做饭呀，总不能老是在外面吃呀。"没想到，结婚后她得天天洗碗做饭，还得洗公婆换下的脏衣服，婆婆还不知足，说洗衣机是给懒人用的，说衣服最好手洗，那样更干净。沈齐齐听了只能忍受，刚结婚时，沈齐齐还试图讨婆婆的欢心，她用手洗衣服。后来家里的衣服越来越多，她也不手洗了。婆婆也没什么可说了，只强调说浅色和深色一定要分开。

婆婆为人小气，张小年第一次去沈齐齐家，婆婆给了张小年五百元买礼品的钱，最令沈齐齐想不通的是张小年每个月的工资还要上交一大半，婆婆说是他们两个人的生活费。张小年把剩下的钱和奖金给了沈齐齐，那些钱还不够他的零花钱。还有张小年的姐姐张小雨，几乎天天带着儿子小贝来娘家吃饭，婆婆却从来不提交生活费的事情。据说张小雨和婆婆关系恶化，正在闹分家。沈齐齐从来不过问婆婆一家的家事，对张小雨也是客客气气的，沈齐齐想，自己惹不起，总躲得起吧？可有些事，却是躲都躲不掉。上个周末，她就和张小年因为小贝吵了一架。当然，小贝只是导火线，小贝五岁了，他吃饭还要人喂。

那天，沈齐齐把饭菜做好，她刚刚坐到位子上，婆婆却不经意间说出了一句："小贝，今天让舅妈给你喂饭好吗？"小贝当然高兴了，拍手同意。小贝平时最喜欢舅妈了，沈齐齐不光经常给他买好吃的，还会给他讲童话故事，买小礼物。沈齐齐上了一天班，回家又做饭，又洗衣服，累得立刻就想睡，说真的她不想做张家的保姆，更何况是伺候大姑子一家的保姆。沈齐齐很不情愿地坐下来，只说了一句，就惹恼了张小年，她说："小贝，来，舅妈教你怎么拿筷子，要学会自己吃饭，知道吗？"

沈齐齐说完这句话，她就被张小年用脚踢了一下，她一转头，就看见张小年的眉头皱成了一根麻绳。她知道，这事吃过饭就得用吵架来解决，在饭桌上，沈齐齐极力地忍着。就因为这件鸡毛蒜皮的事情，他们开始吵架了。果然吃完饭，张小年就把她拉进了卧室。压着嗓门，沉着脸警告说："以后在我爸我妈面前，你别抱怨这抱怨那的，还有，你拉着脸给谁看啊！"

张小年这么一说，沈齐齐也生气了："你说清楚谁拉着脸了，谁惹你们家人不高兴了？我做错什么了？"沈齐齐的嗓门也越来越大，她是绝对不能妥协的。战火一旦开始，停下就难了。

沈齐齐气急败坏地抓起了梳妆台上的一个花瓶，随即是巨大的破碎声音。张小年愣了："我就这么一说，你发那么大火干吗？好像谁委屈你了似的。"沈齐齐一听这话，号啕大哭起来，她摔了靠枕，摔了化妆品，摔了茶杯，地上瞬间一片狼藉。这时候，张小雨在门外喊着开门。张小年一开门，还没等姐姐开口，沈齐齐抓起包，扭头出门，去苏小婉那里诉苦。

因为不和公婆在一起，苏小婉他们小两口看起来非常甜蜜。苏小婉的家如今是沈齐齐的避难所。只要张小雨来娘家，沈齐齐就借口加班，在单位磨蹭很久很晚才回家。后来张小雨大概感觉到了什么，就很少来了。这让张小年有点记恨沈齐齐。

这天沈齐齐下班回家，刚走到家门口，就听见屋子里传来陌生女人的笑声，好像家里有客人。沈齐齐一进屋就看到了张小年和几个朋友说说笑笑，看见沈齐齐进来，都住了嘴巴。沈齐齐本来是笑脸相迎的，可她一眼扫过去就发现张小年肩膀上多了一双女人的手。那双手的主人很快站了起来，手自然挪开了。

"哎呀，白领嫂子来了！"

"这是唐菲菲，我的徒弟！"张小年是这么介绍的。

沈齐齐很客气地和大家打了招呼，就进了屋。她的耳朵却没闲着，满屋子是那个唐菲菲的声音。沈齐齐忍不住从屋子里出来，她又看见了张小年的肩膀上搭了只手。沈齐齐很轻地咳嗽了一声，拿了果盘过去。

大家却都很客气地站了起来，告辞离开。送走张小年的朋友，屋子里一下子冷清了。沈齐齐很想听张小年解释一下为什么唐菲菲当着她的面这样。可她不想打破沉默。张小年不可能没有过去，但那过去到底是什么，她也不知道。张小年很自觉地收拾了屋子，还帮沈齐齐洗了菜。

"还有需要帮助的吗？"

"没有了，你出去吧！"沈齐齐鼻子里哼哼着，明显不高兴。

"又怎么了？"张小年有点不耐烦地问。

"你怎么了，你自己清楚，还问我？"沈齐齐刺他一句。

"好好好，我不和你计较，我走！"张小年说着要往外走。

沈齐齐堵住门，吼了一声："你走了就别回来!"说着眼泪就吧嗒吧嗒地掉下来了。张小年自然就不走了，他们再没说话。

5

说真的，沈齐齐做梦也没有想到，结婚后她会天天和张小年吵架，而且天天哭，她真的没有想到，婚前脾气不错的张小年，居然也有那么粗暴的一面。昨天他们吵得很厉害，沈齐齐受不了张小年突然对她冷淡的态度。他总是温温的，不体贴也不热情。

第二天，公婆去了亲戚家，家里就沈齐齐一个，她做了一桌的饭菜等张小年，她想两口子吵架也没什么，可张小年一进门就沉着脸，沈齐齐的一腔热情顷刻间就消失了。她扑过去，盯着张小年问："你还爱我吗?"

张小年没理她，进了卫生间洗脸去了，他的冷漠一下激怒了沈齐齐。她大叫起来，拉着张小年进了卧室，她又问了一遍，"你还爱我吗?"

张小年看了她一眼，说："我累了。"

沈齐齐气疯了，她随手拿起他们的婚纱照扔在了地上，一阵玻璃破碎的声音过后，沈齐齐觉得心里很痛快，她忍着泪水，想着一切都完了，全完了。

沈齐齐提出了离婚，张小年看她表情一本正经，也慌了。张小年说："你说，我怎么你了?你天天不是哭就是闹，日子本来就是平淡的，不可能天天像谈恋爱一样。我对天发誓，我没有做一件对不起你的事，我问心无愧，我……"沈齐齐听了，哭得更厉害了。张小年慌了，想尽办法哄她，逗她。沈齐齐见张小年低头了，她梨花带雨，一边哭，一边挣脱张小年："那你说，为什么结婚后，你对我如此冷淡?我哪点做错了?你为什么要这么对我?"

张小年没有说话，只是紧紧抱住她，沈齐齐哭得更凶了，张小年的眼圈也红了。"齐齐，我爱你，我永远爱你，求你不要闹了，现在和父母住在一起，我有时候还得顾及一下父母，所以有点冷落了你，以后我一定注意。"这个晚上，张小年和沈齐齐拥抱着睡着了。夜里，张小年醒来了好几次，他的双手从没有离开过沈齐齐，梦里还喊着她的名字。虽然沈齐齐是真伤心了，可听到张小年在梦中呼唤自己，就原谅了他。

第二天，他们又和好了，可心里都有了个死结。接下来的几天，张小年一回来，不是和他的宝贝外甥玩，就是没完没了地看电视，沈齐齐忙这忙那，没有时间和他计较。这天中午，张小年出门的时候对沈齐齐说："我今天晚上有事，不回来吃饭，我爸妈说他们自己先吃，你要么就把家里的剩饭剩菜热热吃了，别老让我妈一个人吃……"

张小年在说话时，沈齐齐正在拖地，她懒得和张小年争，张小年说家里的剩饭剩菜总是他妈一个人吃，她也不想和他争，因为自从她嫁过来，张小年妈就吃过一次剩饭，还是她自己剩下的，其他都是沈齐齐吃的，人说话要凭良心的。张小年的话彻底伤了沈齐齐的心，他一出门，沈齐齐就进了厨房，把中午剩的米饭、剩菜全部倒进了垃圾箱，她在心里发誓再也不吃一口剩饭。

打扫完房间，沈齐齐坐在沙发上休息，手机响了，是个陌生的号码，她没接，按掉了，可电话还响，她想可能是哪个朋友换了号。就接了，喂了一声就后悔了。"齐齐，是我，我找你找得好苦啊！"是她的前任男友左一飞的电话。沈齐齐听到左一飞喊她，她的身子僵住了，嗓子也哽咽了，曾经以为今生今世再也听不到这个声音，可再次听到这个声音，她才发现自己从来没有忘记过这个声音，从某种意义上讲，她内心是渴望这个声音的。沈齐齐拿着电话，半晌没有说话。她的心在狂跳，她不知道该说什么。

"齐齐，你还好吗？为什么不辞而别？我知道错了，你回来吧！我一直在找你，终于在你的一个同学那里打听到了你的电话。齐齐，我们重新开始吧……"

"现在说什么都晚了，我已经结婚了。"这是沈齐齐对左一飞说的唯一一句话，说完，她就挂了电话。一下子，她的脑子乱了套，和

175
世界一片芳菲

张小年每天的大小战争，已经让她筋疲力尽，现在又冒出个左一飞。左一飞真是神通广大，他不光知道沈齐齐的手机，还知道她公司的电话，第二天下午他居然把电话打到公司了。沈齐齐一听是左一飞打来的，她的心就跳到嗓子口："一飞，不要这样了，我真的已经结婚了！"

"齐齐，我知道你是跟我赌气才那样做的，我不怪你，我希望你能回到我的身边，求你了！"

"一飞，请你清醒一点，我已经成了别人的妻子，我现在要过平静的生活，如果你还念我们过去的情分，请你忘记我！"

"不，齐齐，我想见你，我做梦都想见你。"

"这不可能，我不会见你的。"沈齐齐说完，挂了电话。接着她有点慌乱地拨通了好友苏小婉的电话。此刻她急需苏小碗给自己出主意，否则她真的不知道怎么应付未来的各种局面，她们约好周末见面商量。突然手机又响了，沈齐齐的身子本能地抖了一下，一看是张小年才松了口气。坐在张小年的车上，沈齐齐神情恍惚。张小年今天话很多，滔滔不绝地说："今天，一个客人包了我的车，他出手也大方，给了300元，还说下次还坐我的车……"如果是平时，沈齐齐一定会说："老公，你真棒！"可她今天淡淡地应了一声。

之后几天，沈齐齐一听到电话响就像被电击了一样冲过去，她变得神经了。

张小年这边也不让她省心，也出了状况——他失业了。张小年开的那辆车被老板卖了，老板还欠了张小年一个月的工资，有两千多块。看张小年一夜之间失去精气神的蔫茄子样儿，沈齐齐决定帮他去讨工资。沈齐齐能顺利找到车老板得感谢唐菲菲。沈齐齐后来从婆婆那里知道了唐菲菲一直暗恋张小年的事。她也不担心什么，张小年的心从来没去过她那儿，现在更不会。这天她一出门就碰见唐菲菲，她如实把情况一说，唐菲菲说："嫂子，还是我陪你去吧，那人不地道，我不放心呢！"因为有唐菲菲带路，沈齐齐很顺利地找到车老板，那老板是那种有点色的男人，他早就听说张小年找了个漂亮老婆，见了沈齐齐他很客气，很给面子，当场就把钱给了，还承诺说要把张小年介绍给他的一个朋友。果然几天后，那边就喊着张小年上班了，工资比原来还高。张小年尽管不情愿，但还是去了。有了新的工作，渐渐的，张小年也就不计较那事了。

当然张小年不计较，沈齐齐自然也就不计较了。不过她最近始终都提心吊胆的，因为左一飞自从往她的办公室打过电话后，就再也没有消息了。

难道他就此放弃了？不，不可能，左一飞是个较真的人，他不会善罢甘休的。沈齐齐真的害怕那场未知的暴风雨，她想周末的时候找苏小婉聊聊。也许，她应该主动打电话给左一飞。

6

周末沈齐齐和苏小婉商量的结果是，沈齐齐必须见左一飞一面，否则事情万一让张小年知道，那就麻烦了。当然苏小婉不赞成沈齐齐告诉张小年这件事，因为这件事和张小年无关，而且是认识张小年之前发生的，所以，沈齐齐没有必要让张小年难过。而且张小年知道了，事情就更复杂了。

就在沈齐齐鼓足勇气给左一飞打电话的时候，沈齐齐却发现自己怀孕了。

沈齐齐和张小年同居的时候，就怀孕过，因为那时候他们才认识不到三个月，张小年就陪沈齐齐去做了无痛人流，手术后，张小年无微不至地照顾沈齐齐，这样沈齐齐才没落下什么不好的病根。

沈齐齐发现自己怀孕后，急忙给张小年打电话，因为她觉得这个孩子更不能要，那天她和张小年都喝了酒，而且是白酒。而且她和张小年那段日子心情也不好，天天吵架。沈齐齐原本打算把自己的身体调养好，张小年再戒酒半年后要孩子，没想到，她居然又怀孕了。

沈齐齐和张小年的避孕措施应该说做得一直不是很好。而当年和左一飞在一起的时候，沈齐齐从来没有怀孕过，左一飞一直特别小心，而且很疼爱沈齐齐。

沈齐齐因为一直被左一飞保护着，所以她从不知道保护自己，也从来不用去操心这些事情，可是，张小年毕竟不是左一飞，他只知道快乐享受，从不关心这事。现在沈齐齐才想起自己在一本杂志上看到的话："所有的女人在没尝到后果之前，都不是很懂得怎样保护自己。"

沈齐齐通过两次怀孕明白了一个道理，怀孕这件事，算来算去都是女人受苦。沈齐齐怀孕的消息似乎没有带给张小年任何的情绪上的刺激，因为她和张小年都清楚地知道，这个孩子不能要。因为那段时间，他们几乎天天在喝酒，而且沈齐齐还吃过减肥药。

沈齐齐第一次流产是无痛人流，虽然无痛，但她还是觉得特别恐怖，有个机器在她的身体里工作，她别提有多痛苦了。这一次，大夫说："最好用药物流产，胎儿已经快两个月了。"第二天一早，沈齐齐就和张小年去了医院。她躺在病床上，忍受疼痛，沈齐齐一直忍着，没有喊叫，也没有流泪。手术结束后，苏小婉来了，她推开门，看见沈齐齐痛苦的样子，她哭了："齐齐，为什么要受这样的苦，也许他很健康呢！"

"小婉，我知道，我扼杀了一个和我血肉相连的生命，我会受到报应的！"沈齐齐说着也哭了。

这个时候张小年从外面端着粥进来。

苏小婉说："张小年，照顾好齐齐，我走了。"

苏小婉夺门而出。她的心也受了伤。

沈齐齐在病房里抱着张小年大叫着。张小年流着泪说："齐齐，我再也不会让你受苦了，齐齐，我不知道有这么痛苦……"

张小年给沈齐齐买了很多她喜欢吃的零食和补品，还给沈齐齐熬老母鸡的鸡汤。沈齐齐请了半个月的假。她像个木偶一样，不说话，也不动，躺在床上。

差不多半个月的时间，沈齐齐整个人也很消极，很安静，整天不说一句话。除了过多的流血，流产带给沈齐齐身体的伤害是她不曾察觉的。

这半个月，苏小婉去看过她两次，每次去了，沈齐齐就哭。苏小婉说："流产后不能流泪，不然就会留下后遗症。"

沈齐齐就不哭了。婆婆知道沈齐齐流了孩子后，很严肃地训斥了她。沈齐齐自始至终没有说一句话。沈齐齐听了训斥，心里反而好受一点了。

休假结束后沈齐齐一上班，刚进公司就有同事说，有客户在等她。沈齐齐转头就看见了左一飞。左一飞还是一身白衣，整洁而有风度，不过很憔悴。沈齐齐给他倒了杯茶，就忙起自己的工作来。快下班的时候，张小年打来电话，说他就在公司附近，问她什么时候下班。自从做了人流，张小年的表现比过去好多了。

沈齐齐撒谎说今天公司加班，让他先回。打完电话，沈齐齐跟着左一飞去了他住的宾馆，是沈齐齐说要去宾馆的，其他地方，她不能去，张小年几乎无处不在。一进宾馆房间，左一飞一把从后面抱住了沈齐齐，沈齐齐感觉到了他的力量，还有他的思念，她也知道此时此刻她的反抗是无用的，说不定会刺激他。左一飞用脚重重地关上门，突然他停了下来，趴在沈齐齐的身上痛哭起来，他检讨着自己的过错，他骂自己是个混蛋："为什么？为什么？为什么？我恨你，为什么不等我，不给我个改过道歉的机会，为什么？"

沈齐齐的泪无声地流着。不知道过了多久，他们都冷静了下来。左一飞去卫生间洗了脸，出来的时候他给沈齐齐倒了杯水，之后是长久的沉默。夜色悄然降临。

"你还好吗，这些日子？"沈齐齐望着窗外，轻轻地问。

"你说呢？"说话间左一飞已经靠了过来。沈齐齐听到手机在响，无疑是张小年打来的。沈齐齐整理了一下自己的头发，低声说："我得回家了！你多保重。"左一飞绝望地看着她："你就不能和我坐会儿吗？我有好多话对你说！"

"我知道，可我真的得走了，明天再来看你。"

沈齐齐不知道自己是怎么从宾馆里走出来的，一进小区，远远地就看见张小年在楼下徘徊的身影。沈齐齐流产后，他变得特别温柔，这让沈齐齐很内疚。这天晚上沈齐齐失眠了，想了一夜，她知道事情得解决，第二天她向单位请了假，去宾馆找左一飞，去往宾馆的路上，左一飞打来电话，沈齐齐挂掉了，左一飞又打，她还是挂掉，左一飞又连发了四条短信。沈齐齐明显地感觉到了他的急迫、焦虑不安，还有盼望，沈齐齐知道今天注定有人受伤。沈齐齐刚进房间，她的手机又响了，沈齐齐和左一飞笑了，那种笑一看都让人伤心落泪。左一飞望着沈齐齐，突然他从背后拿出一束粉红色的玫瑰花说："齐齐，你嫁给我吧，我不在乎你有没有结婚，我可以给他钱，让他放过你！"沈齐齐始终没有接过玫瑰。

"是的，你不在乎，可是我在乎，当初离开你，是我冲动，可是一切已经无法回头，覆水难收你懂吗？我老公是没有文化，没有你优秀，可我既然已经嫁给他，我就要对自己的行为负责，一飞，你就死心了吧，回去吧，这是我们的最后一面！"

左一飞顿时抱着花失声痛哭。玫瑰花洒落了一地。沈齐齐的心被他哭空了。为了让左一飞死心，她冷笑着说："一飞，我是曾经爱过你，离开你以后，我以为自己再也不会爱了，可我还是爱上了我的老公，而且我对他的爱和对你的不同，我们爱得踏实！"

左一飞坐在地上绝望地说："求你不要说了，我祝你幸福！"

沈齐齐看着他，突然很想给他一个拥抱，可她怕拥抱又给左一飞希望。她咬了咬牙夺门而出。沈齐齐跑出酒店，找了个僻静的地方，大声地哭起来，哭够了，心就舒服了。她知道这一次她和左一飞之间不会再见了，她了解他，他是个自尊心很强又很脆弱的男人。他现在已经在订机票。沈齐齐不知道自己怎么走回家的，她一进门就用被子包住了头，开始思绪还很乱，后来居然就睡着了，她好久都没有睡过这么踏实的一觉了。

左一飞遵守诺言，从此彻底消失了。

借你的耳朵用一用

7

张小年的体贴没有坚持一个月，又回到从前的冷漠，他又失业了。他和老板为小事吵架，老板开除了他。就在张小年最失意，天天借酒浇愁的日子，沈齐齐发现自己又怀孕了，沈齐齐知道自己怀孕后，非常慌张，才做完流产两个月，怎么可能又怀？晚上，沈齐齐把怀孕的事对张小年一说，没想到张小年非常高兴，他抱着沈齐齐转了几个圈，然后，他很欣喜地说："我一定要当个好爸爸。"张小年还把怀孕的事告诉了父母。沈齐齐的婆婆却说现在张小年没有工作不能抚养这个孩子，婆婆的话不能说没有道理，可孩子毕竟是个生命，很多人想都想不来，沈齐齐铁了心一定要，张小年也只好站在沈齐齐这一边。

张小年找了一个多月的工作都没有找到，后来他也不找了，天天在家喝闷酒，张小年喝了酒，压根也不管沈齐齐怀孕的事，照样借着酒精和老婆吵，而且每次吵完架，他就一夜不归。后来他干脆也不怎么回家了，一天到晚坐在酒吧里喝酒。沈齐齐实在忍无可忍，就跑到酒吧，把烂醉如泥的张小年拖回家。一进家，公婆已经睡了，沈齐齐拿了一盆凉水泼向张小年，张小年被泼醒了。

"你想干什么？"张小年问。

"我想让你清醒清醒！"沈齐齐说着把张小年的衣服撕烂。她简直疯了，她边撕边哭。这个时候，公公和婆婆不知什么时候站在了他们身后。

"你们还让不让人睡了！太无法无天了。"婆婆说。沈齐齐努力压抑怒火，强忍着回了房间。那一夜，沈齐齐和张小年谁都没睡，他们之间忽然隔了万水千山。第二天一天沈齐齐没回家，天黑了，她才犹犹豫豫地往家赶。她昨晚当着公婆的面砸东西，虽然公婆理亏没有责怪她，可她心里还是很愧疚。一进小区，就见张小年正在和唐菲菲说说笑笑，谈得投机。沈齐齐原本想绕着他们走，可被唐菲菲看到了。

"嫂子，我正说你呢，你就来了，刚下班啊！"

"嗯！"沈齐齐淡淡地打了个招呼，很勉强地笑了一下。

"你们聊，我先上去了！"

张小年看见一脸疲惫的沈齐齐，他的嘴巴动了动，答应了一声。沈齐齐刚进家，他就跟了进来。家里没有人。沈齐齐换了拖鞋直接进了卧室，她想躺一会。张小年则开了电视，电视的音量不大。沈齐齐想，等她舒服点了，得和张小年谈谈。晚上吃过饭，张小年仍去酒吧喝酒，沈齐齐突然胃疼，她给张小年打电话让买点胃药，结果，电话那头的张小年喝得话都听不清楚。半天只说一句话："你是谁？大声点！"沈齐齐气得不知道怎么好了。她一下子冲出去，想告诉张小年的父母，走到客厅的时候又犹豫了。重新躺回床上，她翻来覆去无法入睡，内心的怒火燃烧着，她紧紧地捏着拳头，在狂暴中让她想毁灭掉一切。半夜十二点张小年才回来，他一进屋连鞋都顾不上脱，就往沈齐齐身上扑，沈齐齐把早就准备好的冰水泼了过去。张小年被激怒了，他把卧室里能砸的东西全砸了，沈齐齐很冷静地看着他砸东西，一句话也没说。

"这日子没法过了！"沈齐齐嘴里念叨着。

巨大的碎裂声吵醒了公婆，老两口赶过来的时候，沈齐齐提着行李打算要走。"怎么了，这又怎么了？"婆婆夺下沈齐齐的包。

"妈，你问张小年，问他为什么天天去喝酒，这日子还能过吗？"沈齐齐哭着又要往外走。婆婆在门口拉住了她，不让她走。

"混账东西，我让你喝，我让你喝！"公公随手拿了一把笤帚，朝张小年打过去。

张小年情绪激动："我怎么了，不就是和朋友在外面喝酒了吗！"

"混账，你还说，我让你喝，你这不争气的东西，下了班天天去喝酒，放着这么好的媳妇不守着，我让你喝！"公公说着又打了几下，张小年的脸上、手上都青了。张小年的妈不愿意了，坐在地上哭了起来，沈齐齐也哭了起来，哭着哭着，沈齐齐的小腹剧烈地疼痛起来，她看见了裤子上渗出的血，她晕倒了。醒来的时候，沈齐齐发现自己躺在医院。

"孩子呢？"

"孩子没了。"张小年沙哑着嗓子说。

医生叹着气说："你以后再想怀孕就难了。真搞不懂你们年轻人，怎么这么对待自己的身体。"沈齐齐听了就再没有说话。她用被子蒙着头哭了起来，张小年在一边默默地守着她。张小年抱着沈齐齐往医院跑的时候，他在心里发誓再也不喝一滴酒了。可是他不想把这些告诉沈齐齐，他想通过行动证明给她看。

在沈齐齐住院的第二天，张小年的爸爸出事了，他过马路的时候被卡车撞了，送往医院的路上人就没了。沈齐齐后来才知道，老爷子为了儿媳妇流产的事和老伴吵了一架，去小酒馆喝闷酒，一出来就出事了。

父亲的死，对张小年的打击很大，他悲痛欲绝，后悔不已，办理完他爸的后事，他再也没有心思管沈齐齐了，整天钻进酒馆里不出来，几乎天天醉。沈齐齐也感觉她和张小年走到了尽头。婆婆仿佛一夜之间老了许多，她说："你们去那套旧房子住吧，我想一个人安安静静地陪你爸说说话。"

搬到了城西的小房子里，沈齐齐想着也许她和张小年能重新开始。果然一搬过去张小年的一个朋友帮他联系了个车。张小年有了工作，也不去喝酒了，一天早出晚归的，不过人沉默了很多，沈齐齐知道疗伤是需要时间的。沈齐齐感觉他们的日子又奔向幸福了，他们的心尽管都受过伤，但他们都想忘记过去，重新开始。几个月后，他们又过上了一起买菜、做饭、看肥皂剧的时光。周末他们一起去看婆婆，在那里待一天，或者不定期地喊老人到附近餐馆里吃饭。沈齐齐的日子被安排得满满的，连苏小婉喊她去逛街买衣服，她都没空去。不过自从他们搬过来，唐菲菲经常过来找她。虽然她每次来都有理由。

"嫂子，我妈做了泡菜给你带一点。"

"嫂子，我师傅呢？老板让我给他带个话！"

唐菲菲每次来都不是空着手，不是提着水果，就是提着包子或者凉粉之类的小吃。每次她一进门就喊着大家快来吃，他们一家子，总是边吃边说些不着边际的话。吃过饭往往是沈齐齐收拾残局，唐菲菲则和张小年聊他们车行的事。沈齐齐在厨房竖着耳朵听这师徒二人无聊的对话。收拾停当，她出来的时候，看见唐菲菲正对着张小年暧昧地笑。她大步走过去，很大方地坐在了张小年的腿上。

"你们聊什么呢，看把菲菲高兴的！"

"也没说什么，都是些你不感兴趣的事情！"张小年说。

"你怎么知道我不感兴趣，你们接着说！"

这个时候唐菲菲坐不住了。"师傅，我得走了，晚上有约会，我居然忘了！"唐菲菲一走，沈齐齐开始奚落张小年。

"小年，你这徒弟和你感情很深啊，现在这社会有这样的徒弟真是罕见！"

"她就是无聊过来和我们说说话，没什么的。"张小年说着打开电视，而沈齐齐则坐到沙发上织起毛衣来。

"得了，别掩饰了，越抹越黑！"沈齐齐说着一个人突然笑了起来。她想起了刚才唐菲菲慌张的表情，如果心里没鬼，怎么可能就那么走了？不过那次后，唐菲菲就再也没有来过，沈齐齐想这姑娘终于开窍了。

年底的时候，沈齐齐和张小年终于过上了结婚后最幸福的时光，他们开始共同攒钱，还计划着年底给张小年买辆车，还规划着过几年买个大房子，一切似乎都很美好。沈齐齐的脸色也越来越好。公司的人都说她越来越漂亮了，还有人开玩笑说是老公滋润得好。

8

除夕那天沈齐齐带着张小年去她家过年，沈齐齐的父母也默认了这个女婿。两个老人还劝他们赶紧要个孩子，他们退休了可以帮着带。过完节回来，沈齐齐和张小年商量着和婆婆一起住，可婆婆说她一个人习惯了。正月十五那天，沈齐齐早上出门时和张小年约好，中午一起去狗不理吃饭，晚上去婆婆那儿吃汤圆过十五，可到中午不见张小年，打电话也不接。沈齐齐打算到公司楼下等张小年，一下楼，令她意外的是张小年已经在公司门口了。

沈齐齐兴冲冲地跑过去："老公，你什么时候来的，是不是想给我个惊喜！"张小年一脸铁青地看着有点妩媚的沈齐齐和她一脸灿烂的笑，这个时候，公司大楼里的员工都陆续地出来去吃午饭。张小年一把拽住沈齐齐的衣领，恶狠狠地说了句："沈齐齐，你太不要脸了，我们离婚吧！"张小年说完毫不犹豫地扇了沈齐齐一个耳光。沈齐齐的同事们都停下了脚步。沈齐齐看着自己的生活顷刻间曝光，她也歇斯底里了，她也顾不得自己的形象了。

"张小年你混蛋，有什么事你不能在家里说，你要现在来闹，我受不了了。"

张小年大吼着："你不要脸，还怕人知道？"

沈齐齐像一只受伤的狮子一样扑过去，拼命撕扯着张小年的衣服。他们的心也跟着破碎了。

张小年恶狠狠地说："你太不要脸了。"说完，疯子一样地开着出租车走了。

沈齐齐愣在那里，她不知道发生了什么事情。她周围聚集了很多人，沈齐齐吼了一声："有什么好看的。"人群瞬间散开，沈齐齐拖着沉重的脚步，她突然想起了一句话："乐极生悲！"她一个人在大街上走着，她想就那么一直走下去，希望那条路永远没有尽头。

不知何时天已经黑了，沈齐齐一抬头才发现，自己不知不觉间走到了苏小婉家附近。无处可去的时候，她总会把苏小婉的家当成避难所，当苏小婉打开门，看到披头散发，衣服也撕破的沈齐齐的时候，她的嘴巴半天张着，不知道说什么。

"小婉，张小年，他打我！他在众目睽睽之下居然打了我！"

苏小婉拉着沈齐齐坐下，发现她脸上有团青紫。苏小婉急忙从冰箱里拿出一块冰，敷在她的脸颊上。

"来，先换上我的衣服，喝点水，慢慢说……"

沈齐齐喝了点水，这才平静下来，她已经没有了眼泪。这时，她的电话响了。苏小婉一看是张小年的号码问："接吗？"沈齐齐摇摇头。电话还是响，过了一会儿，那头换了号码打过来，苏小婉接上了。

"请问，你认识张小年吗？他刚刚出了车祸，正在医院抢救。"

交警说张小年酒后驾车，才出了交通事故。沈齐齐一听张小年出了车祸，她的腿一软，半天站不起来。苏小婉陪她去医院，她们赶过去的时候，张小年已经做完手术，人昏迷着。病房里只留一位陪护的亲属。沈齐齐让苏小婉回去，她一个人可以的。在张小年昏迷的这个夜晚，沈齐齐觉得时间过得格外漫长。虽然医生说张小年的手术很成功，没有什么后遗症，可看着面无血色的张小年直挺挺地躺在那里，她还是揪心地疼。

第二天中午，张小年醒过来，但他不和沈齐齐说话。洗张小年衣服的时候，沈齐齐看到了一封左一飞写给她的信。原来那天张小年去她公司，刚进门看门的大叔就说："正好有封你老婆的信，你顺便带上。"张小年一好奇就把信打开了。那是一封很长的信，左一飞几乎回忆了他和沈齐齐之间的所有故事，包括后来来兰州的点点滴滴。那封信写得很伤感，随信还寄了很多张他们一起拍的相片。沈齐齐看完信和那些相片，她知道她和张小年不会有明天了。上天和她开了一个很大的玩笑，她知道无论怎么和张小年解释，都是白费功夫。她已经做好了分手的心理准备。半个月后张小年出院了，出院后的张小年不和沈齐齐说话，也不碰沈齐齐，一个月后，张小年身体完全恢复，沈齐齐提出了离婚。张小年在沈齐齐提出离婚后，他张嘴说话了，他说他不想离婚。

沈齐齐说："我是隐瞒了我婚前的事，我对不起你！"说到对不起，沈齐齐流泪了。她突然意识到，张小年好像也对不起自己。张小年看着沈齐齐，这是他这么久以来，第一次这么看着她。他疼痛的目光，把沈齐齐的心彻底撕碎了。

"离婚吧，也许离婚对我们都是一种解脱！"沈齐齐说。

张小年听了，低下头，也不说话。

"给我点时间，也许，我们可以重新开始！"

"不可能了，张小年，我觉得不可能了。"

"为什么？"

"我们心上的伤口太深了。"

"试一试，就半年，可以吗？"

沈齐齐没有回答。

张小年望着窗外说："其实，你婚前的事跟我无关，可是他来看你，你为什么不告诉我？我只求你一件事，在我妈面前不要表现出来！"

沈齐齐看着张小年绝望的样子，她蓦地心酸了，眼圈也红了："你放心，我知道。"这天夜里，沈齐齐把她和左一飞的事全都告诉了张小年。她最后说："他是来找过我，可是我对天发誓，我没有做对不起你的事！"自从张小年知道全部事情后，家里的空气就变了，张小年也变了，虽然他尽力地做出很宽容博大的样子，可他的确变了，变得越来越奇怪。沈齐齐原本以为她的坦诚可以让张小年不必猜疑，没想到却适得其反。张小年下班回来，总会一个人喝几杯酒解乏，喝酒的时候，电视的声音往往开得很大。喝完酒，张小年话就多起来，他常常会有意无意地挖苦沈齐齐，也会说起左一飞。

"左一飞炖的小鸡炖蘑菇很香吧！"

"你给左一飞织毛衣，为什么不织给我？"

左一飞的信和沈齐齐的讲述严重地伤害了张小年脆弱的心灵，使张小年又嫉妒又自卑。看张小年那么痛苦，沈齐齐动了多次离开的念头。一天晚上，沈齐齐正睡着，张小年悄悄地钻进了她的被窝。事后，沈齐齐以为他们的关系会回到从前。可是事实证明他们之间越来越远了，像两个陌生的房客。张小年依旧开车，喝酒，他们连架都不吵了。张小年不再叫她老婆，连她的名字也很少喊。他们之间没有拥抱，没有笑容，甚至去婆婆那儿也很少笑。老太太好像也觉察出了很多不对劲，可是她也不知道到底儿媳妇和儿子之间哪里不对劲了。没有爱，就没有恨，何必这么折磨自己呢？沈齐齐总是这么想，她说："张小年，我们好好谈谈吧，我不希望我们的生活是这个样子。"张小年总说："我累了，不想谈这些！"

一向例假按时的沈齐齐，这个月，"好事"过了十五天还没来，而且她最近身体很累，也很烦躁，沈齐齐想可能是月经不调了，她利用中午休息的时间，喊上苏小婉陪她去看中医。她现在几乎有点依赖苏小婉了，一有时间，就给苏小婉打电话，也不诉苦，两个女人就像回到少女时代一样，谈着天南地北，海阔天空。

苏小婉把沈齐齐带到中医院一个老专家那里。她说："听我们单位一个大姐说，这个老中医看得特别好！你把情况好好说说，几乎就好了！"

中医慈祥地让沈齐齐坐下，把了把脉，微笑着说："恭喜你，你要当妈妈了。"沈齐齐听到后，坐着的她站了起来，连连说着："怎么可能呢，怎么可能呢……"

"怎么就不可能了，安全期都能怀孕，孩子是讲缘分的，我给你开几副保胎药，你的身子很弱，要多吃营养品！"沈齐齐机械地点头。脑子里飞快地转着。她和张小年已经很久没有在一起了，怎么可能怀孕呢？

苏小婉说："齐齐，怎么可能就不能怀孕呢？这次一定要好好听医生的话，你应该知道这也许是你最后的机会！"

沈齐齐听到最后的机会，她的心才静了下来。她突然想起了张小年钻被窝的那个晚上。她当着苏小婉的面，当着老中医的面流泪了。

"看把她乐的！"苏小婉急忙给老中医解释。

老中医笑了起来："第一次当妈，我理解，孩子，回去好好等待吧。胎儿长得很好，脉搏也很有力！"

沈齐齐听了，哭着跑出中医院。等苏小婉交了钱，追出去，沈齐齐已经没有了踪影。沈齐齐的手机也关了。她想一个人静一静。她记得上次流产时医生说过的话："你可能再怀孕就难了。"沈齐齐一个人去了公园。公园里很多小孩在草坪上跑着。沈齐齐是那么喜欢孩子。她摸着肚子，心如刀绞。她首先想到的是，那天，张小年喝酒了没有，思前想后的结论是，那几天，张小年一直在他妈那吃饭，破天荒地没有喝酒。沈齐齐想到这急忙给苏小婉打电话。苏小婉急忙把取好的保胎药送过来。

沈齐齐说："小婉，答应我，不要告诉任何人我怀孕的事情，尤其不能告诉张小年！"

苏小婉本来想问为什么，可是她看到沈齐齐的眼泪，就什么也没有问。她只是拍了拍沈齐齐的后背，轻轻地安慰她："齐齐，孩子是上天送给你的礼物，你一定要珍惜！"

沈齐齐点点头："小婉，我一定要生下这孩子，这是我当妈妈的唯一机会了。"

沈齐齐做的第二件事是去医院做了 B 超，医生说胚胎发育得很好，鉴于沈齐齐有流产史，给她开了一些安胎药，做了些营养指导。沈齐齐从医院出来，去了超市，她买了很多有营养的东西。她精心地安排起了自己的一日三餐。

张小年喝酒她也视若无睹，她不生气，也不想别的。她一天好吃好喝，她花钱也不像以前那样了，每个月的工资她存一大部分。爱睡懒觉的她现在不睡了，每天七点她按时去附近的公园散步。回来后张小年还在睡觉，她会喝一杯牛奶和果汁才去公司。

一天晚上，张小年醉醺醺地进门，沈齐齐正在听胎教音乐，对进门的张小年视若无睹。张小年却凑过来和她说话。"今天我一个哥们过生日，回来晚了！"

"哦！"

"怎么你不想知道是谁吗？"

"不想！"沈齐齐锁着眉头，用手扇了扇那扑面而来的酒精，坚决地说。

"是唐菲菲，她还说要和我好呢！"张小年笑着说。

沈齐齐好久没有抬头看过他了，她一抬头，就发现了张小年左脸上的一个口红印。沈齐齐一把推开他："滚开，你这个混蛋。离婚、离婚、离婚……"

"好吧，那就离婚吧，离了大家都解脱了……"张小年说着蹲在地上痛哭起来。沈齐齐关了卧室的门，她强迫自己不哭，可是还是哭了。沈齐齐摸着自己的肚子，低声说："宝宝，对不起，对不起，妈妈不能给你个完整的家，不过妈妈发誓，一定会双倍爱你。"

9

第二天一早，沈齐齐和张小年去办了离婚手续，出了民政局，张小年说："我过两天就搬到我妈那去。"沈齐齐没有说话，她不想说话，她想安安静静地离开。下午沈齐齐去公司递交了辞呈，因为这天正好是发工资的日子，公司这个月还特别发给她两千元的奖金。之后她去了火车站买票，买票的时候，她才发现自己居然不知道自己要去哪里。她只想着要远远地离开这里，离开张小年，她就要了一张去云南大理的火车票。出了火车站，沈齐齐给妈妈打电话："妈，你还好吗？公司要派我去云南学习，得一年，你要和爸爸保重身体，我会常给你打电话的。妈，我想你和爸爸！"沈齐齐说着说着，眼泪就流下来了。她知道再说下去母亲会发觉的，她说，"妈，我手头还有一大堆的活，先这样啊。记得别偷懒，天天锻炼，知道吗？"

"知道，知道！注意安全，到了给我来电话……"

沈齐齐挂了电话，她感到前所未有的轻松。晚上，沈齐齐去了苏小婉家。苏小婉给她冲了一杯牛奶，看着沈齐齐喝完，苏小婉看着她说："齐齐，你想好了吗？"

沈齐齐点点头。

苏小婉说："你这一走，我们还不知道什么时候再见面，答应我，不管发生什么事情，你都要和我保持联系！"

沈齐齐说："谢谢你，小婉，这么久以来，我就把你的家当成我的避风港，每次遇到难处，第一个总是想到你。"

"齐齐，说什么呢，你能想到我，我很高兴。"

沈齐齐说要去超市买些东西，苏小婉就陪她一起去买。这一路，她们回忆起大学时光，那些一起做疯丫头的自由时光，两个人都觉得彼此都老了很多。说到老，两个人都哈哈大笑起来，笑得眼泪流了出来。从超市出来，晚风轻轻地吹着。苏小婉和沈齐齐拎着大包小包，在人行道上慢慢地走，静静地走。

沈齐齐有一句没一句地说她和张小年从认识到离婚的这两年日子，说他们在一起时的快乐，争吵，还有感动，说那些永远回不去了的日子。苏小婉静静地听着，沈齐齐说着说着哭了，苏小婉也不打断，她只是握一握沈齐齐的手。

那些爱和痛如今都过去了，不是吗？

哭完了，苏小婉拥抱着沈齐齐，说了很多很多句："保重，保重……"

第二天沈齐齐离开家的时候，张小年在沙发上睡得正香。离婚手续一办，张小年就主动睡到沙发上。他打算这两天收拾东西，搬回母亲那里，他想让沈齐齐住这个房子。沈齐齐提着旅行包走出家门的时候，她很认真地看了一眼熟睡中的张小年，她很想最后再亲吻一下这个和她共同生活了两年零三个月的男人，可是她最终没有俯下身去。她把一封信放在了张小年的车钥匙下面：

"张小年，我走了，今生今世，我们永不相见，我们谁也不欠谁的。希望你过得幸福！"

沈齐齐走出家门，沈齐齐摸了摸肚子，这孩子也许永远也见不到他的爸爸了。想到这她有点悲哀，可又一想宝宝将生活在没有争吵的幸福环境里，她又欣慰起来，坚强起来。苏小婉送沈齐齐去车站。两个女子站在清晨的阳光下，泪光盈盈，那一刻所有的语言都化作了祝福……

沈齐齐显得很平静，她很有信心地拥抱了一下苏小婉："小婉，请放心，为了肚子里的孩子，为了我自己，我会好好活着……"

苏小婉说："保重，到地方了给我打电话！有什么事了要告诉我，如果那边不顺利要回来，这里有你的爸爸妈妈，还有我，知道吗？"

"知道，一定要为我保守秘密！"

"放心吧！"

火车开走了。

沈齐齐奔向了她未知的全新生活。

10

沈齐齐走后，张小年开始以为沈齐齐出差去了，可是，给公司一打电话，才知道沈齐齐已经辞职了。张小年这才紧张起来，他疯了一样开始四处寻找沈齐齐。张小年甚至还把电话打到左一飞的公司，问左一飞知道不知道沈齐齐的去向。左一飞这才知道沈齐齐过得并不幸福。他激动地在电话里骂张小年。"齐齐说你很爱她，所以我才放弃了，现在我终于明白，你是个混蛋，你不配做男人，我真恨不得砍死你，如果齐齐出什么事，我不会放过你！"

张小年没有挂电话，左一飞骂他，他才知道自己早就该被这么臭骂一顿了。他终于清醒了。

沈齐齐走后，张小年的生活彻底发生了变化，不是小变化，是大变化。

张小年本来想等自己和沈齐齐都平静一段时间了，再好好谈一次。可是他却一次又一次地伤害了沈齐齐。他知道这一次沈齐齐是伤透了心，他担心自己找不到她了。

张小年一个人走在大街上，看着天上白晃晃的太阳，有点恍然如梦，他潜意识里还是希望沈齐齐在和自己赌气，在这个城市，只是暂时藏起来了，可是那只是希望。应该说他一开始并没有没意识到事情的后果有多么严重。他拿出手机，反复给沈齐齐打电话，可是手机始终关机。沈齐齐走后，张小年拼命一根接一根地抽烟，他要让自己平静下来，然后好好想想沈齐齐能去的地方，再去找沈齐齐道歉。他知道，只要能见到沈齐齐就好了，只要诚恳地说几句好听的话，然后抱一抱她，或者说几声"我爱你"，然后对她发誓，从此好好过日子，再也不计较过去，事情就会过去了。

张小年找遍了兰州的每个角落。他找了整整一个月，他去了公园的小土坡，去了常和沈齐齐散步的步行街，去了电影院，还去了几家沈齐齐平时爱逛的商场，还有几家咖啡屋，可是，沈齐齐就像蒸发了一样，她会去哪儿呢？

张小年给苏小婉打电话，他怎么没有想起苏小婉呢，苏小婉可是沈齐齐最好的朋友啊，她肯定知道沈齐齐去哪里了。为了替沈齐齐保守秘密，苏小婉假装不知道。张小年断定沈齐齐肯定住在苏小婉家里，苏小婉却一口否认，本来沈齐齐就没有住在苏小婉的家。张小年不信，就每天跟踪苏小婉，他不信就见不到沈齐齐。

苏小婉老公知道后不乐意了，他找到张小年，对他说："沈齐齐走之前给苏小婉打过一个电话，她说要去一个没有人认识她的地方，说是给苏小婉告个别。没等苏小婉说什么，她就挂了电话。"张小年听了，彻底疯了，他怕沈齐齐寻短见。一个没有人认识的地方，那不是死吗？他去报社登寻人启事，他去电台录寻找沈齐齐的节目。可是一个月过去了，两个月过去了，依然没有沈齐齐的消息。

一天晚上，张小年喝醉后，跑到苏小婉家里哭诉，他说："你们知道我多爱齐齐吗？我不理她，是我觉得配不上她，我不该那样对她，我对不起她，她现在是死是活，我都不知道，我恨透了自己。"

苏小婉说："张小年，你如果是男人就不该喝酒，更不该跟自己的老婆过不去，即使沈齐齐以前有过男朋友，那都是以前的事。你不该那样对她。"

"我知道我错了，可是，我现在改了，沈齐齐又看不到，我还不如醉着，这样我就不想了。"张小年痛哭着。

"不，你错了，你改好了，我相信，你终有一天会见到她的，说不定她在某个地方关注你呢。说不定你们还有机会，一切都有可能。"苏小婉说。

从此张小年彻底改好了。

他再也不喝酒了，这两年他一直和母亲生活，唯一不同的是，他现在开的车是自己买的。后来，张小年遇见过几次苏小婉，他本想打听打听沈齐齐的情况，可总张不开嘴，他知道自己愧对沈齐齐，他没脸再见她。苏小婉见到浪子回头的张小年，总是欲言又止，可她答应过沈齐齐不说孩子的事，于是他们总说些客套话，从来不提不该提的。

11

时光悄无声息，一晃而过。

两年后，夏天的一个傍晚，张小年像往常一样开着出租车，正在大街上寻觅客人。车外热风吹得他满身大汗，他没有开空调，油价不断上涨，能省点是一点。

这时候，街边有个人招手，张小年的车停了下来。后面的车门被拉开，一个小女孩先被妈妈抱了上来，接着，戴墨镜的女人也上了车。

"雁滩公园……"

好熟悉的声音，张小年不由回头，这时女人也摘下墨镜。张小年的眼睛准确无误地碰到了她惊讶的目光。

"齐齐……"

沈齐齐微微地笑了一下，她尽量让自己保持平静。

"你还好吗？"

沈齐齐还是微笑。

"你结婚了吗？"

沈齐齐没有回答，反问了一句："你呢？和唐菲菲结婚了吧？"

"噢，我嘛，还那样，一个人混着过，菲菲人家都当妈妈了，你还没说你呢？"

"妈妈，妈妈，我们要去哪里呀？"

"当然是小婉阿姨家！"

张小年本能地转头望了一眼，那是个非常可爱的小女孩，张小年这一望便呆住了，他看到了一张眉宇间酷似自己的小脸。张小年的眼睛潮湿了。"你叫什么名字？今年多大了"

"我叫沈乐儿，妈妈说我一岁半了……"清脆的声音回答。

张小年再次转头望向沈齐齐，目光久久凝望，他的心剧烈地疼痛，一股热泪顷刻涌出。张小年的手颤抖着轻轻地抓住了小乐儿的手。小家伙居然没有拒绝，而是很顺从地任张小年轻轻拖起，紧紧抱在怀里，那个小小的身体的温度顷刻传递过来，那体温让张小年更加揪心。他闭上眼睛，两股热泪，汹涌奔腾，孩子在他的怀里挣扎着，喊着："妈妈，妈妈……"

车子里突然变得很安静，空气凝滞，世界一片芳菲……

如果你不曾存在

1

和才英相遇，沈木犀觉得是命中注定的。

那是巴黎六月的一天，空气里弥漫着初夏的欢乐气息。那天，沈木犀忙了一整天。一个中国游客在老佛爷百货和店员发生冲突，他一直在处理协调。老佛爷百货，已经成为巴黎中国人密度最高的地区，中国游客心目中的"血拼"胜地。初夏，来法国的中国游客进入高峰期，店里的导游根本忙不过来，他只能亲自上阵。他带着旅行团，走在十九世纪的碎石路上，去协和广场、凯旋门、罗浮宫、巴黎圣母院……他一上车的开场白依然是："法国人有两种，一种是'住在巴黎的人'，另一种是'住在巴黎以外的人'。"旅行团的最后往往是带他们去购物。在法国，欧债危机的不断升级和欧元的大幅贬值，使欧洲人开始勒紧裤腰带过日子。而中国游客在巴黎依然能大肆采购，为欧洲经济慷慨解囊。

沈木犀招了招手中的一面小旗，游客们就杀进老佛爷百货。

沈木犀站在拜占庭式的巨型镂金雕花圆顶下，看着来往的人影绰约，他很想抽一支烟。阳光从圆顶自然泻下，豪华的装饰线条，给人以强烈的视觉冲击，使之无愧于购物天堂的称号。

沈木犀站在一个角落，闲情雅致地对着天花板发呆。他留给游客的时间是两小时，可是那些土豪们还觉得不够，他们直插自己心仪的奢侈品专柜，展开了激动人心的血拼！这些顾客中，也许有富豪和官员，但据沈木犀观察，大多数还是衣着普通的中产人士，这些人或许在国内并不是穷奢极侈一族，可在这里却一掷千金。个中原因只有一个，那就是这里名牌商品的售价远远低于国内，很多产品的售价仅相当于国内的六七折，再加上退税，比国内足足便宜了四成多，甚至一半。很多人都抱有这样的心态，买得越多，省得越多，等于赚得越多。对于很多参团的游客来说，买上三千多欧元的东西，基本上团费就赚回来了。

　　老佛爷百货大呼小叫声此起彼伏、喧闹异常，沈木犀和中国领队说了集合的时间地点，就去了旁边的酒吧，打算喝一杯。沈木犀感觉有点闷热，他脱掉西服，巴黎四季气候温和，夏天最高温度很少超过25℃，冬天的最低气温通常也在0℃以上，不过有时候也会非常热。

　　沈木犀今年三十八岁。他十八岁就来巴黎了，在巴黎已经待了整整二十年。他在这里读书、工作、安家。过去的二十年，他干过很多工作，在中餐馆做服务生，在外企做技术，后来自己开了旅行社，不过只接待中国的游客。

　　沈木犀初到法国，在法国南部尼斯一所学校读计算机专业，硕士读的是工商管理，是在巴黎一所大学读的。法国的硕士对于沈木犀来说实在过于简单，他一年就读完了。三十二岁那年，他结婚了，是父亲的突然去世，让他萌生了结婚的念头。母亲说，父亲到死都想着他，希望他早点成家。于是，处理完父亲的后事，回来不久，他就结婚了。婚后半年，他回国到父亲的墓碑前，陪着父亲喝了一下午的酒。他和父亲从来没有一起喝过酒。父亲一直唠叨着要来法国看看，也没有来，这是他最遗憾的事。他很小出国，父母为了供他留学，一直省吃俭用。当他在法国买了公寓，想接他们来小住的时候，父亲却去世了。子欲养而亲不待，沈木犀想好好孝敬母亲，可是，母亲死活不愿来法国，她离不开故土，离不开那个熟悉的大院子。这两年，沈木犀回国的频率越来越高，从过去的两年一次、一年一次，到如今一个季度一次。他每次回国，母亲都心疼机票钱，沈木犀说，"钱存着就是花的。"父母都在事业单位，当年为了给他凑机票钱，每次都是东拼西凑。父亲生病住院，他们也是怕来回路费太贵，没有告诉沈木犀，以至于他没有见到父亲的最后一面，成为终身遗憾。

在父亲去世后他回到巴黎，很快就结婚了，妻子是他的研究生同学。他们谈不上爱情，只是在异国他乡互相取暖。和妻子的关系从一开始就是同居关系，没有花前月下，没有卿卿我我，当初住在一起就是为了省钱，后来觉得彼此年龄都老大不小了，就结婚了。她有学历，他也有学历，他们酒后乱性，妻子怀孕了。那年，他在法国按揭买了公寓，这是妻子当初嫁他的两个理由。妻子一直在巴黎郊区的大学工作，对于沈木犀开旅行社，她始终耿耿于怀，她从来都没有坐下来听沈木犀好好谈一谈自己的想法。后来，他们干脆就分居了，互不干涉各自的生活。

他和妻子结婚六年，分居三年，性生活一直不咸不淡，可有可无。他们从来没有说过半小时以上的话，如果没有孩子，他们完全可以变成两个哑巴。有时候，他觉得这样也挺好，互不干涉，极少见面，见了也是分床睡。在法国这样一个艳遇随时随地都有的地方，他对妻子也格外宽容，也许宽容是不爱的表现，他从未对妻子说过"我爱你"。如今，他们的女儿已经五岁，女儿也和他不太亲热。这样的婚姻基本名存实亡。

去年，他们开始讨论离婚的事，妻子说，她不想一辈子过这样的生活。妻子在学校那么优秀，肯定有不少喜欢她的男人，她想寻找幸福是没有错的。在分割财产方面，他们一直没有达成共识。妻子说随时可以离婚，只要给她一半财产。沈木犀有些犹豫不决，他的旅行社开了分社，需要资金周转，现在不适宜离婚。

刚到巴黎的时候，沈木犀租住在一个只有十三平方米的老旧公寓里，他来的时候是冬天，巴黎的冬天漫长。为了更好地练习法语，他选择了几个欧洲的学生一起住，他常常给他们做中餐吃，但始终无法融入他们，住了半年，就换了地方。后来他每天做三份兼职，发誓要在巴黎买一套自己的公寓。如今，沈木犀在巴黎买了公寓，买了车，旅行社又开了分店，他的经济开始好转。如果没有工作，沈木犀觉得自己的状态非常糟糕。

巴黎街头遍地都是咖啡馆。沈木犀进了常去的咖啡馆，他想透透气。

二十岁之前，沈木犀根本不喝咖啡，刚来巴黎的时候，是穷学生，咖啡对他来说是奢侈品。后来，工作了，常跟着几个留学生泡咖啡馆，打发无聊时光。现在喝咖啡，纯粹是为了活跃他的中枢精神，每天下午不喝一杯就犯困。沈木犀刚进咖啡店，就撞见一个中国女孩在那里着急地说着蹩脚的法语，她语无伦次，说话夹杂着汉语和英语，店员一脸茫然，不知道她要干什么。

那是沈木犀第一次见到才英。他至今还记得才英额头渗出的细汗。他走过去，用中文问："需要帮忙吗？这里好像只有我们两个中国人。"

才英像看到救星一样冲他笑，沈木犀至今也记得才英有点夸张的笑容。

"太好了，遇到你真是太好了！"

原来，才英刚刚到巴黎，手机出了问题，和巴黎的朋友联系不上，电话号码又在手机里。她急忙跑进咖啡店，想打开电脑，在电脑上查那位朋友。

沈木犀说："不用着急，先坐下来喝杯咖啡吧，会有办法的。万一不行，我帮你找住处，如果你信得过我的话。"

"我信你，因为你的嘴唇厚，是好人。"

咖啡馆有淡淡的阳光照进来，耳边是低缓的法国情歌，有一种浪漫温馨的氛围……

才英低头喝咖啡，沈木犀认真地打量着她。这个穿着素色的灰衬衫的女孩，没有太多妆容，看起来有些疲倦和狼狈，头发随意地挽了发髻；睫毛长长的，眼睛透着一种纯净的淡定，又有淡淡的哀愁。沈木犀想，应该是校园里那种普通的女生，乖巧听话，成绩不错，家庭幸福，但人又有些固执。看年龄，才英应该才二十六七的样子。不过后来才知道，才英已经三十岁了。才英的脚边有两个沉重的行李箱，真不知道她是怎么拖过来的。

才英最终没有打开她的手机，电脑里也没有联络方式。才英说，"没办法，只能先去旅馆住了。"

沈木犀说："你今天算是遇对人了，我带你先去一家家庭旅馆住下，是我一个朋友开的，然后再慢慢租房子。"

才英很累的样子，她靠在咖啡厅的藤椅上，一只手枕着脑袋，说："让我先休息一下，从下飞机到现在，大半天了，我连口水都没有喝。"

沈木犀找服务生要了杯常温的柠檬水给才英，才英一口气就喝干了。沈木犀又给她要了蛋糕，才英也吃了。她喝了三杯柠檬水，吃了两块蛋糕，体力得到补充。她起身说："我们走吧。"

才英穿着一双平底的皮鞋，个子不高，显得十分纤瘦。

沈木犀打电话给导游安排了一下还在购物的游客，这些游客被国外称作移动的取款机。旅游结束了，剩下就是送他们去机场，他可以让店里的导游送他们过去。

气温回升，微风习习，沈木犀觉得应该帮帮这个柔弱的女子。才英在前面走，他跟在她后面，从侧面看才英的脸，比在正面还要动人。才英的发髻如果扎成马尾也许更年轻。才英的鼻子小巧，侧面看起来很好看。她走在前面，偶尔回头冲沈木犀微微一笑。

沈木犀一直不停地说话，巴黎可说的太多了。

"巴黎的地皮寸土寸金，五十平方米的房子，地段一般，一个月的租金也要一千欧，有阳台的更贵，厨房也只有两三个平方米，所以，你只能合租。"

沈木犀说："知道海明威吧？"

才英点点头。

他说："巴黎就是一席流动的盛宴——假如你有幸年轻时在巴黎生活过，那么你此后一生中不论去到哪里她都与你同在。"

才英笑了，她说："我更喜欢艾伦说的，我爱巴黎，这座城市到处都是街边咖啡馆和精致的饭店，到处都是音乐和美酒，那么美，那么浪漫，那么有魅力。这是一座不夜城，每个人都会爱上她。"

这是才英说的最长的一句话，后来，她几乎一直在微笑。家庭旅馆的老板是沈木犀的北京老乡。恰好还有一间房，因为沈木犀的面子，老板给打了八折。

入住登记的时候，沈木犀看到了才英的名字，这个名字他一下子就记住了。才英记下了他的电话，她说："我现在只想冲个澡，好好睡一觉，我们明天再联系。"

沈木犀说："你的手机都坏了，不好联系吧？这样，我回去问问几个朋友，看有没有合适的房子，明天早上，我再过来找你。我帮人帮到底。"

才英笑了。

2

沈木犀给才英找了一处好的住处，两室一厅的房子，另外一间恰好是个二十多岁的中国女孩在住。女孩叫莉莉，见到才英，很热情地帮才英整理行李，加上沈木犀的帮忙，很快就妥当了。

安顿好后，才英笑容明朗，说："晚上我请你们吃饭吧，如果没有你们，我都不知道怎么办了。"

莉莉说她有事，先出门了。

只剩下沈木犀，好像就等着和才英一起吃饭。

沈木犀说，"走，我带你去吃。"

才英说："我十八岁的时候，就渴望来巴黎留学，可是当时父亲的生意出了问题，没有钱送我来。但是梦想还在，大学里我果断选了法语专业。"

沈木犀说："你是来圆梦的吗？"

才英摇摇头，没接他的话。

她说："你知道吗？我梦想过多次走在法国街头的情景。少女时代，我想过在塞纳河畔的小咖啡馆里看一本优雅的法国小说，我还想去地中海的沙滩上，享受热烈的阳光和美味的马赛鱼汤，总之，这次我要把我的这些梦想全部实现。"

沈木犀笑了:"你们这些文艺女青年,总是喜欢把巴黎想象成全世界最浪漫的地方。"

那天,沈木犀带她去塞纳河边的法国餐厅吃饭。在靠近窗户的位子,他们坐下来继续寒暄。沈木犀看到才英在偷偷看自己,他心里有一种说不出的柔情,发现自己的心跳得好快,都快要跳出嗓子眼儿了。为了掩饰,他忙笑着说:"你请我吃饭,那我请你喝酒,法国的葡萄酒是全世界最好的。"

才英笑了。才英看起来睡得不错,人很精神,话也比昨天多了不少。那顿饭吃得比较漫长。

"你一个人跑到巴黎来做什么?"

"来透透气,更像是来寻找过去的自己。在国内,生活让我喘不过气来。"才英说着脸沉下来,眉宇间有了忧愁。

他们从落日余晖,聊到了华灯初上。

沈木犀知道了才英的一些事。才英是来巴黎的一个大学做访问学者的。她说,其实就是想来法国看看。她在北京的一所大学教英语,法语是她的第二外语。她有个青梅竹马的男朋友,谈了七年,本来准备要结婚的,证都领了,可准备拍婚纱照的时候,她发现她男朋友还有一个女朋友,男朋友领证的时候,也犹犹豫豫的。后来,他坦白了,说自己割舍不下才英,可是心里又想着那个女孩。才英知道,男友的心已不在她这里。领完结婚证的一周后,他们又去办理了离婚证,婚宴也退了。婚结不了了,才英感觉万念俱灰,活不下去了,觉得到处都有人指指点点,于是就申请了来法国做访问学者。

才英轻描淡写地讲,沈木犀默默地听。点了三个菜,也没有吃多少,倒是一瓶红酒喝了大半。才英喝了几杯后,脸红扑扑的,显得非常动人。奇怪的是,她一点也没有问沈木犀的事,只是频频举杯感谢他。

沈木犀一直注视着才英的眼睛,她的眼睛很大,很有光,俗称的那种水汪汪的眼睛。才英讲着讲着目光会黯淡下来。沈木犀发现,她即使不说话,眼睛也是会说话的。沈木犀望着她的眼睛,有一瞬间仿佛陷入其中。这个心里有伤的女子，让他十分怜惜。从看到她的第一眼，他就被她深深吸引，她好像有种魔力，他看才英，就像看巴黎春天盛开的花朵一样，是一种纯粹的欣赏和赞美。

才英很少对接沈木犀的目光，总是躲躲闪闪的。沈木犀拿起筷子夹一点点菜，放到盘子里，却总忘记吃。餐厅里播放着钢琴曲，周围人都在小声说笑。他们喝完一瓶红酒，沈木犀带着才英去看夜晚中的塞纳河。

夜晚的塞纳河是一个天然的画廊。阳光隐退，那些知名的或不知名的建筑闪烁着五彩缤纷的灯光，来来往往的游艇驶过，犹如一道道流星划破夜空。桥下船只经过，桥上便有人发出尖叫，穿过一座桥，就仿佛穿过了一片欢乐的海洋。

才英说："真没想到，夜晚的塞纳河如此迷人。"

沈木犀说："等到月圆之夜我再带你来，你会觉得更美。"

"看到巴黎的月亮真会想到故乡吗？"

"会。尤其是我父亲去世后，我经常看着月亮会想念祖国。"沈木犀说。

他们边走边聊，偶尔目光交汇一下，内心犹如夏日的微风，清凉舒爽。

夜深了，沈木犀送才英回去。到了才英楼下，才英拿了包转身上楼，沈木犀望着她的背影，犹豫着要不要问她还缺什么生活用品，毕竟她是在人生地不熟的巴黎。但他还是没叫住才英，他怕她误会，一个男人无端给一个女人献殷勤是很有嫌疑的。他站在才英的楼下，摸出一根烟，抽了两口，再抬头望才英的窗口，灯亮了，才英已经到了房间。

突然，才英从窗户里探出脑袋。

"沈老师，你怎么还没走？"

沈木犀熄灭烟，很不自在地说："我就是烟瘾犯了。"

沈木犀开着车，看着夜色中灯火璀璨的巴黎，他吹起了口哨。直到把车子停好，他才发现自己焕发了一种青春活力，这种感觉像是十八岁那年发生过。

在巴黎，他已经习惯了一个人生活，每天一大早去公司，中午吃外卖，晚上在家里看电影，或者独自去兜风。朋友家有聚会，他偶尔也会去蹭饭。有时候，他会开车去看看孩子。女儿五岁，说着一口流利的法语，中国话只会最简单的几个日常用语，他每次和她说普通话，而她总是用法语回答她，这孩子的故乡已经是巴黎了。

公司有两个90后的导游，说他是三十岁的面孔，六十岁的心脏。是的，他也感觉生活陷入了一种无所谓的状态，他好几年都不发火了。有一次，他开车去看女儿，看到妻子家里有男人的西装和皮鞋，他也没有发火。当初分居也是妻子主动说："我们分居吧，我有男朋友了。"他们就分居了。本来也没有多么彼此的爱，何必大动肝火。现在，他顺其自然，听天由命了。

有人曾经建议他把100平方米的公寓出租，他一直不置可否。他习惯了一个人生活，没想过有别的人和他生活在同一屋檐下。公司里有一对小情侣，经常喊他去吃饭，那女孩是四川来的，做得一手好川菜。沈木犀每次去，都受不了他们的卿卿我我。

不过，他对他的公寓是有感情的。他开车走遍了欧洲，去了很多国家，在旅途中，总会想起公寓的沙发。他经常会躺在沙发上看书，旁边放一杯咖啡。公寓是他在法国奋斗十年的所有积蓄购买的，他迟迟和妻子不办理离婚的原因，也是与公寓有关。妻子希望他把公寓卖掉，给她一半的钱，他总是犹犹豫豫。这公寓是他婚前买的，在买公寓之前，他几乎每年都在搬家，他有点讨厌搬来搬去的生活了。

在法国过了十年动荡的日子，直到三十岁，才算安稳下来。年轻的时候，每天兼着两份工作，但对生活还是有憧憬的，有时候搬家，还会有种抑制不住的兴奋。年轻总归有梦想，至少有让父母过上好日子、在巴黎买一套大房子的梦想。所以，那时候，他不讨厌换城市，不讨厌搬家，不讨厌接触新人、新环境。他幻想着，也许妻子不会再要求卖掉公寓，和他离婚。

这天晚上，沈木犀失眠了，眼前挥之不去才英的样子。他见到才英的第一眼，就怦然心动了，不知道为什么，才英身上有一种强烈的吸引力。才英在他的心里扎了根。

如果你不曾存在

这样的感觉已经好久没有出现了。来法国十几年，沈木犀觉得自己已经很老了。他为自己的失眠而激动，或许是长久的心门关闭着，突然被才英脸上淡淡的哀愁给推开了。

沈木犀点了一支烟，他很想给才英发个信息，问问她睡着了没有。

一看时间，已经深夜一点半了。

想来想去，他还是发了一条信息给她。

"还好吧？"

自然，才英是没有回复的。

3

又过了几天，一个下午，沈木犀在一个书店意外地遇见才英。

才英看到他，显得很激动，她已经挑好书，沈木犀却刚进门。莉莉和才英一起来的，她中途有事走了。

他们在书店待了半天，边挑书，边有一句没一句地低声说话。期间，才英接了一个电话，说她下午约了一个女孩去看电影。

沈木犀说："我恰好也要走，你怎么走？"

才英说："我步行过去，不远。"

沈木犀没开车。他说："那我陪你走过去。"

"你是怕我迷路吗？"才英笑了。

她的侧影真美。

"是啊，我刚刚来巴黎的时候，经常迷路。"沈木犀看着低头挑书的才英说。他们一路走着，很少说话。才英偶尔会回头看一下他，沈木犀总会冲她微微一笑。才英今天穿着棉质的碎花裙，看起来青春、浪漫。

到了分别的时候，那个女孩冲才英挥手，才英笑着说："我到了。"

沈木犀点点头，他很想说，晚上一起吃饭吧，可是欲言又止。每

借你的耳朵用一用

次见到才英，不知道为什么，都会有些慌乱，怕说错话，怕才英突然沉下脸，再也不搭理他。他不能确定才英对他的感觉，因为才英好像对谁都那样微笑。她是否在意过他，他很想知道。

偶尔才英发了微信朋友圈，他会点赞，或者他发了朋友圈，才英也会点赞。

这家书店旁边有一家甜品店，以前每次来，他都会去买第二天的早餐，或者去附近一家中餐馆吃碗炸酱面，然后步行回家。有时候会路过一个站台，听那里的流浪歌手唱歌。这天他一直看着才英的背影消失在街角，才叹了叹气，他打算去吃那家中餐馆的面。

接下来的几天，沈木犀特别忙，旅行社的游客突然增多，沈木犀带团去了一趟法国南部。在路上，他看才英的朋友圈，才英的朋友圈每天在晒美食，晒风景。沈木犀看她去了巴黎圣母院，好像很开心。微信近在咫尺，但是他不敢贸然发信息问候她。

才英再次和沈木犀联系，是一周以后，她发微信问沈木犀法国的旅行线路。

时间恰好是饭点。

沈木犀问，"你吃饭了吗？"

"还没有。"

"那一起吃饭，边吃边说吧。"

才英在她访学的大学门口等他。沈木犀开车过去的时候，才英正在东张西望地找他，她今天穿了一件棉质的旗袍，看起来清纯脱俗。沈木犀下车，走到她面前。

才英冲他灿烂地一笑，她的眼睛永远那么炯炯有神。沈木犀打开副驾的车门，示意才英入座，然后关上门，他感觉自己的心扑通扑通地跳着。

关上车门，才英转头看了他一眼，脸突然红了。估计才英看到了沈木犀俊朗的外表，沈木犀多年阅读的气质，好像眉宇间都渗透进去了，甚至可以说渗透到骨子里了。沈木犀一米八的身材也可称作伟岸，他看起来也就三十岁出头的样子，难怪才英第一次见，会觉得他们差不多大。

车子里突然有一种被施了魔法的感觉，街上的喧哗全都听不见了，沈木犀急忙打开音乐，他想让气氛轻松一点。关上车门的一瞬间，仿佛世界安静下来，歌声回荡，气氛醉人。

如果你不曾存在

告诉我，我为何要存在

为了在一个没有你的世界漫步

没有希望，没有留恋

如果你不曾存在

我试图虚构爱情

一如画家看着笔下的画面

每天生成的色彩

不再会回来

如果你不曾存在

告诉我，我为谁而存在

才英突然有点激动。

"你也喜欢听这首歌？你知道吗？这是我最喜欢的法国情歌，《如果你不曾存在》。"

沈木犀也有点激动，这也是他最喜欢的歌。他经常反复地听，充满磁性的男中音，使他感觉心会沉陷进去。

他们一直在听歌，才英没有再说话。

直到沈木犀问："今天带你去吃中餐吧？"

才英说："好，我早上一直在听法国戏剧的课，真是有些饿了。"

"法国的夏天来了。"沈木犀说。

"是啊，幸亏来了，不然我带的旗袍和裙子都穿不出来了。"

他们来到一家餐厅，走过幽暗的楼梯，上楼的时候，沈木犀无意间转头看了一眼才英，仿佛有电流穿过，才英打了个趔趄，差点摔倒，沈木犀伸手拽住她的胳膊。他们推开餐厅的门，豁然明亮，这是一家十分考究的中餐厅，餐厅里饭香四溢……

他们坐到靠窗户的位子。才英看着窗外的大树，目光悠远，沈木犀不知道她在想什么。沈木犀点了几个菜，没想到正合才英的口味。吃饭的时候，才英的话很多，当然主要是问法国的一些旅行线路。沈木犀穿着灰色的西装，感觉餐厅有点热，他脱下外套，他的身材保持得好，一米八的身高，体重一直在一百四十斤左右，显得干净清爽。才英问的线路，他都一一作答。

后来两人寒暄几句，才英突然问："你和我差不多大吧？"

这是才英第一次对沈木犀的个人情况提问。

沈木犀有点激动。他说："我大概要比你大一些，我是70后。"

才英笑了："你们男人怎么都这么经得住岁月啊。"

沈木犀说："岁月在心里。"

才英突然不说话了。

沈木犀低头吃菜，他用余光看到，才英偷偷朝自己看。他抬头，恰好遇见才英的目光，才英笑笑。才英旁边的牛肉，离沈木犀有点远，才英用筷子夹起一块肉，在空中犹豫了一秒后，把肉放到了沈木犀的盘子里。沈木犀的心突然飞快地跳起来。

他忙说："谢谢。"

沈木犀举起果汁，和才英干杯。

他说："如果你有时间的话，我周末会去法国南部，你可以搭我的车一起去。"

"方便吗？"

"方便。"

才英说："那太好了，先说好了，你开车，我请客。"

才英是个大气的女孩子，从说话、买单很多细节都能看出来。才英对法国南部有浓厚的兴趣，她一直滔滔不绝地说她看过的法国的电影，沈木犀第一次发现她挺能说。那天吃完饭，才英拿起手里的包，走了两步突然回头说："沈老师，你真是太好了。"

沈木犀有点不好意思，他的心怦怦地跳，他忙拿起餐桌上的手机，掩饰自己的不知所措。

那天晚上，沈木犀讲了很多他在法国的经历，读书、打工、兼职、教书、开公司，还讲了在法国多年的有趣经历。才英一直在静静地听着，她偶尔会微微一笑。沈木犀不是特别幽默的男子，但偶尔也有几分风趣，让气氛瞬间柔和放松。她很少发表评论，只是说，每一个留学生，在异国他乡都有一部心酸史。

期间，沈木犀接了一个电话，公司有点事，他得赶回公司。才英一听沈木犀有事，就很识趣地说她也有些事。沈木犀坚持把她送到住处，才英示意他停在巷子外面，她走进去就好。

道别的时候，沈木犀摇下车窗，才英礼貌性地说，"沈老师再见。"

"咱能把老师两个字去掉吗？以后喊我木犀吧，他们都这么喊我。"

"木犀……"

沈木犀点点头，他突然对才英产生了依依不舍的情愫，他笑了一下说："周末的事别忘了。"才英又笑，她那么随和地笑，估计学生们很喜欢她吧。沈木犀开车离开时，他从倒车镜看到，才英一直目送着车子。或许这就是牵挂吧，他心里产生了一种久违的感动，差点掉下泪来。也许才英对他是有好感的吧。沈木犀想。

晚上，才英发来短信。

"木犀，记得喊我啊。"

沈木犀回复说："放心，我即使忘记了自己叫什么，也不会忘记答应你的事。"

才英回复了一个害羞的表情。

那时候，沈木犀回到家里刚刚洗了澡，他打算躺在沙发上看会儿电视，没想到才英又发来短信："木犀，我有点拉肚子，不知你那里有没有药？如果有，我过来取。"

沈木犀回，"有。"

"那我马上来取。"

沈木犀说："我二十分钟后到你楼下，你先倒上开水，等水温了，你就能吃药了。"

沈木犀穿了衬衫就往下跑，他离才英住的地方不算远，但是有几个路口的红绿灯比较让人讨厌。不过，晚上十一点后不堵车，十分钟应该可以赶过去。他把车开得飞快，到了才英住处，才过了十六分钟。他敲门，才英打开门，看样子她也刚刚洗了澡，还穿着宽松的粉色睡衣，外面套着一件格子衬衫。

"给你添麻烦了。"

沈木犀第一次走进才英的房间。房间只有十五平方米的样子，一张小床，一个书桌，一个衣柜，桌子上堆着一些零食和书籍。房间还算整洁，才英还是手忙脚乱地收拾了一番。

沈木犀说："快把药吃了吧，这个是诺氟沙星，我上次回国带来的。"

才英笑了："我拉肚子必须要吃这个，中国人必须要吃抗生素。"

才英给沈木犀倒了一杯茶，沈木犀看着她吃了药，茶只喝了半杯，他想起身告辞。

才英忽然问："你会修电脑吗？"

"会，你算是问对人了，我大学里学的就是计算机。"

"那你帮我看看。"

沈木犀打开电脑。才英的电脑桌面上居然有一张他站在塞纳河畔的照片，这个发现令他激动万分，那照片显然是偷拍的。

难道才英也在意他？

沈木犀趁着才英转身，打开照片，那是他和才英那天去塞纳河散步，才英偷偷拍的。当时，才英假装拍风景，没想到是在拍他。

才英削了苹果，把一半递到沈木犀嘴边。

他们有一搭没一搭地说着话，大半夜，他来才英的房间，怎么说都有点暧昧。电脑中毒了，他杀了毒，又装了新的杀毒软件。电脑恢复正常时，已是深夜一点，他匆匆离开。

那半杯茶，让他一晚上没睡着。

4

沈木犀要去波尔多办件小事。初夏时节，正是法国最美的时候，他也想带着才英出去走走，他们开车从巴黎西南沿卢瓦尔河谷南下。

卢瓦尔河是法国境内最长的河流，自中世纪到文艺复兴时期，河谷两岸建造了许多雄伟而奇异的城堡，这里曾经是法国王室和贵族的休闲之地，更是法国文艺复兴的摇篮，如今则是法国人民的后花园。最美的一段便是中游河谷，河流两岸有许多别致的小山丘，山丘上到处是森林、田园和花草，那些古老的城堡就掩映在绿树丛中。

沈木犀说："我们熟知的巴尔扎克、大仲马、达·芬奇等都十分喜欢卢瓦尔河谷，达·芬奇更是在这里度过了最后的时光。"

沈木犀的车子开得很慢。

才英坐在副驾上，一直安静地看看窗外的风光。窗外基本是平原，大片绿色田野，一派夏日田园风光。

偶尔她发出感叹："这里真的很美！"

高速路上，沈木犀很少关注身边的才英，偶尔转头，最先看到的是才英长长的睫毛和小巧的鼻子。他每次转头，都发现才英的脸蛋红扑扑的，她大概是有些紧张。偶尔他们目光交汇，才英的眼睛总是像受惊的小鹿一样，瞳孔里全是他的脸。沈木犀把音乐调小，他觉得此刻的音乐声音太大会惊扰他内心的涟漪，那如春日微风吹拂的暖暖的、痒痒的感觉。如果没有音乐，两人会有点不知所措。

才英今天化了淡妆，穿着碎花长裙，头发披着，很休闲的装扮。

他们这天的话题是中法文化的差异。

其实不说话，沈木犀和才英待在车内小小的空间里，也非常默契，没有任何的不自在。才英身上没有香水味，只有头发上淡淡的洗发水的味道。

沈木犀说："法国的情侣一般不会结婚，只开同居证，而且相互不会干涉对方隐私，保持双方自由；还有，在法国，如果请客人来家里吃饭，客人要比约定的时间迟到 5~15 分钟，表示对主人的礼貌，中国应该正好相反吧？还有，记得要带上一瓶香槟或是巧克力之类的小礼物；法国的商店在节假日是全部停业的，因为店员也要过节，国内则是会趁节假日大把捞钱吧？还有，法国人晚饭吃得很晚，对了，摩托车路上飙车不限速，法国人崇拜作家和艺术家……"

才英说："喝点水吧。"沈木犀随身带着杯子，还有热水壶，这

借你的耳朵用一用

是他每次出门必须带的，他自己在法国这么多年，喝茶的习惯一直没有改。他爸，他爷爷，都是早起一杯热茶。在法国多年，他也一样。

才英帮他拧开杯子，把水递到沈木犀手边，他们的手第一次碰触。当沈木犀的手接触到才英的指尖时，沈木犀有种触电的感觉，才英急忙收回手，拢了拢刘海。

沈木犀喝了一口水，心里那种美滋滋的感觉就像是喝了百年陈酿，又像是身处幻境之中，他努力使自己保持平静。他再次转头，才英的脸颊绯红，她没有转头，估计她害羞了。沈木犀已经很多年没有见到脸红的女孩子了，才英这个年纪还能脸红，真是稀罕。

他们到达一个安静的小镇时，已经下午1点多了，街道上的餐馆都没开，沈木犀去食品店里买了些食物和热咖啡，和才英坐在大树下的长凳上，简单地吃了午饭。

"法国的小镇真的很美。"才英说。

吃完后，才英提议去小镇上走走。

沈木犀说："这样的小镇，沿途很多。"

才英有点不相信，她有点撒娇的口吻："是啊，你是见怪不怪，可是我真的觉得这里很美。"

沈木犀陪才英在小镇上走了一圈，才英一直在拍照。

沈木犀偷拍了几张才英的背影，她的背影真的很美。

再次上车，沈木犀说："如果你还想去香波堡，那么我们必须抓紧时间。"

才英点点头，沿途的很多小镇，让她惊叹不已。终于到了香波堡，他们停下车子，到售票处才发现窗口紧闭，这里刚刚停止售票。

才英笑了。

"现在我们只能望'堡'兴叹了。"

沈木犀说："走，我带你去周围转转。"沈木犀说着伸出手，拉上了才英的手，才英犹豫了一下，就跟着他去了。他们的手牵在一起，现在，沈木犀所有的心思根本不在面前的古堡上，而是在才英的手上。才英的手很柔软，手心里有汗，他们围着城堡转，手一直没有分开。才英也没有提拍照，手心里的幸福好像超越了这里的一切美景。

天色黯淡下来。他们从后面眺望香波堡，365 座烟囱和交错林立的华丽塔楼，堆砌出童话般的梦幻感受。才英的手和他的手紧紧地牵在一起，沈木犀心里面热乎乎的。忽然，他附身在才英的额头亲吻了一下，他鼓足勇气，慢慢地把才英抱在怀里，才英比他想象的还要娇小。

沈木犀低声说："才英，我喜欢你，我从未这样喜欢过一个人，从见到你的第一眼开始，我知道我这次是逃不掉了。"

才英的脸很烫。太突然了，她有点不知所措，甚至有点发抖。才英想挣脱他的怀抱，但沈木犀紧紧地抱着她。

才英眼角有泪珠落下，她摇着头。沈木犀突然捧起她的脸，他们四目相对，沈木犀近距离地注视着才英的脸，这个小巧的女人，眼神的淡淡忧伤，让他魂牵梦绕，他抚摸着才英的脸颊。

"才英，才英，让我爱你吧……"

才英已经无力反抗，她泪珠不断地滚落。

"知道吗？木犀，我已经好久没有听到有人对我说爱了。"

"哦，才英，我爱你……"

沈木犀说着猛烈地吻住了她的唇。才英被沈木犀的霸道所震撼，她有一点点反抗，又很紧张，紧紧地抓着他的衣服。渐渐地，沈木犀感觉到了她的回应，在香波堡美丽的灯火中，他们感受着彼此的甜腻、柔软……

晚上，他们住在了舍侬索堡附近的宾馆。上楼梯的时候，沈木犀没有放开才英的手，在口袋里塞塞窣窣地摸房卡时，他还牵着才英的手，一直没有放下。进门的瞬间，他们就知道接下来会发生什么，他们没有开灯，看不到彼此。沈木犀扔下行李，关上门，一把把才英拉入怀里。他们紧紧地抱在一起，彼此都感受到了对方轻轻的战栗，能听见各自的心跳声。

沈木犀说："才英，我想爱你，我从来没有这样疯狂过，我要爱你……"

沈木犀寻找才英的唇，嘴唇落在她的脸上，她的脖颈，她的额

借你的耳朵用一用

头，才英已经被他吻得窒息，他听到才英急促的鼻息声……

这是疯狂的一天，对于他们来说，是永生难忘的日子。

沈木犀说："知道吗？才英，我曾经渴望过有一天，有人可以拥抱我，有人会紧紧地握着我的手，会紧贴着我入睡，或者彼此进入各自的身心，可是，我一直没有这样的冲动，我以为，自己提前衰老了。有人说，出国留学一年老三岁，我算了一下，我现在应该是个老人了。"

沈木犀还要说什么，被才英用亲吻制止了。房间里弥漫着旺盛的荷尔蒙的味道。不知道时间过去了多久。

他们走到大街上，沈木犀俯下头，轻轻地吻了一下才英的唇。这是巴黎街头常见的亲吻场景，沈木犀却从来不知道它的美妙。

这天，他们吃完夜宵，都不觉得累。才英说，去街上走走吧。他们手牵手，像多年的恋人一样，走在这个陌生的小镇。

才英和他说了很多话。

"我的父母感情不好，他们没能给我一个让我踏实的家。母亲是搞翻译工作的，常年在外奔波，父亲也经常出差。我小时候，经常被他们送到外婆家、奶奶家，甚至邻居家，总感觉他们会抛弃我。在我十七岁那年，母亲因为交通事故去世了，去世前她告诉我，父亲早在外面有女人了，因为怕影响我，一直没有离婚。她让我不要怨恨父亲，她叮嘱我，永远不要相信男人的话，永远只相信自己。我不懂母亲的话，那时候真的太小了。父亲很快再婚，我被寄养在爷爷奶奶家，又转了学，非常孤独，整日郁郁寡欢。那个时候，我遇见了我的初恋，你知道吗？我过去十年，用全部的身心爱着我的初恋。我们十八岁就认识了，大学毕业确立恋爱关系，我们虽然是男女朋友关系，但大多数时间不在一起。他去美国读博士，一读就是五年，我一直等他，从没想过再谈一场恋爱。虽然他不在的日子，我也会很寂寞孤独，可是，我从不做对不起他的事，对待感情，没有抱着游戏的态度。从一开始，就觉得我要嫁给他，所以，每一天都沉浸在和他结婚的幸福感中。他博士毕业，想要自己开公司，但他几乎从不和我讲公司的事。我们见过双方家长，有很多共同的朋友，大家和我一样，都感觉我们永远会在一起。可是事实呢？分手前，就是我们准备结婚的日子，我发现他不再和我亲密，那段时间估计他也很痛苦。后来他和我说，他爱上了一个人，想永远和那个女孩在一起。我能怎么办？去死吗？死可以解决问题吗？朋友劝我，命里有时终须有，命里无时莫强求。但经历了这么多事，我懂得了不管命里有没有，还是要努力去追求，不然，命里有的也变没了。所以，我申请来法国，我想逃离那些同情我的目光。其实，我现在出国，是很不合时宜的。我马上要评职称了，手头正在编纂一本书，事业稳定，我来法国等于又退回去了。再说，我多年不说法语，来这里等于重新学习，离开熟悉的环境，到一个陌生的国家，我承认是一种逃避，为了逃开当时的生活，逃开他的影响，我必须马上就走。"

沈木犀在心里说："才英，我会让你忘记一切不快，我会让你永远幸福。"

沈木犀说："才英，知道吗？你出现在我的生命里，就像阳光普照万物，给予我第二次青春，让我不再孤单，忘记忧愁。如果你不曾存在，也许，我就这样浑浑噩噩地过完一生，但是，你来了，你照亮了我的生命……"

才英从身后紧紧地抱着沈木犀，她睁着水汪汪的泪眼，仰头看着激情澎湃的沈木犀："此刻，我们在一起，多么美好啊……"

沈木犀没有再让才英说话，在陌生的法国南部小镇，月光明亮的夜晚，他忘情地吻着才英，他希望那一刻成为永恒。

5

借你的耳朵用一用

沈木犀喜欢亲吻才英，才英樱桃般的红唇，总是那么诱人，有时候，他会忍不住轻轻咬一下。每一个夜晚，他们躺在一起，沈木犀会轻轻地吻遍才英的每一寸肌肤，他温暖的唇落在才英丝绸般的肌肤上，才英的汗毛柔软而潮湿。

才英总会说："讨厌啊，人家痒痒。"

沈木犀说:"说点好听的。"

才英摇头晃脑就是不说。

沈木犀就变本加厉地挠她的痒痒,才英笑得都要背过气去了,终于说:"木犀,我爱你,我从未这样爱过一个人,你是第一个。"

痴缠一夜,当新鲜的阳光透过窗帘的缝隙,洒进来时,才英趴在他的身上,看着他的脸说:"木犀,在清晨的阳光里看着你,真的好幸福啊。"

"你醒了很久了?"

"嗯,我醒来很久了,一直在看着你呢。"

沈木犀把才英拉入怀中,说:"才英,让我怎么爱你啊?我都不知道怎么爱你了!"

才英说:"木犀,我突然幸福得想掉眼泪呢,为什么会在巴黎遇见你?我们前世认识吗?"

沈木犀点点头:"肯定认识,而且很熟。"

"你怎么知道?"

"我当然知道,因为我看见你的瞬间,就觉得在哪里见过。"

在遇见沈木犀以前,才英觉得男人都和她原来的男友一样,是不可信的。遇到沈木犀,就像看到了珍宝,她说:"原来这世上还有你这样的男人啊。"尤其是有一次,才英的脚抽筋了,沈木犀帮她揉脚的时候,才英差点哭了。才英是那样天真纯洁,沈木犀暗自担心,她如果知道他的情况,会不会离他而去?他很多次都欲言又止,他怕失去她,他得赶紧处理自己的事。

才英选了几节有意思的课,每天回来总会说,今天有法国男孩想请她喝咖啡,今天在教室有个法国帅哥,坐到她旁边,说她很迷人。

沈木犀听了,就说:"这就是法国的浪漫。"

才英说:"真是好神奇,没想到会有这么多的艳遇。"

沈木犀说:"才英,我的心里好酸啊。"

才英笑了。

沈木犀和才英恋爱了。像所有情侣一样,他们一起看电影,去公园,去游乐场,去逛街。沈木犀忘记自己马上要四十岁了,他更没想到，他会这么疯狂。才英在法国认识了几个朋友，沈木犀偶尔也会参加他们的聚会，他们成了大家公认的一对。"你们真是郎才女貌，天作之合。"才英的一个朋友说。才英眨了一下眼睛，冲沈木犀调皮地笑了笑。

才英的室友莉莉交了新的男友搬出去了，据说他们是在酒会上认识的。莉莉三个月，换了两个男朋友，莉莉说人生短暂，追求快乐才是根本。她是来巴黎学绘画的，曾经也深爱过一个男孩，后来被男孩抛弃，她就变了。她喜欢艳遇，有时候带才英去酒吧，一边抽烟，一边给才英讲她曾经的男朋友。如今莉莉在一家中国人开的化妆品店上班，她说："我不需要过特别有钱的日子，就是想留在巴黎，做个工薪族，平常有画展看，有艳遇……"才英知道她是有伤痛的。

莉莉搬走后，沈木犀就搬过去和才英一起住，付另外一个房间的租金。他没有对才英说他在巴黎有房子的事，他本来想让才英搬到他的房子里，可是，房间里有他妻子的一些东西，他怕才英误会。

自从遇见才英后，他已经很久没有去看过女儿了，他很想告诉才英自己的境况，可是每次看到才英那么无辜的笑容，他欲言又止。才英访学一年就要回去了，关于未来，他们还没有讨论过，他不知道才英到底是怎么想的，她愿意为他留在法国吗？

沈木犀和才英一出门，总是十指紧扣，他们也会在街上旁若无人的亲吻，他们走路总是半个身子依偎在一起。沈木犀没有想到才英会那样温柔，他甚至怀疑她是从远古穿越而来的。有时候，沈木犀看着才英，不管她干什么，都觉得心里满满的。才英选的课很少，她本来是来巴黎散心，顺便畅游欧洲，如今变成了恋爱。才英说，这是一个惊喜。才英的厨艺虽然一般，但是，她喜欢看着菜谱给他做各种好吃的，沈木犀总是把才英做的菜吃个一干二净。才英经常会把削好的苹果、剥好的核桃放到他面前，沈木犀吃了，她会亲吻他的脸蛋，说："真乖。"

沈木犀几乎不看书，不看手机，他觉得那是浪费时间，他和才英经常会抱在一起，腻在一起。幸福的日子让身上的肉也长起来了，沈木犀发现自己都有小肚子了。

沈木犀都没有耐心听导游们控诉大陆游客的种种行为，很长一段时间，那是他的一大乐趣，他常夸张地笑着听着，打发无聊时光。沈木犀每天一到公司，就看着公司墙上的钟表，希望时间快点走，他让才英等他，他会想办法溜出来。才英每次见他，都会亲亲他的脸颊，沈木犀会抱着她转一圈，然后深深吻她。

才英说："我们俩是一见钟情吗？"

沈木犀说："不是，是我先爱上你。"

才英听了，总是撇嘴笑笑，那样子充满了得意。

恋爱中的女人总是这样傻，恋爱中的男人，也总是飘在云端。沈木犀忘记了他还有妻子和孩子，才英忘记了她即将回国。

他们在巴黎度过了一个美丽的夏季。

秋天来了。

秋天是沈木犀最喜欢的季节，塞纳河边各种颜色的树叶色彩分明，天空的云彩低得仿佛触手可及，整个秋天的巴黎，在阳光的照耀下无比绚丽，像一副厚重的印象派画卷。

他和才英经常手牵手游走在巴黎街头，从香榭丽舍大街到凯旋门，从塞纳河到埃菲尔铁塔，他们沉醉其中，感受着古老的文化、金色的落叶、嫣红的鲜花、湛蓝的天空，以及空气中弥漫的咖啡香气。

除了公司工作时间，除了才英学校上课时间，他们几乎天天腻在一起。他说："才英，我们是不是在度蜜月啊？怎么一分开，就特别想你，看见你了，还是想你？"

才英笑了，她说："我们都快过完蜜月了。"

沈木犀说："这是我最幸福的日子。"

才英说："也是我最幸福的日子。"

沈木犀说："我以前的幸福，都是一瞬间的。我经常会问自己一个问题，到底怎样才是幸福？其实，很多时候都能感觉到那种小幸福，比如，我在法国考上研究生的时候，比如打工拿到自己的第一份薪水的时候，比如回家吃了母亲包的饺子的时候，我每次回家，母亲总是给我包饺子吃……"

才英说："那今天我给你包饺子吧。"

沈木犀笑着说："你擀皮，我来包。"

他们在一起做什么都是那么快乐，一起吃饭，早晨起来一起刷牙，相视而笑。幸福就是那么简单。

夜深人静时，沈木犀想到必须赶紧办理离婚手续，只是这些需要时间，他想找个机会和妻子面谈。

6

一天傍晚，才英做了几个菜，还倒了红酒。干杯后，才英把拿起的筷子又放下。

才英说："新年前，我要回国一趟，我父亲身体不好，我想回去照顾他。以前对他有太多的误解，现在才觉得，感情的事，勉强不得。"

才英说话的时候，外面下着雨，她有点忧伤。

沈木犀点点头，他说："那我陪你一起去。"

才英握住他的手，说："木犀，也许你从一开始就知道我要离开，所以我们才爱得如此甜蜜吧？"

沈木犀听了，心里有些刺痛。

沈木犀说："才英，为我留下来吧。"

"我的工作在国内啊。"才英幽幽地叹口气。

沈木犀鼻子一酸，他紧紧地抓住才英的手，不知道说什么。难道才英从来没有想过，留到法国，永远和他在一起？想到这里，他有些心痛。

"才英，我想让你永远留下来。"

才英望着他，感动得掉下泪来。

"不管怎么说，我得回去一趟，春节后再回来，学习还没有结束呢，你是不是伤感得太早了。"才英调皮地说。

"在你回去之前，我想带你去欧洲的几个国家看看。"沈木犀笑了，是啊，他的确伤感得太早，才英要在法国待一年，这才刚刚过去几个月。

才英调侃说："是贴身导游吗？"

"不光贴身，而且还贴心。"沈木犀又笑了。

不管怎么说，才英要离开是事实。

一天，晚上睡觉前，才英洗完澡，裹着浴巾，突然说："今天有个法国男孩向我表白了。"沈木犀有点吃醋，瞪着眼睛说："你没告诉她你已经有男朋友了？"心里却想着，才英长得那么古典，那么有气质，是男人都会喜欢的。想着想着，心里越发酸溜溜的。

"我告诉过，可是人家说，他不在乎。"

沈木犀气呼呼地背过身子。

才英像小鱼一样钻进被子里，从后面抱着沈木犀。

"好酸啊，被子里都是醋味。"

沈木犀只温和地笑："才英啊，你是想让我被醋淹死吗？"

"木犀，你爱不爱我？"

"爱！"

"你爱不爱我？"

"我爱你，才英！"

才英好像听不够，每天趴在沈木犀的身上，总是反反复复问上几遍爱不爱她。沈木犀总是亲吻着她，不停地说："我爱你。"那三个字就像迷药，才英说："这三个字包治百病。"

"木犀，让我们忘记离别，让我们珍惜在一起的每一刻。"才英说。

一天中午，才英接了一个电话，是法国的警察打来的，问她认不认识莉莉，才英就感觉莉莉可能出事了。其实她和莉莉只住了两个多月，对她还是陌生的。沈木犀陪才英去警察局，警察告诉他们，莉莉和法国男友吵架后，出门被货车撞了，至今昏迷不醒，他们想通过才英找到莉莉的家人。才英和沈木犀急忙去医院看莉莉。莉莉的法国男友一次也没有来医院探望过，莉莉一直在沉睡，医生说："再不醒来，她有可能会变成植物人。"

才英把脸埋到沈木犀的怀里，她颤抖着，痛哭着。才英说："莉莉根本没有她说得那么坚强，她每次都飞蛾扑火般地去爱，从来没有游戏过人生。"

他们从莉莉的众多电话中，找到了她的家人，谢天谢地，莉莉在家人的照顾下，终于醒了过来。

才英再去探望她的时候，医生告诉她，她已经跟父母回国了。

时间真快，巴黎的冬天已经来了。

巴黎的冬季要比北京温暖得多，但同欧洲多数城市一样，缺少阳光。九月刚过，秋天便来了，夏日灿烂的阳光逐渐被阴云遮挡，天空常常是灰蒙蒙的样子。在大多数冬日里，气温都在0度以上，天气不冷，只要不下雨，只要气候稍微温暖一些，走在街上就可以看到穿着裙子的美女。才英一个冬天都穿着裙子，外面一件枣红色的羊绒大衣，才英穿上大衣的样子，让沈木犀沉醉。

这天，沈木犀开车带才英去郊外。

他们去了一大片葡萄园。冬天的巴黎郊外不乏绿色，葡萄园周围寂静无人，偶尔传来阵阵鸟鸣声。沈木犀把车停到路边，葡萄树上只有枯叶残存，在冬日的阳光里显出一种沧桑的美。

才英穿一条深蓝色的布裙，裙摆下露出一双小靴子。才英的脚小巧，十分好看，夏天，她喜欢光着脚，偶尔还会带一条红色的绳子做脚链。才英披肩长发被风吹乱，沈木犀又帮她拢了拢。

黄昏了，他们在辽阔的葡萄园里慢慢地走。沈木犀不说话，才英也没什么话，他们实在不用说什么，在寂静的天地间，彼此感应就好了。走到一棵形状独特的葡萄架下，才英要拍照，沈木犀拿手机给她拍照，他的手机里，现在全是才英的照片。

才英伸手扶着卸下重担的葡萄树，那高高的葡萄架充满了某种骄傲的姿态，并不显得苍凉。

才英感叹："美好的东西在不断地流逝。"

沈木犀捏了捏她的鼻子，说："美好又时时在发生。"

才英说："木犀，我想和你合影。"

沈木犀跑过去，他们脸贴着脸，拍了几张，沈木犀忽然转头，紧紧地吸住了才英的唇，他喜欢才英口里的芳香。他们忘情地接吻，直到鸟儿飞去，又再度飞回。

沈木犀一把抱起才英，把她高高举过头顶，又紧紧捧在眼前。"才英，我想你，为什么你在我面前，我还是那么想你？"

他们打开了车子，他们亲吻，他们拥抱，他们渐渐融为一体。等他们醒来，夕阳西下，才英发现自己枕着沈木犀的腿，沈木犀正在深情地注视着她。

才英望着窗外的夕阳说："如果没有你，我该怎么活？"

"才英，我爱你，答应我，你还会来，会永远和我在一起！"

才英捧着沈木犀的脸，就那样深情地凝望着。半响，轻轻地吻了他一下，说："木犀，我爱你……我肯定会回来，因为这个世界上只有一个你，也只有一个我，我们好不容易才相遇，我不想失去。"

"才英，明年春天，我们结婚吧？"

"这算是求婚吗？"才英笑着。

"是的，等我挑好戒指，正式求婚。"

"木犀，我想和你永远在一起……"

"才英，我也想和你永远在一起……"

7

才英还有一个月就要走了，沈木犀一直在和妻子沟通离婚的事。他们像老朋友一样商量财产分割，妻子非常平静，对自己应得的部分据理力争。终于在一个下雨的夜晚，他们在电话里商量妥当了。沈木犀拟好离婚协议，给妻子发了邮件，妻子说她会尽快给他答复。

没想到，第二天，他们会遇见妻子和女儿。

他和才英在街上走，才英说她回国后，准备辞职，会尽快回来，他们甚至都想好了要去表白的地方拍婚纱照。他还计划着，要去附近的小镇看一套小别墅，把未来的家安在人迹稀少的地方。才英说："想生两个孩子。"才英还说："要在花园里种满花草，那样可以在花间读书，喝茶，聊天……"

沈木犀说："那我们周末去附近的小镇先考察考察，等你回来，希望有合适的房子。"

红灯亮了，沈木犀吻了一下才英的唇，才英有些顽皮地踮起脚，咬了一下他的嘴唇，发出了咯咯咯的笑声。沈木犀将才英一把拉入怀里，他们开始接吻，绿灯亮了，他们没有分开，直到身后响起一串喇叭声。

他们过了马路。沈木犀打算带才英去吃帕尼尼，才英很喜欢吃帕尼尼。这种长条形的意大利三明治是意大利人继比萨之后，征服挑嘴的法国人的另一项简便轻食。才英吃过那家店以后，一直念念不忘，天天嚷着还想去吃。他们过了马路，走到一个街口，沈木犀突然停了下来，他看到，妻子拉着女儿的手，朝他走来，应该是偶然相遇。女儿看到沈木犀，飞快地扑过来，喊着"爸爸"。

才英一下子松开了沈木犀的手。

妻子盯着才英说："她就是你要离婚的原因吧？"

才英转头看沈木犀。

沈木犀看到了才英复杂的表情。

"沈木犀，我做梦也没想到，你也会欺骗我……"

"才英，回头我跟你解释，一切不是你想的那样。"沈木犀说。

"我以为我遇到了所谓的爱。"才英说完，瞪着他看了足足一分钟，她的眼圈红了，泪水涌出来。沈木犀的妻子和女儿突然出现，对她绝对是晴天霹雳，她一直以为沈木犀是单身。才英从沈木犀手里拿过包，一路狂奔，很快消失在路口。

沈木犀追到才英住处，才英的门一直紧闭，敲门无济于事。沈木犀就坐在门口的台阶上，给才英发短信，拨她的手机，想尽办法叫她出来，向她认错、请求原谅。但每次发短信都是得到拒绝的回复，沈木犀知道，才英已将他屏蔽。

沈木犀在门口对才英说，"才英，我真的没有骗你。遇见你之前，我们已经分居很久了，正在离婚。你从来没有问过我婚姻的事，我也就没有和你说。才英，请你原谅我，请你给我们的爱一个机会吧，我不能没有你……"

借你的耳朵用一用

才英一直沉默。

沈木犀能听到才英低声的啜泣声，他想才英应该听到了他的话。

沈木犀说："才英，求你不要伤心，给我一个解释的机会，把门打开。"

沈木犀一直站在门口，和才英解释，他给他讲这些年在法国的生活，讲妻子和女儿，讲自己的伪单身汉生活。

才英自始至终都没有开门。

第二天，沈木犀又来才英楼下，不能发短信，他就在楼下站着，期待才英拉开窗帘看他一眼，听他解释。

第三天他来的时候，才英已经走了，才英一定恨死他了，她一定以为他是个感情的骗子。房东说："才英退房的时候，眼睛是哭肿的，她一定是彻夜哭泣的。"

才英走后的第七天。

沈木犀约妻子到了一家露天的咖啡馆见面。妻子看出了他的魂不守舍，看出了他的痛苦。

"怎么，那个留学生她不知道你结过婚？"

沈木犀不吭声，点了一支烟。

妻子也点了一支烟。

"我看出来了，这一次你动真格的了，我并不是不想离婚，我有固定男友，这个你早知道。但是，孩子我必须自己抚养，不过你以后可以随时来看她。"

沈木犀点点头。

妻子把目光转向远处的塞纳河。

"知道我为什么拖着一直不想和你离婚吗？并不全是想让你卖掉公寓，是因为，你从来没有爱过我。即使我给你生了孩子，你都没有爱上我……我以为你一生不会爱了，我甚至觉得你是个冷血的动物……知道我最后悔的事是什么吗？就是爱上你，还天真地给你生下了孩子，我奢望你有一天会爱我……"

妻子终于停下了诉说，她眼角有泪珠滚落。

"对不起……"

沈木犀很诚恳地对妻子说，除了说对不起，他不知道还能说什么。

妻子突然笑了，她掏出烟，又点了一根，使劲抽了一口。

妻子在离婚协议上果断地签了字，离开前，说："既然你爱了，那你就像个爷们一样去追求你的幸福吧。"

沈木犀一直目送着这个给他生过孩子的女人离开，他给了妻子这些年他所有的积蓄，那些钱可以在巴黎再买一套公寓。

才英走了，他去学校问，学校说才英请假回国了。才英没有留下一个字给他，甚至没有道别，她就那样拖着沉重的行李，去了机场，她一定是哭着离开的。沈木犀眼睛直直地看着街上的人来人往，他的心一下子空了，他整晚整晚睡不着，他自责痛苦，开始一包一包地抽烟。有时，他会去塞纳河边走，走到凌晨两三点，还不觉得疲倦。有时候，他会去他和才英初次见面的咖啡馆，到他们当初的位子上坐下，他会要一杯咖啡，一杯柠檬水，才英爱喝柠檬水。沉浸在咖啡的气息里，沈木犀看着柠檬水，设想着才英还坐在他对面，冲他微微地笑。

一个月前的深夜里，他在电脑前处理旅行社的事，才英还给他做夜宵，有时候，才英会给他按摩颈椎，然后，像小猫一样钻到他怀里，坐在他腿上，静静看他打字。她的气息仿佛还在，只是已经人去楼空……

他想着，心里依然疼痛……

才英删除了所有的联系方式。

沈木犀不认识才英的任何朋友，不过，有一次，才英的家里打来电话，才英的手机突然没有电了，就用了沈木犀的电话。沈木犀疯了一样，去查他的通话记录，遗憾的是，并没有查到那个号码。他想，如果才英想他，会来找他，或者会给他打电话。他的电话二十四小时开机，他把手机的铃声调到最大，因为时差的关系，他很担心自己睡着了，错过电话。就那样，在等待中煎熬了一个月，他瘦了整整十斤，连他们旅行社的几个小丫头都说："老大，你是不是失恋了？好憔悴哦。"

沈木犀从没有把才英带到公司，所以，大家并不知道才英的存在。

沈木犀只是微微一笑。

才英走后，除了去公司，他整天待在家里，他再没有带团出去过，他害怕热闹，他想静静地待着。才英有几件没有来得及带走的东西，还落在他的车上，有一个包是她从国内带来的。沈木犀本来要送才英很多礼物，才英都没有接受，只是有一次，他们去南部的一个小镇，看到手工制作、价格适中的牛皮包，才英说："木犀，你送我这个包吧，我很喜欢。"才英背了牛皮包，把原来的布包丢给沈木犀。

沈木犀当时还笑她喜新厌旧呢。

沈木犀把那个布包拿起来，他还记得，才英当时因为那个皮包，主动亲吻了他好几下，沈木犀坏坏地说："你再亲，我就挠你了啊。"

才英笑了。

那时候，爱如春风般醉人，也许那样炙热地爱过，注定了要遭受失去的痛苦吧。

8

才英走后的一个月，沈木犀有一天打开手机，忽然看到日期，从才英来巴黎到现在刚刚好半年时间，他对才英说过："我要爱你五十年，是的，五十年。"他当时说，"我马上四十岁了，如果能活到九十岁，我有生之年只爱你一个。"才英听了轻轻地把他搂在怀里，他们久久地抱在一起。刚刚相逢，却已成为陌路，誓言都是如此的不可信。

他每天给才英的电子邮箱里写一封信，信有时候很长，有时候很短，始终没有见到才英的回信。但他想象着，才英会看所有的信，有一天会原谅自己。

日子一天天过着，漫长的黑夜无止无境，他被痛苦煎熬着。马上要过春节了，母亲意外地来到巴黎，说要陪儿子过年。

母亲来了，他努力调整好自己的状态，陪着母亲逛遍了巴黎的名胜古迹，他还把女儿接来，和母亲待了两天。血缘关系是最为牢固的纽带，女儿和母亲很快熟悉了，祖孙二人很快打成一片。母亲得知他离婚，并不显得惊讶，从结婚到现在，他的前妻从未陪他回国看望过母亲。

　　除夕夜，在塞纳河畔，听着震耳欲聋的爆竹声，看着璀璨艳丽的烟花，母亲拍了拍他的肩说："孩子，一切会好起来。"

　　沈木犀说："是啊，一切会好起来。只是，和才英在一起的每一天，依然历历在目。"

　　春节过去，母亲也回国了。前妻说她要结婚了，请沈木犀参加。前妻再婚，沈木犀为她感到高兴。前妻嫁给了一个法国人，是贵族后裔，婚礼很隆重，沈木犀牵着女儿的手，举着酒杯由衷地祝福他们。

　　前妻说："我也希望下次能参加你的婚礼，我们是永远的亲人。"

　　沈木犀点点头。

　　万物再次复苏，沈木犀走过初春的巴黎，想起才英，心里依然会隐隐疼痛。如果从一开始告诉才英一切，也许结局大不一样。才英因为男友的背叛，毅然决然出国，没想到却被他伤得更深。也许从一开始他就错了，他怕失去才英，没有告诉才英他的现状，才让她误会如此之深。如今，真的失去了。他早已看清这个世界，跟喜欢的人在一起才是目的，才英是他后半生所有的梦想，他只想和她静静厮守一生，没有她，感觉一切都是空的。才英又在哪里？她会想起他吗？一定还在恨他吧？

　　有时候，他的耳边会幻觉般地响起："木犀，木犀，抱抱……"

　　沈木犀恍惚间会想起才英的声音和温暖柔软的怀抱。有时候，沈木犀独自在房间里，对着才英留下的一些物品，静静地发呆，不知不觉，天，就这么亮了。有时候，夜深人静，他会独自在黑暗的花园中漫步，满脑子的依然是才英的样子。开车的时候，他的车里永远只播放《如果你不曾存在》这首歌，那是他和才英都喜欢听的歌。

　　有时候，他甚至担心自己有一天会忘记才英，他永远也不想忘记她，他会每天看她的照片……

一个下雨的夜晚，沈木犀关灯打算睡觉，可怎么也睡不着，于是，站在窗边，点了一支烟，望着楼下出神。街道上灯光黯淡，偶尔有汽车驶过。突然，手机响起来，这么晚了，会是谁呢？是国内的电话……说不定又是哪个国内的朋友介绍来的，咨询法国旅游的。

沈木犀有点不情愿地接起电话。

电话里悄无声息，沈木犀愣了一下。

"喂，能听到吗，怎么不说话？"

电话里是低低的啜泣声。

沈木犀说："才英，是你吗？才英？"沈木犀眼眶热了，眼睛模糊了。才英走后，他总是感觉一种情绪卡在喉咙里，吐不出来，咽不下去，此刻眼泪狂涌而出，他突然轻松了。

"才英，我已经办理了离婚，请你给我们的爱一个未来吧。你知道吗？你离开后，我就像行尸走肉。"他已哽咽得不能说话。

才英更是泣不成声。

后来她幽幽地，低低地说："木犀，我忘不了你，真的，我试过各种方法，我忘不了你，我想见你……"

"才英，告诉我，你在哪里？我马上订机票，去找你……"他接着电话，迅速打开电脑，预订第二天回国的机票。

窗外，夜深人静，沈木犀的嘴角露出了微笑……

进　城

　　成大凤必须得进城一趟。昨天晚上，她妈正在给他的两个弟弟补裤子的时候，煤油灯突然灭了。她妈说："大凤，家里没有煤油了，盐也没有了，你明天得进城一趟，不然夜里连个照明的都没有。"

　　成大凤说："我没有穿的，怎么进城去？你得给我去借一身没有补丁的衣裳，我穿那身烂衣裳怎么进城去？城里人肯定以为我是讨饭的叫花子呢。"

　　成大凤是十七岁的大姑娘了，她已经到了爱美的年龄，可是家里太穷，长这么大，她从来没有穿过一件新衣裳，衣裳不是补丁摞补丁，就是把她妈穿过的改改补补再穿。只有进城的时候，她才能借一件没有补丁或者仅有几个小补丁的衣裳穿。因此，进城是她盼望的，可她也经常为借衣裳为难。

　　成大凤妈说："我不能再去借了，哪次你进城，我没去给你借衣裳？能借的这几家，我都借过了，我再去借，人家万一不借，我这老脸还往哪搁啊！你去借吧，你还小，人家准借给你，何况又是给你自个儿穿。"

　　妈妈既然这么说了，成大凤就只好自己去借进城穿的衣裳了。

　　1970年的农村，大伙几乎都不再饿肚子了，可那个时候，大家的日子还都过得紧巴巴的，一天一天都是精打细算地熬着过。成大凤家是村子里最困难的一家，日子过得就更艰难些。

　　成大凤先去了妗子家，因为妗子和舅舅刚结婚，她是这个村子里为数不多的有新衣裳的女人。她上个月进城借的就是妗子的衣裳。

妗子有两套新衣裳，一套是蓝底白花的蓝印花布的，还有一件花绸子做的褂子。成大凤特别喜欢借妗子那件花绸子的褂子，那黄色的小花，柔软的面料往身上那么一穿，成大凤感觉自己也像朵盛放的花了。再说她都十七岁了，个子和妗子一样高了，妗子的衣裳她穿着很合适。

成大凤去妗子家借褂子是有原因的。妗子平日待她不错，她出去挖野菜的时候通常会喊上成大凤，有时候，她还给成大凤的口袋里偷偷塞个菜饼子。其实妗子只是辈分高，她今年才二十出头，和成大凤很谈得来。

妗子知道成大凤家的孩子多，而大凤又是老大，经常吃不饱，有时候，成大凤替她抱孩子的时候，她就让成大凤在她家把饭吃了再回去。

妗子家虽然不宽裕，但却能吃饱。1970 年，对于很多农村的家庭来说，吃饱肚子已经不是问题了，可成大凤家却还是饥一顿饱一顿的。

成大凤到妗子家的时候，妗子正在给她的表弟擦屁股。看见成大凤进来，妗子喊着："大凤，快，快把树上挂的那个尿布拿来，这孩子，刚刚喝完苞谷面汤就尿尿，跟直肠子似的。"

成大凤帮妗子给小豆子换了尿布。小豆子还不到一岁，很招人爱，小嘴已经开始咿咿呀呀地说话了。

成大凤正要提借褂子的事，可她拿尿布的时候，在树上看到了她要借的黄花绸褂子正挂在那里，褂子正滴着水。

妗子给小豆子换完尿布说："大凤，你来，先帮我抱抱小豆子，我去做饭，一会儿你在我们家吃饭。"

大凤接过刚刚会爬的小豆子，她站在妗子的厨房外面，说："我们家没有煤油了，盐也没吃得了，我妈让我进城买点盐去。"妗子一听，就明白成大凤是干什么来了。

妗子说："大凤，你是来借衣裳的吧？你这补丁套补丁的衣裳是不能去城里的，何况这么大姑娘了，别让人家城里人笑话。可是，我的花绸褂子让小豆子把屎拉上面了，我刚刚洗了，一时半会儿还晒不干，要不等衣裳干了，你再去吧。"

成大凤说："我们家没有盐了，中午吃的盐还是问隔壁的王婶子家借的，我妈昨晚去借的时候就跟人家说好了，下午买了盐就还的。"

妗子说："那你去别人家再看看，我也就这一件褂子，你是知道的。"

成大凤走出妗子家，她还想着去借衣裳，因为这天的天气也不错，初夏的太阳暖暖的，真是进城的好日子。

成大凤又去了妗子家的隔壁王招娣家，王招娣和成大凤同岁，是成大凤的好朋友，她过年的时候做过一身新衣裳，还借大凤穿过。可惜王招娣家的大门锁着，估计一家人去地里了。成大凤觉得今天不太顺当，要搁平时，她一般去问谁借都能借上，难道是她出门太晚了？

她站在王招娣家的柴堆旁，想了想还有谁有好衣裳。村子里的女人有好衣裳的人不多，更何况还要合身一点的，那就更少了。

成大凤决定去村东头的三莲子家。

三莲子是村支书的闺女，她家的生活比其他人家富裕，三莲子比成大凤大三岁，平日两人的关系不错。她今年春上刚嫁人，嫁的男人是乡上的干部，成大凤有几次看到三莲子的男人回家时，手里提着点心或者白花花的馒头，她打心眼里羡慕三莲子。

成大凤来到三莲子家，一进门就闻见一股香味儿，成大凤知道这是三莲子头发上喷的一种叫头油的东西散发出来的，村里只有三莲子经常用这种东西。三莲子走到哪都会有小屁孩子追，他们都喊着好香啊，都说她身上有一种香，一种村里人羡慕的桂花香的香。

三莲子也有打补丁的衣裳，可是，她衣裳上的补丁很少，而且经常被村里人忽略，谁叫她是村支书的女儿呢！

成大凤小时候经常和三莲子一起进城，现在三莲子喊她，她大多数是不去的，因为三莲子穿得像仙女，而自己像个要饭的，成大凤才不给三莲子当陪衬呢。其实，成大凤知道自己长得比三莲子漂亮。有一次去挑水的时候，她和三莲子都在清泉里洗了头，坐在山坡上吹暖风，成大凤就听村西头的张婆婆说："哟，这大凤长得还挺俊。"张婆婆没有说三莲子俊，这就说明她比三莲子漂亮。

成大凤依在门框边，看着三莲子梳头。她说："三莲子，你的头发怎么这么黑，还特别亮，真好看!"成大凤说完这句话，她低下了头，脸也涨红涨红的，她自己都觉得有点不好意思。虽然三莲子的脸没有自己的长得好看，可人家随便穿一件没有补丁的衣裳，别人一看都夸她漂亮。再说，这次是来借人家的衣裳的，更应该说几句中听的话。

三莲子梳了很多遍头后，才对成大凤说："大凤，你来帮我扎一下头绳，我头发太密，总扎不好，都梳了好几遍了。"

成大凤这才进屋给三莲子的辫子上系上了一根红绸子丝带。成大凤站在三莲子身后，她立刻被头油的香味包围了。

三莲子说："大凤，你今天怎么没去挖野菜啊?"

成大凤摇摇头，又叹了声气，说："三莲子，不瞒你说，我们家没有盐吃了，煤油灯里也没有油了，我得进城一趟。"

三莲子转过头来，笑了一下："原来是这事啊，你不早说，眼看着要晌午了。"三莲子说着起身打开了衣柜，成大凤看到衣柜里挂了好几套衣裳。三莲子摘下来一件看看，又挂上，又摘下来一件翻翻又挂上。成大凤就有点站不住了，她想，可能三莲子不想借她衣裳了，或者她在挑一件旧衣裳给她，抑或是她在向自己炫耀柜子里挂满的衣裳。

三莲子把整个衣柜翻了一遍后，才挑了一件很新的衣裳递给成大凤。三莲子说："大凤，这是我订婚的时候对象送的，我一直舍不得穿，你可小心点，别给我弄烂了。"

成大凤接过衣裳，她有点后悔刚才那样想三莲子。

三莲子对成大凤说："大凤，干脆你在我家把衣裳换上吧。"

成大凤有点不好意思地脱了她的那件看不出颜色的全是补丁的衣裳。

三莲子给成大凤穿上了那件白底紫花棉布的花衣裳，还有那一件藏蓝色的裤子。穿上后，三莲子一低头瞧见了成大凤露着脚指头的布鞋，说："今天我好人做到底，你把我这双鞋穿上吧，不然城里人一看，就知道这衣裳是借的，城里女人的眼睛可尖着呢。"

成大凤此刻只有傻笑的份了。

三莲子还说："大凤，你干脆去把脸也洗了，我再给你抹点雪花膏。"成大凤出门的时候，三莲子还给她头上喷了散发着桂花香味的头油。

成大凤穿着花衣裳，香喷喷地出了三莲子家，今天她的心情比过年吃白馒头的时候还高兴。

她背着一大包苜蓿芽出了村子，苜蓿芽是今天早上去附近的地里掐的。一大包苜蓿芽能卖四毛钱，这四毛钱能灌一斤煤油，再加上她妈给的两毛钱，正好能买一斤盐。剩下的钱她可以买五分钱的花头绳，还有一毛钱，她想吃一碗七分钱的凉粉。

成大凤为了不弄脏新衣裳，她背的那一包苜蓿芽几乎没有挨到背。她那样背了两里多路，干脆就提着了。尽管三十多斤也不算重，但要把这包东西拎八里路，而且是山路，也不是件轻松的事。

不过成大凤今天的注意力全不在这包东西上，而是在她穿的这一身衣裳上。这是她从小到大穿过的最新的一身衣裳，也是最好看的。她休息的时候，总是要把手伸进裤子口袋里，或者用手小心翼翼地弹去袖子上的土，她还会时不时地低头，看看那双没有一个补丁的红鞋子。

太阳照到半空的时候，成大凤终于到了城里的集市上。

一走进集市，成大凤感觉有很多双眼睛在盯着她，她从未被人这样看过，她的脸瞬间变得通红，心里还在想，这没有补丁的衣裳就是不一样，大伙都爱看呢！

成大凤找了个位置，刚刚打开苜蓿芽袋子，就有一个花白头发的老太太站到那袋子旁边，微笑着说："姑娘，这包苜蓿芽我全要了。"

成大凤站着喘了口气，难为情地说，那你能不能先把钱给我，我顺便在这里买点盐和煤油。老太太说："钱能给你，不过，你得买了东西把这包苜蓿芽给我送到家里去，我这老婆子腰不好，还真是拿不动。"

成大凤一口答应了下来，老太太就给了她四毛钱。

成大凤很快就灌了一斤煤油，买了一斤盐，买盐的那家正好有花头绳卖，成大凤就花五分钱扯了三尺红头绳。

买了东西，成大凤也顾不得东张西望了，她很快回到刚才卖苜蓿芽的地方，那老太太还在等她送苜蓿芽呢。

老太太帮成大凤提着刚刚买的东西，成大凤背着苜蓿芽。

两个人穿过集市的北街，再拐了两个弯，穿过一条长长的巷子，就到了老太太家。

借你的耳朵用一用

老太太开了门，让成大凤先进。成大凤一只手轻轻地推开门，她推门的时候，充满了幸福感，她满脑子想的是，放下苜蓿芽就去吃辣辣的凉粉。其实，成大凤早上出门的时候，什么也没有吃。从三莲子家出来后，成大凤的妈喊着让她喝碗汤再走，成大凤那会儿哪有吃饭的心思？她的肚子早就被身上的新衣裳和雪花膏的香味填满了。

成大凤推门的时候，肚子已经咕咕地叫了好几遍。成大凤在路上的时候还嚼了几把槐树花充饥呢。

但成大凤做梦也想不到，她推开门时，会有一场灾难在等着她。

成大凤一进门，就感觉腿上一凉，一只凶狠的黑狗扑向她，成大凤的腿就被死死地咬住了。

成大凤怪叫了起来，那只狗一口叼住了她的上衣前襟，成大凤本能地往回拽衣裳，只听哗啦一声，衣裳撕裂了，前襟咬在黑狗的嘴里。

成大凤看到眼前的情景，她先是愣了一下，随即号啕大哭起来。

等老太太把黑狗拴牢，给成大凤用酒精清洗伤口的时候，成大凤才感觉到了痛！

"幸好狗牙齿不深，嘴劲也不大，下口不狠，刚才可把我吓坏了！这天杀的狗，当初不该养的，尽闯祸……"

老太太念叨着，她用酒精擦了伤口，给成大凤简单包扎了一下。

成大凤还是哭，她看着被狗撕烂的前襟还有膝盖上被狗咬的那个很大的窟窿，脑子一片空白。

她不知道该怎么办，那一刻她死的心都有了。

成大凤喊着："我怎么这么倒霉啊？"她一把抓住老太太的胳膊，疯了一样地叫喊着，"你赔我新衣裳，你赔！你赔……"

老太太一下子愣住了，她被成大凤突然失控的举动镇住了。

老太太说："孩子，你别急，你先把我的衣裳穿上，我给你补补，你别急！"

衣裳补好后，老太太又多给了成大凤五毛钱。

老太太说："姑娘，别以为我们住在城里就能吃饱肚子，我们也和你们一样，天天吃菜馍喝稀饭，饥一顿饱一顿的。实话跟你说，我们一大家子，全靠我那当工人的儿子一个人养活，我们也不容易。"

老太太刚开始赔着笑，可说着说着就抹起了眼泪。

老太太这么一哭，成大凤的心就软了。

成大凤一边抹着鼻涕眼泪，一边穿上了补好的衣裳和裤子，裤子上的补丁因为是同一色的，所以不明显，可衣裳上的补丁特别刺眼，老太太用白色的粗布补的，老远就能看出来。

成大凤知道，这样的衣裳，是不能还给三莲子的。

即使三莲子不说什么，她也没脸见她了。

成大凤突然想起了"得意忘形"这个词。

这是大队支书的口头禅。大队支书经常说，某些人可别太得意忘形，否则会摔大跟头的。成大凤想今天她真的是"得意忘形"摔大跟头了，当时如果不那么早推门就好了，起码应该听一听院子里的动静再推门。

成大凤走出大门的时候，回头往身后看了一眼，回想起刚才推门时的心情，她就后悔不已，这又能怪谁呢！

成大凤的眼泪刷刷刷地淌，她的眼睛已经肿得像小桃子了，可她还是哭，她不知道自己该怪谁。

成大凤提着空空的苜蓿芽袋子，决定回家。她此刻完全忘记了她刚才还想吃凉粉的事。

在路上，成大凤边走边哭，不过她哭的时候，还要经常擦亮眼睛，看看路上有没有熟人，好在这一路居然没有碰上同村的人。

走了一会儿，突然刮起了大风。

成大凤一抬头，天阴沉沉的，一切都被大风扬起的灰尘包围着，好像要下雨的样子。果然，成大凤刚刚翻过山梁子，就下雨了。

初夏的雨是火爆脾气，说来就来了。

成大凤茫然地看着密密的雨点落下来。

她并没有想去哪里躲避一下，被雨淋的一瞬间她才意识到一个问题，现在这个时候进村，是非常不合适的，她不想让村里人看到她现在的样子。

成大凤家在村子的最东边，是村里的困难户，而成大凤是家里的老大。村里的人经常看到，成大凤手里拖着小妹，身上背着刚会爬的老五，到这家借米，那家借盐。所以，成大凤在这个小山村其实也算个焦点人物，她的一言一行经常被人议论，而且大家乐此不疲。

成大凤要回家的话，必须要横穿过村子，确切地说，村东头住的人，只要进城，大半个村子的人都会知道。今天同样有半个村子的人都知道成大凤进城买盐的事。

成大凤知道现在进村，会有很多人看到她又红又肿的眼睛，看到她被狗抓过的脸，而且难免会被大家追问，明天又肯定成了村子里的大新闻了。那，她的脸还往哪搁啊？

成大凤想到这，就躲进了旁边的高粱地。高粱已经半头高了，成大凤披着苜蓿芽袋，抱着盐和煤油瓶，等着天暗下来。幸亏盐和煤油都装在有盖子的罐子里，也不怕被雨淋湿的，可她的衣裳很快就被雨浇透了。

成大凤蹲在雨里，她很委屈，雨落在她的脸上，她心里越发不是滋味了，她的眼泪和着雨水吧嗒吧嗒地落个没完。

雨越来越密的时候，天也渐渐地暗下来了，成大凤终于回到了家。

成大凤到家的第一件事，就是换衣裳，她迅速地脱下那身能拧下大把大把雨水的衣裳，此刻，她突然想起，上午穿上这套衣裳时的快乐和幸福，那种滋味，仿佛是做了一个很短却很甜蜜的梦。

一家人坐在黑暗里吃饭，当然，没有人注意到成大凤红肿的眼，成大凤的弟弟妹妹们都在说笑打闹，大凤妈一会儿训斥这个，一会又给另一个很响的一巴掌。

成大凤吃完饭，刷了碗，她坐在门槛上，听着黑暗里淅沥的雨声，感觉自己像被掏空了，她觉得很累很累，累得连眼睛也不想眨一下。白天发生的这一切，对于她来说，是一场很大的灾难。

成大凤睁着眼睛，呆坐着。她的脑子里只有三莲子的那件花衣裳老是晃啊晃的。成大凤不知道自己什么时候回到炕上的，更不知道自己是什么时候睡着的，总之，天还麻麻亮，她就醒了。

成大凤也不知道那会儿是几点钟，她出门的时候，才发现大雾弥漫。成大凤冲屋子里喊了一声："妈，我去挖野菜了。"就出了门。路上到处是水坑，成大凤背着大背篓，深一脚浅一脚地穿过村子。

路过村西头三莲子家的时候，成大凤的目光在她家紧闭的大门前停留了几秒钟，她咬了咬嘴唇，暗自发誓，她一定要给三莲子扯一匹新布，做一件一模一样的衣裳还给三莲子。被狗糟蹋的衣裳怎么能还给人家？成大凤昨天晚上摸着黑，用碱面把那身衣裳洗干净了，如今正挂在西屋里晾着呢。

成大凤估算了一下，她只要连续挖上半个月苜蓿芽，就能买一丈二的白底紫色印花布。如果顺利，她一天挖一大包苜蓿芽，卖上五毛到七毛钱，早上挖中午去城里卖，卖上十次，再加上那老太太给的五毛钱，这样算下来钱就差不多凑够了。

到时候，她就把新布连同被狗咬的衣裳一同还给三莲子，再赔个情，大不了，被三莲子骂一顿。

成大凤这么一想，心里有底了，轻松了些。她半跪在苜蓿地里，飞速地掐起嫩绿的苜蓿芽来。苜蓿丛里夹杂的野草把成大凤的手拉出了一道一道的血印子，成大凤却感觉不到疼。她掐着嫩苜蓿芽，掐着这片，眼却已经盯上了另外一片。

下了一夜的雨，看苜蓿地的王老汉可能还在茅草房里睡觉呢。成大凤真恨不得自己的手能变成一把剪刀，或者变成几千只手，那样这一坡的苜蓿芽在王老汉醒来前就掐完了。

第一天还算顺利，成大凤只用了两个小时，就掐了两大包苜蓿芽，少说也有四十多斤。王老汉醒来的时候，成大凤已经背起背篓下了坡，好在王老汉是个麻子眼，他冲着成大凤骂骂咧咧了半天，也没看清是谁偷的苜蓿芽。

成大凤下了坡，本来打算回家，可一看去城里的路已经没有早晨那么湿滑了，犹豫了一下，便拐向去城里的路。

第一天想不到的顺利，成大凤的两大包苜蓿芽居然卖了一元一毛钱。如果照这下去的话，用不了十天，就攒够钱了。

第二天，成大凤起得更早了一些，她到苜蓿地的时候，天还没有亮，她掐苜蓿芽的时候，长了个心眼，在离山路近的一片掐，没想到，刚掐了大半袋子就被王老汉发现了。

成大凤拼命地跑起来，王老汉跟着她的背影追了过来，嘴里骂得更凶了，什么"天杀的、狗吃的"也都骂出来了。

好在，王老汉追了几步就停下了。

成大凤这天的苜蓿芽只卖了四毛钱。成大凤从城里回来的时候，已经是下午了。这两天，成大凤天天挨她妈的骂，她妈骂她是娼妇，整天不进门，饭也不做，弟弟妹妹也不看了，成大凤也不解释，只是埋头进了厨房。

成大凤怕她妈怀疑，这几天回家的时候，都没有空着手，经常不是半道上挖些芨芨草之类的野菜，就捡些木柴，但因为太饿了没力气，她往往捡得也不多。

成大凤掐苜蓿芽的第三天遇见了三莲子，三莲子老远就喊："大凤，大凤，进城回来了？"

成大凤加快脚步装作没听见。

可三莲子居然向她走过来了，她还喊着："大凤，那天回来，被雨淋了吗？"

成大凤低着头，红着脸说："三莲子，衣裳我洗了，还没干呢，等干了，我就给你送过去！这事，我妈还不知道，你别问她要！"

成大凤一口气说完，就转身跑了。

她听见三莲子在大笑："嗨，谁和你说这个了，我是要说别的事，你别走啊……"

可成大凤已经没了影子，三莲子的确不是问成大凤什么时候还她衣裳的事，她是想给成大凤介绍个对象。

原来，那天成大凤香喷喷地从三莲子家出来的时候，她漂亮的样子正好被一个小伙子看到了，这个小伙子是乡政府新来的办事员，和三莲子的男人一个单位。小伙子二十三岁，父母在1960年都被饿死了，有个姐姐已经出嫁了，现在家里就他一个人。那段时间大家伙都在到处张罗着给他介绍对象。没想到，小伙子正好看到了刚换完花衣裳、俊俏得像朵花的成大凤。他一进门就向三莲子打听："刚刚出去的姑娘是哪家的？怎么从来没见过！"

三莲子一看小伙子眼睛里扑闪的火花就知道，他八成是看上成大凤了。三莲子心想，成大凤可真有福气，被国家干部看上了，以后就不用再受苦了，就有享不完的福了！

当天下午，要不是下雨，三莲子说不定早就跑到成大凤家里去告诉她这个天大的喜事了。

这几天，三莲子一直都在找成大凤，可每次成大凤妈都说不在，一早就出去了。一心做媒的三莲子还真把成大凤借她衣裳的事情给忘了。

为了每天能掐一袋子苜蓿芽，成大凤这几天起得越来越早了，有一天晚上，她甚至喊上妗子一起去掐过半袋子的苜蓿芽。

苜蓿地在半山上，夜里她们两个手拉着手，但还是被无边无际的黑暗吓坏了。王老汉养的一只老黄狗，一直冲她们吼个不停，她们几乎不敢出气。后来，王老汉出来呵斥了一声，老狗不叫了，可年轻的妗子怎么也不掐苜蓿芽了，她说够吃一顿的就行了，她说话的时候，手在颤抖，其实成大凤的手比她抖得还厉害。

成大凤就和妗子背着空袋子跑回来了。

成大凤花了十二天的时间，早出晚归，攒够了五块八毛钱。最后一天，她背着苜蓿芽袋子，走在去城里的路上，因为这袋子菜卖了，钱就够了，她连花布料子的价钱都打听好了。

她背着一大箩筐苜蓿芽出了村子，脑子里还想着晚上就去三莲子家赔礼道歉还衣裳。这段日子，三莲子天天去她家找她，她知道，肯定是问她要衣裳的事。成大凤翻过一个山头，下了一个小坡，拐了个弯，正打算过前面一个独木桥，就听见有人在喊她，成大凤一转头，看见三莲子在向她招手。

"大凤，你等等我，我也去城里，我们正好一路，我还有话要对你说……"

成大凤知道这会儿躲已经来不及了，她站在山梁子上，对着三莲子喊："三莲子，你就再等我一天，下午我就给你还衣裳去，你再等等……"

三莲子好像压根就没有听到成大凤的话，她一路紧追过来，她几乎是在小跑，三莲子现在迫切的心情是成大凤无法理解的。三莲子想告诉成大凤，她以后就能吃上公家饭了，她兴奋地喊着："大凤，你知道吗？我找了好几回你了，你妈都说你去地里了，你等会儿，我们一路去城里……"

成大凤看见三莲子跑过来，她也跑了起来，她的耳边传来飕飕的风声，还有喊声……

那一刻，她只是想，不能让三莲子追上，追上了，这些天就白辛苦了，还没有到赔不是的时候，是的，还没有。

三莲子只顾往前跑，她根本没有看到前面那个桥被昨天的大雨冲断了，她跑了过去，就在一瞬间，成大凤像一只中了枪的鸽子，一头栽了下去。

只听见成大凤大叫了一声……

等三莲子赶到断桥边的时候，成大凤的脑袋开花了，脚也扭了，胳膊也断了……

三莲子吓得哭了起来。

这时候，村子里赶路进城的人，还有放羊的人，都听见了桥上传来的哭号声，都往这边赶来。

"快来人啊，有人掉到桥下了，救命啊，救命啊……"三莲子一边喊着，一边安慰着成大凤，她不知道成大凤具体伤得有多严重。

"大凤，你要挺住，马上就有人来救你了……"

成大凤觉得自己轻飘飘的，三莲子的话，让她感到了温暖，她泪如雨下。

"三……三莲子，我……我……我得实话跟你说，我借……你的那身衣裳，被狗咬烂了，不……不是一般的烂，前襟子都……被狗咬成了碎片。这几天我一直在掐苜蓿芽，攒钱，今天就攒够了，就能给你买套新的衣裳料子了。"

"可……可是你追来了我也没办法了……"

三莲子听了，她这才明白，为什么成大凤这几天躲着自己去地里挖菜，她也顾不得危险了，她抓着杂草顺着水沟滑了下去，她一声声地喊着："大凤，你可别睡过去，来，我给你把头先包扎一下。"

三莲子轻轻地抱起成大凤。

成大凤听见刺啦一声，三莲子把她的新衬衫撕下了一片，一边给成大凤包头，一边哭着说："大凤，你听我说，你得睡着，千万别睡着了，知道吗？我这几天找你，并不是要你还那身衣裳。我呀，是想给你介绍对象，那小伙子人特别老实厚道，是乡上的干部，家里就他一个人，那小伙子看上你了，你跟了他，以后就享福了，那身衣裳，就当我送你了，你可别再这么委屈自己了，大凤啊，大凤……"

成大凤软软地倒在三莲子的怀里，她只看着三莲子的嘴巴在动，三莲子流着眼泪，不停地说，可她听不见三莲子在说什么，她努力地想听，可是就是什么也听不见，她太累了，她只想睡，只想睡……